古典詩歌研究彙刊

第十一輯

龔鵬程 主編

第 14 冊

秦觀詞的女性敘寫研究

林 怡 君 著

國家圖書館出版品預行編目資料

秦觀詞的女性敘寫研究／林怡君 著 — 初版 — 新北市：花木
蘭文化出版社，2012〔民 101〕

目 4+226 面；17×24 公分

（古典詩歌研究彙刊 第十一輯：第 14 冊）

ISBN 978-986-254-732-8（精裝）

1.（宋）秦觀 2. 宋詞 3. 詞論

820.91 　　　　　　　　　　　　　　101001394

ISBN-978-986-254-732-8

9 789862 547328

古典詩歌研究彙刊
第十一輯　第十四冊　　　　　　　ISBN：978-986-254-732-8

秦觀詞的女性敘寫研究

作　　　者　林怡君
主　　　編　龔鵬程
總 編 輯　杜潔祥
出　　　版　花木蘭文化出版社
發 行 所　花木蘭文化出版社
發 行 人　高小娟
聯絡地址　新北市永和區中正路五九五號七樓
　　　　　　電話：02-2923-1455 ／傳真：02-2923-1452
網　　　址　http://www.huamulan.tw 信箱 sut81518@gmail.com
印　　　刷　普羅文化出版廣告事業
初　　　版　2012 年 3 月
定　　　價　第十一輯 30 冊（精裝）新台幣 42,000 元

秦觀詞的女性敘寫研究

林怡君　著

作者簡介

林怡君，1975 年生，彰化縣人。國立彰化師範大學國文系、國文研究所畢業。現於彰化女中任教。

提　　要

「詞」這種韻文體式，初起時以描寫美女和愛情為主，結合其長短錯落的形式，形成了王國維所謂「要眇宜修」的特質。而秦觀被清代詞論家馮煦認為最得「詞心」，也就是說他的作品最能表現詞婉轉纖柔的女性特質。而女性議題是近年來新興的研究潮流，故本文以秦觀為對象，觀察其詞中女性敘寫的特色和意義。所謂「女性敘寫」，並無眾所認可的定義，而法國女性主義理論家西蘇（Cixuos）創「女性敘寫」（ecriture feminine）一詞的原文意涵，為「女性化的書寫」，意指作者未必是女性，但文體風格是女性化的。之後葉嘉瑩在〈論詞學中之困惑與花間詞之女性敘寫及其影響〉一文中，對女性敘寫從「女性形象」、「女性語言」、「雙性人格」來探討。本文兼採西蘇和葉嘉瑩的「女性敘寫」之意涵，展開以下六章：

第一章：緒論。敘述研究動機、研究現況、研究範圍、研究方法。

第二章：秦觀詞女性敘寫的歷史傳統。歷述春秋至唐代各個時期女性敘寫的特色，再討論宋代「男子作閨音」的形成背景，以及宋詞的女性敘寫勝過其他文類的原因。

第三章：秦觀詞女性敘寫的內在成因。從秦觀的生平和性格討論之，發現他具有濃厚的「陰性特質」，此種特質不僅使他善於發揮詞體本色，還影響了他整體的創作風格。

第四章：秦觀詞女性敘寫的主題探討。將其作品分為「戀情類」、「純詠女性類」、「純謫詞和其他類」等三類，依「女性形象」、「情感形態」、「敘事口吻」討論之。

第五章：秦觀詞女性敘寫的技巧觀察。從秦觀的「常用典故」、「常用意象」、「情景結構」等三方面討論之。

第六章：結論。秦觀堅持詞的婉媚本色，結合其身世之感，將情詞寫得清麗淡雅，謫詞寫得淒厲動人，造語平易卻善於使人感發，充分表現出詞體的幽微要眇，不虧為最得詞心之婉約大家。

誌 謝 詞

感謝天，
讓我身邊的家人、朋友、師長、同事、學生，都能支持我、鼓勵我。
感謝天，
讓我在趕稿的過程中，能一切順利，度過今天最寒冷的時刻。

感謝天。

如果要形容寫論文的心路歷程，且讓我借用秦觀的話說：
「天還知道，和天也瘦！」

林怡君謹識於國立彰化師範大學國文研究所
中華民國九十三年元月十八日

目

次

第一章　緒　論

第一節　研究動機和目的

　　自六〇年代末，女性主義在西方興起，性別研究亦隨之勃興。台灣學界注意到這股風潮，關於「女性」議題的文學研究在近十五年來逐漸成形。學者嘗試借用女性主義，或以各種社會、文化、敘事等理論為出發點，進行各種女性論述，或開始注意到女性文學家的著作，〔註1〕或研究男性作品中的女性形象。〔註2〕不少研究者從新的觀點重讀古典文學，關注其中的性別議題，研究遍及各種文類。

　　而「女性敘寫」一詞，牽涉到翻譯術語的問題。張小虹在〈性別

〔註1〕　古典文學的學位論文方面，如鍾慧玲：《清代女詩人研究》（台北：國立政治大學中國文學研究所碩士論文，1981年）、任日鎬：《宋代女詞人及其詞作之研究》（台北：國立政治大學中國文學研究所碩士論文，1982年）、李栩鈺：《午夢堂集女性作品研究》（新竹：國立清華大學中國文學研究所碩士論文，1994年）。

〔註2〕　古典文學的學位論文方面，如張紫君：《六朝詩歌中的「女性書寫」》（台北：私立輔仁大學中國文學研究所碩士論文，1999年）、賴珮茹：《花間集的女性形象研究》（台中：私立東海大學中國文學研究所碩士論文，1997年）、王怡芬：《花間集女性敘寫研究》（台南：國立成功大學中國文學研究所碩士論文，1999年）、林麗美：《三言兩拍中的女性研究》（桃園：國立中央大學中國文學研究所碩士論文，1995年）。

的美學／政治：當代台灣女性主義文學研究〉一文中，整理出台灣目
前女性主義文學批評的特色與可能之侷限。她說：

> 綜觀而言，語文翻譯上不僅量少，更有遲緩與質差問
> 題。……不僅出現譯名不統一、譯文不精確、自行刪減原
> 文、譯文生澀不符中文閱讀習慣外，更重要的是在女性主
> 義文學研究專業知識上的不足，使其在掌握原文之理論背
> 景上尤顯困窘。〔註3〕

　　故在理論術語上，「女性敘寫」、「女性書寫」、「女性文體」有沒
有差別？如果有差別又如何一一界定？「女性作品」、「女性創作」、「女
性寫作」、「女性文本」之間好像有差別，但是卻很含混。我們身處眾
聲喧嘩的亂象中，時時被迫參與猜謎遊戲：有關女性文學研究的上述
術語，在原文與譯文中的重疊與歧異如何處理？究竟「陰性」與「女
性」是否有必要區分？區分有甚麼好處？又有甚麼難處？周世箴在
〈由語言的魔鏡窺探女詩人作品研究：兼談古今、中西、性別的困惑〉
一文中說：

> 理論術語跨文化跨語言移植是個很困擾的問題，但若要使
> 理論本土化並從中吸取營養，就得面對這個困擾，就得處
> 理古今、中西的概念與術語如何共存調適的問題，若要使
> 其在中國文學語言的教學與研究中發揮功能，不但要追本
> 窮源地參閱原典，還得參閱本土譯介及相關研究。否則，
> 往往不得其門而入。〔註4〕

　　批評術語的古今調適（如：傳統文論中的「婉約」「陰柔」與陰
性／女性書寫的差異與重疊）、西文譯名的本土化過程中的混亂與誤
解，令專家們爭論不休、令初入門者茫然失措。社會的情境及意識形

〔註3〕 張小虹：〈性別的美學／政治：當代台灣女性主義文學研究〉，收錄
　　　　於鍾慧玲主編：《女性主義與中國文學》（台北：里仁書局，1997 年
　　　　4 月），頁 131。

〔註4〕 周世箴：〈由語言的魔鏡窺探女詩人作品研究：兼談古今、中西、性
　　　　別的困惑〉，收錄於鍾慧玲主編：《女性主義與中國文學》（台北：里
　　　　仁書局，1997 年 4 月），頁 160。

態不可避免地會投射到語言的層面，約定俗成而無孔不入。我們往往被我們的慣性感知操控，望文生義地下判斷，自以爲是地套用現成的模式思考，似是而非地沿用約定俗成的套語評析作家作品。這就是慣性感知的魔障。

若將女性主義譯本中有關性別差異的術語通盤比照，再參考術語的來源定義，以及本土文體觀念，就會發現「女性／陰性之分」大有玄虛、大有必要。周世箴以其英文素養，以西方原典與中文資料有中英對照的詞彙做取樣對照，做了三個表來說明女性相關詞彙的中譯之混亂與不統一，結論是：

> 西方女性文學研究界一般有如下的共識：當 feminine（筆者註：陰性）與 masculine（筆者註：陽性）相對，用以凸顯在 writing 方面的差異性時，它不與生理性別等同，只是一種由處於文化或社會邊緣個體（女性、弱者、失意之人）用以抒解人生困惑的表達方式（與 masculine 所代表主宰與威權相對）。〔註 5〕

由上可知，中文譯爲「女性」或「男性」時，並非必然就是指生理性別上的男女之分，而很有可能是指潛意識呈現的性別狀態，這是使用西方理論時必須注意的，應觀察前後文的文意，最好還能有英文原詞做對照，以防止誤用。

例如本文所使用的「女性敘寫」一詞，法文原文爲「ecriture feminine」，這一詞彙乃由法國女性主義理論家西蘇（Cixuos）所創，西蘇對於將 ecriture feminine 英譯爲 feminine writing（女性書寫）並不滿意，認爲若以生理性別詞語標示文體，將又落入傳統性別二元對立的框框之中；而 ecriture feminine 主要是一種書寫（writing），重點不在作者的性別，而在書寫展現之性別。西蘇認爲「陰性書寫」要小心避免署名之陷阱，因爲作品標明爲女性所作並不保證其書寫爲陰性，也

〔註 5〕 周世箴：〈由語言的魔鏡窺探女詩人作品研究：兼談古今、中西、性別的困惑〉，收錄於鍾慧玲主編：《女性主義與中國文學》（台北：里仁書局，1997 年 4 月），頁 177。

很有可能爲「陽性書寫」（masculine writing）。反之，作品標明男性所作，也不見得就不是「陰性書寫」（feminity writing）。強調「陰性書寫」的性別差異，並非建構在生物或自然本質上，而是建構在語言文化意識形態差異上，所謂「陰性／陽性」便與生物學上的「男／女」不同，因爲有些男人不會壓抑他們的陰性特質，有些女人卻強有力地展現她們陽性的特質。〔註6〕因此，以「陰性」或「陰柔」譯 feminine，來表示一種「性別的抽象位置」而非「實體的文體風格」，倒是既符合原典精神、也與本土文化傳統相合的兩全之策。既然東西方都有以上的共識，西方的 feminine／masculine 之分，與中國傳統文論中的「豪放」／「婉約」、「陽剛」／「陰柔」之分，當不在生理性別之列。

而葉嘉瑩在〈論詞學中之困惑與花間詞之女性敘寫及其影響〉〔註7〕一文中，以其深厚淵博之舊學根柢，配搭西方早期女性主義文學批評對「女性形象」、「女性語言」、「雙性人格」之討論，來探討《花間集》的「女性敘寫」，延伸及「詞」做爲文學體式的美學特質。

葉嘉瑩在「女性形象」方面，雖然介紹了許多西方女性形象的論著，但卻沒有把《花間》詞中女性形象的討論，套入到西方的模式之中。因爲她認爲東西方之文化背景有明顯不同，西方探討亦大多以小說中之女性形象爲主，更因爲西方女性主義之文論，原與西方之女權運動有密切相關，而她寫作的意圖與女權運動無涉，因此她是透過西方對女性形象的身份性質的分析方式，對中國詩詞中女性形象之身份性質加以反思。〔註8〕在「女性語言」方面，她引用在英國任教的女性

〔註6〕　本段論述，詳見周世箴：〈由語言的魔鏡窺探女詩人作品研究：兼談古今、中西、性別的困惑〉，收錄於鍾慧玲主編：《女性主義與中國文學》（台北：里仁書局，1997 年 4 月），頁 178～179。

〔註7〕　見繆鉞、葉嘉瑩合著：《詞學古今談》（台北：萬卷樓圖書公司，1992年 11 月），頁 441～517。

〔註8〕　見繆鉞、葉嘉瑩合著：《詞學古今談》（台北：萬卷樓圖書公司，1992年 11 月），頁 456～457。

主義文評家托里‧莫以（Troil Moi）在其《性別／文本政治：女性主義文學理論》〔註9〕一書的理論，來說明「女性語言的特色」。〔註10〕另外，又借用卡洛琳‧郝貝蘭（Carolyn G. Heilbrun）在其《朝向雌雄同體的認識》（Toward a Recobnition of Androgyny）一書中，所提出的「雌雄同體」（androgyny）之觀念，來解釋詞中極值得注意的美學特質。〔註11〕葉氏此文透過西方女性主義文評，對詞體這種特別女性化的文類之形成與演變，做出一番反思，對解答舊日詞學中的困惑與爭

〔註9〕 見托里‧莫以（Toril Moi）著，陳潔詩譯：《性別／文本政治：女性主義文學理論》（台北：駱駝出版社，1995 年 6 月）。

〔註10〕所謂女性語言的特色，在英國任教的女性主義文評家 Troil Moi 在其《性別／文本政治：女性主義文學理論》（台北：駱駝出版社，1995 年 6 月）一書中，指出一般人總認爲男性（masculine）所代表的乃是理性（reason）、秩序（order）和明晰（lucidity），而女性（feminity）所代表的則是非理性（irrationality）、混亂（chaos）和破碎（fragmentation）。如果從西方女性文論中所提出的書寫語言帶有男性的意識型態來看，則中國傳統文學中的言志之詩與載道之文等作品，當然便該毫無疑問的都是屬於所謂「男性的語言」。然而「詞」這一文體的產生，打破了過去「載道」與「言志」的文學傳統，集中筆力大膽地寫起了美色與愛情，而且往往以女子的感情心態來敘寫其傷春之情與怨別之思，因此，就詞的內容之意識而言，詞的語言當是一種屬於女性化的語言。而詞的語言與詩的語言之主要差別，表面上在於詩的語言較爲整齊，而詞的語言較爲長短錯落。但如果從西方女性主義所提出的兩性語言之特質的差別來看，則詩的語言乃是較明晰、有秩序的，是一種屬於男性的語言；而詞則較爲混亂和破碎，是一種屬於女性的語言。見繆鉞、葉嘉瑩合著：《詞學古今談》（台北：萬卷樓圖書公司，1992 年 11 月），頁 462～465。

〔註11〕「雌雄同體」（androgyny）本來是古代的一個希臘語，其字原是結合了 andro（男性）與 gyn（女性）兩個字而形成的一個詞語，本意原指生理上雌雄同體的一種特殊現象，但郝氏提出此一詞語，意指性別的特質與兩性所表現的人類的性向，本不應做強制的畫分，因此就郝氏之說而言，「androgyny」一詞也可將之譯爲「雙性人格」。郝氏在書前序中，從神話、宗教、哲學、文學羅列許多例子，試圖證明「雙性人格」該是一種最高的完美的理想，因此女性文評也該擺脫與男性相抗爭的對立局面，而開創出一種以「雙性人格」爲理想的新的理論觀點。見繆鉞、葉嘉瑩合著：《詞學古今談》（台北：萬卷樓圖書公司，1992 年 11 月），頁 465～466。

議，做出卓越的貢獻，也給予後學者無限啓發。

由上可知，西蘇所標舉的「陰性書寫」，和上文所舉葉嘉瑩說的「女性敘寫」，意涵是相同的。然而若非經過周世箴這樣一番辯證，一般人看到「陰性書寫」或「女性書寫」，大概會弄不清楚含意，以爲這裡指的性別是作者生理上的性別了。

而筆者採用「女性敘寫」一詞，是因爲「陰性書寫」表面上讓人容易困惑，而「女性書寫」則又容易使人在字面上以爲是生理上的女性所寫的作品。「敘寫」一般多解釋爲「描寫」之意，故筆者採用葉嘉瑩所使用的「女性敘寫」一詞，取其字面「女性的描寫」之意，比較不會引起定義上的誤解和曖昧。

筆者自幼便喜愛宋詞，中學時代都就讀女生班、女校，甚至是現在任教的學校，也是一所女校，可謂人生大多數的時間都浸淫在女兒圈之中，因此對女性相關議題感到極有興趣。在選擇研究題目的時候，除了以自幼喜愛的宋詞爲研究對象外，另感受到這股「古典新讀」的風潮，因此不揣淺陋，大膽嘗試使用西方理論來剖析宋詞，此爲研究動機之一。

之所以選擇宋詞中的秦觀詞，是因爲秦觀有「詞家正音」〔註12〕的美譽，在宋詞中具代表性；而其「平易近人」〔註13〕、「體製淡雅，氣骨不衰。清麗中不斷意脈，咀嚼無滓，久而知味」〔註14〕的特色，也是令筆者喜愛他的原因，此爲研究動機之二。

故本文的研究目的即是以秦觀爲研究對象，探討其詞中的女性敘寫有何特殊之處。

〔註12〕見〔清〕胡薇元：《歲寒居詞話》：「淮海詞一卷，宋秦觀少游作，詞家正音也。故北宋惟少游樂府語工而入律，詞中作家，允在蘇、黃之上。」收於唐圭璋編：《詞話叢編》（北京：中華書局，1996 年 6 月），冊 5，頁 4028。

〔註13〕見〔清〕周濟：《介存齋論詞雜著》，收於唐圭璋編：《詞話叢編》（北京：中華書局，1996 年 6 月），冊 2，頁 1631。

〔註14〕見〔宋〕張炎：《詞源》卷下，收於唐圭璋編：《詞話叢編》（北京：中華書局，1996 年 6 月），冊 1，頁 267。

第二節　研究現況的回應與檢討

　　有關秦觀詞的藝術研究，專書有王保珍的《秦少游研究》〔註15〕和《淮海詞研究》。〔註16〕前者包含秦觀年譜、《淮海詞》版本考略、秦觀評傳等三部分，後者則在前者的研究基礎上，增加了秦觀詞用韻、用字的歸納統計，以及秦觀與柳永、蘇軾、黃庭堅、周邦彥等四家的比較。在王保珍之前，一般有關秦觀詞的論著多半只列舉幾首詞作略爲評介而已，零星片段，無系統可言；王氏二書一出，將秦觀詞作整體性的研究，規模體系均爲首創，考證亦頗精詳，是研究秦觀詞非常有力的參考書籍。

　　在專文方面，較具系統規模的有葉嘉瑩的〈論秦觀詞〉，〔註17〕和黃文吉的〈情韻兼勝的婉約詞人——秦觀〉。〔註18〕前者依秦觀的生命歷程，援引代表詞作加以賞析，並指出秦觀在詞史上的意義，乃是在蘇軾豪放詞風的潮流底下逆溯回流《花間》傳統，對詞之本質重新加以認定。後者則是從秦觀的生平與詞集、整體內容、形式技巧、詞風等全方位地考察秦觀詞的風格與成就，認爲秦觀在詞史上的定位應爲「傳統詞體的維護與發展」，並影響之後的周邦彥、李清照。二文剖析均深入精到，具有宏觀的識見。

　　在學位論文方面，共有九篇，分列如下：

1. 徐文助：《淮海詩注附詞校注》（台北：國立台灣師範大學國文研究所碩士論文，1967 年）

2. 王初蓉：《淮海詞研究》（台北：國立政治大學中國文學研究所碩士論文，1967 年）

3. 何金蘭：《蘇東坡與秦少游》（台北：國立台灣大學中國文學研

〔註15〕王保珍：《秦少游研究》（台北：學海出版社，1981 年）。
〔註16〕王保珍：《淮海詞研究》（台北：學海出版社，1986 年）。
〔註17〕收於繆鉞、葉嘉瑩：《靈谿詞說》（台北：正中書局，1993 年 8 月），頁 237～269。
〔註18〕收於黃文吉：《北宋十大詞家研究》（台北：文史哲出版社，1996 年 3 月），頁 237～271。

究所碩士論文，1971 年）

4. 包根弟：《淮海居士長短句箋釋》（台北：私立輔仁大學中國文
學研究所碩士論文，1972 年）

5. 李居取：《蘇門四學士詞研究》（台北：國立台灣大學中國文學
研究所碩士論文，1973 年）

6. 楊秀慧：《秦少游詞研究》（高雄：國立中山大學中國文學研究
所碩士論文，1998 年）

7. 黃玫娟：《晏幾道與秦觀詞之比較研究》（彰化：國立彰化師範
大學國文教育研究所碩士論文，1999 年）

8. 許雅娟：《蘇門四學士詞比較研究》（彰化：國立彰化師範大學
國文教育研究所碩士論文，2001 年）

9. 張珮娟：《秦觀詞的回流與拓展》（台北：國立台灣師範大學國
文研究所，2002 年）

其中有五篇是專門研究秦觀詞的，另四篇則是把秦觀與其他詞家
放在一起比較。

以研究秦觀專文來說，徐文助是對秦觀詩詞做校注工作，對後人
研究很有幫助。王初蓉則是對秦觀詞做了全面觀照。而包根弟側重詞
意解釋，雖誤入不少非秦觀的詞作，但在秦觀詞內涵部分仍有參考價
值。楊秀慧一文先是對秦觀的家世、思想、詩詞文賦等各體之著作做
概略的介紹，以體現秦觀的才華及其一生中所著力者為何，再將其生
平經歷與各期詞作結合，互相參照，從生平經歷以瞭解其詞情，從各
期詞作以瞭解其心情感受，並探討秦觀所寫的題材有那些，各類題材
間的輕重又如何，繼之對其藝術技巧作一番分析，再討論其風格，結
合前人的品評經驗，以求凸顯秦詞的特色，最後則以《淮海詞》在詞
學史上的地位作為論文的結論；張珮娟則是以「秦觀詞的回流與拓展」
為主題，透過承創的觀點探究秦觀詞在詞史上的正確地位，並經由外
緣背景、內在因素，以及秦觀詞題材內容、藝術技巧、風格等方面因
素的分析，探究秦觀發揚並固守著詞婉約含蓄的美感。張珮娟認為秦

觀從悲哀中開拓出一種意境，柔媚而蘊藉，所以被後人譽爲「詞心」，而且善以高妙的形式技巧，以及情韻兼勝、淺淡典雅等特殊風格爲詞，在形式與內容上都有引人入勝之處。雖有詞作不豐和詞情悲傷等缺憾，不過瑕不掩瑜，其詞筆之細，才情之高皆非尋常作家可及，甚至深遠地影響了後代詞風。

　　以秦觀與其他詞家的比較研究來說，何金蘭從事的是蘇軾和秦觀的比較。李居取一文中則有《秦觀詞校註》，此考訂工作對後學極有助益。而黃玟娟嘗試運用統計、歸納、分析等方法，對秦觀與晏幾道兩人詞作之異同加以探究，結論是晏幾道與秦觀提高了婉約詞的內涵，成就頗高，對周邦彥、賀鑄、李清照、周紫芝、姜夔、吳文英等人都產生了一定的影響。許雅娟的論文則利用分析、歸納、統計的方法，從詞人的創作背景及其詞內容、形式技巧、風格等方面來比較四學士詞之異同，結論是四學士詞的藝術成就均不容忽視，各有特色，他們詞中不僅保存著傳統詞該有的婉約與男女愛情的題材，甚至是接近民歌的俚俗詞，也以豪邁之筆或婉曲暗示反映當時政治帶給他們的心靈挫傷，擴大、加深了詞境，這是蘇軾「以詩爲詞」對他們的影響，也是他們共同對詞壇的貢獻。

　　而在「女性敘寫」的研究上，在詩詞方面，大陸學者康正果著有《風騷與艷情——中國古典詩詞的女性研究》一書，對於從《詩經》到明清時期古典詩詞中的女性題材與女性詩人的作品多所論述。張淑香〈三面「夏娃」——漢魏六朝詩中女性美的塑像〉一文，將漢魏六朝詩歌中的女性敘寫歸爲三類，並探討其意蘊，發現女性美由「道德美的肯定」、「精神美的認同」至「感官美的強調」三種類型的變化，及此種變化與詩體的發展演變、時代精神和背景的關聯。梅家玲〈漢晉詩歌中「思婦文本」的形成及其相關問題〉一文，對漢晉「思婦文本」的形成、衍變，及文本外所關涉的作者、社會風氣、文學傳統等相關問題作了詳盡而深入的研究，並對此一文學現象提出一另類的反

思。〔註19〕鄭毓瑜〈由話語建構權論宮體詩的寫作意圖與社會成因〉一文，以傅柯（Michel Foucault）的話語理論論述南朝宮體詩，闡發文字背後「女性」受「賦義」的運作策略與作者意圖。〔註20〕葉嘉瑩教授〈論詞學中之困惑與花間詞之女性敍寫及其影響〉一文則借西方女性文學批評，透過詞中的「女性敍寫」探討詞作引發言外聯想的原因，並發現男性詞人之女性敍寫中所流露出的「雙性同體」之美學特質。〔註21〕

學位論文方面，在詩的部分如：張慧娟《唐代女詩人研究》〔註22〕、嚴紀華《全唐詩婦女詩歌之內容分析》，〔註23〕是對唐代女詩人的作品進行歸納分析探討；王雅資《唐代閨闈詩歌研究》，〔註24〕是透過唐代女詩人的作品，透視其內心世界與感情特色，進而一窺唐代婦女之風貌。許翠雲《唐代閨怨詩研究》，〔註25〕由文學傳統、社會背景、文藝心理、詩人創作動機等方面探究唐代閨怨詩形成因素，並對閨怨詩內容作類型及手法上的分析。黃美玉《唐人以漢代婦女爲主題詩歌之研究》，〔註26〕以文獻法爲主，針對唐代以「漢

〔註19〕見梅家玲：《漢魏六朝文學新論》（台北：里仁書局，1997年4月），頁93～150。鍾慧玲主編：《女性主義與中國文學》（台北：里仁書局，1997年4月）亦有收錄。

〔註20〕見洪淑苓等：《古典文學與性別研究》（台北：里仁書局，1997年9月），頁167～194。

〔註21〕見繆鉞、葉嘉瑩合著：《詞學古今談》（台北：萬卷樓圖書公司，1992年11月），頁441～517。

〔註22〕張慧娟：《唐代女詩人研究》（台北：私立文化大學中國文學研究所碩士論文，1978年）。

〔註23〕嚴紀華：《全唐詩婦女詩歌之內容分析》（台北：國立政治大學中國文學研究所碩士論文，1981年）。

〔註24〕王雅資：《唐代閨闈詩歌研究》（台中：國立中興大學中國文學研究所碩士論文，1990年）。

〔註25〕許翠雲：《唐代閨怨詩研究》（台北：國立台灣師範大學國文研究所碩士論文，1989年）。

〔註26〕黃美玉：《唐人以漢代婦女爲主題詩歌之研究》（台北：國立政治大學中國文學研究所碩士論文，1988年）。

代婦女」爲主題的詩歌進行內容的分析歸納，進而對比唐代相關的歷史，一窺這些詩歌與唐代歷史的關係。林雪鈴《唐詩中的女冠》，〔註27〕以唐詩中常見的「女冠」題材爲關注點，從詩歌方面考察唐代道教對文學的滲透和影響，並對女冠詩人的作品進行分析探討，呈現「女冠」複雜而豐富的生活樣態與風貌。杜麗香《唐代夫婦贈懷詩與悼亡詩之研究》〔註28〕及吳秋慧《唐詩中夫婦情誼之研究》，〔註29〕皆是以夫婦關係爲主題的詩歌研究。李宜學《李商隱詩與《花間集》詞關係之研究——以「女性敘述者」爲主的考察》，〔註30〕則是以「女性敘述者」的角度，重新詮釋李商隱詩與《花間集》詞，透過「詞彙現象」、「時空意識」、「情感形態」來呈現兩個文本之間可能存在的相應內涵。

在詞的部分，如賴珮茹《花間集的女性形象研究》，〔註31〕是以《花間集》作爲探討女性形象的文本，進行該時代女性形象的研究。王怡芬《花間集女性敘寫研究》，〔註32〕是由女性外在形貌、女性所處環境、以及女性心緒這三個部份，探討《花間集》女性敘寫的內容，並認爲《花間集》對於女性形象以及情感的大量描寫，展現了對於女性美的關注。連美惠《柳永詞情色書寫之研究》，〔註33〕則是以冶游

〔註27〕林雪鈴：《唐詩中的女冠》（台北：國立中正大學中國文學研究所碩士論文，2001年）。
〔註28〕杜麗香：《唐代夫婦贈懷詩與悼亡詩之研究》（台北：國立台灣師範大學中國文學研究所碩士論文，1981年）。
〔註29〕吳秋慧：《唐詩中夫婦情誼之研究》（台北：國立政治大學中國文學研究所碩士論文，1990年）。
〔註30〕李宜學：《李商隱詩與《花間集》詞關係之研究——以「女性敘述者」爲主的考察》（高雄：國立中山大學中國文學研究所碩士論文，2000年）。
〔註31〕賴珮茹：《花間集的女性形象研究》（台中：私立東海大學中國文學研究所碩士論文，1997年）。
〔註32〕王怡芬：《花間集女性敘寫研究》（台南：國立成功大學中國文學研究所碩士論文，1999年）。
〔註33〕連美惠：《柳永詞情色書寫之研究（台北：私立淡江大學中國文學研究所碩士論文，1998年）。

生活和性別角度來解讀柳詞，正視柳詞中占重要成分的情色書寫，分析柳詞情色書寫的意涵，目的在於就傳統批評上前人所指稱柳詞的「淫靡」的現象，予以一個較爲明確的說明。

以上這些研究之著重點在於詩歌的題材內容，關於作品之「性別」意義並非其強調的重點。至於以「性別」爲關注焦點與研究議題的學位論文有李孟君《唐詩中的女性形象研究》，〔註34〕對唐詩中所描繪的女性形象進行歸納，探討形象的內涵、成因及藝術特色等；李鎮如《唐詩中的兩性意象研究》，〔註35〕則以文學社會學及敘事理論的運用，論述唐詩中的兩性問題；吳品著《李商隱詩歌「女性敘寫」之研究》，〔註36〕則在分析與研究切入方法上，暫時跳脫了比興寄託的閱讀策略與詩史互證的傳統視野，改由「性別」的觀照視角切入，並藉由女性主義文學批評所揭示之以「女性」爲焦點的閱讀方法，考察李商隱詩中之女性形象是在什麼樣的話語模式中被建構出來。

在詩詞之外，也有許多中國古典文學在女性議題方面的研究，〔註37〕雖然不在本文討論範圍之內，但學者們的研究方法及研究成

〔註34〕 李孟君：《唐詩中的女性形象研究》（台北：私立輔仁大學中國文學研究所碩士論文，1992 年）。

〔註35〕 李鎮如：《唐詩中的兩性意象研究》（桃園：國立中央大學中國文學研究所碩士論文，1998 年）。

〔註36〕 吳品著：《李商隱詩歌「女性敘寫」之研究》（台北：國立台灣師大中文研究所碩士論文，2002 年）。

〔註37〕 詩詞以外，在學位論文著作方面，小說類如陳秀容：《晚清中長篇小說中女性人物塑造之研究》（台中：私立逢甲大學中國文學研究所碩士論文，1999 年）、陳玉萍：《唐代小說中他界女性形象之虛構意義研究》（台南：國立成功大學中國文學研究所碩士論文，1999 年）、吳佳眞：《晚明清初擬話本之娼妓形象研究》（台北：私立淡江大學中國文學研究所碩士論文，2000 年）……等等；戲曲類如許瑞玲：《六十種曲婦女形象研究》（台北：國立台灣師範大學國文研究所碩士論文，1990 年）、高仁淑：《關馬白王四家作品中女性角色研究》（台北：私立文化大學中國文學研究所碩士論文，1993 年）、陳莉莉：《元雜劇中女性意識之研究──婚戀關係》（台北：私立文化大學藝術研究所碩士論文，1996 年）……等等。其他學者的研究如洪淑苓等：《古典文學與性別研究》（台北：里仁書局，1997 年 9 月）、鍾慧玲主編：

果，仍有許多部分可供我們在詩詞研究上參考，也不應忽略。

第三節　研究範圍

　　秦觀詞集名《淮海詞》，也稱《淮海居士長短句》，今存最早的版本為宋孝宗乾道九年癸巳（1173）高郵軍學刻本，共有四種：（一）故宮博物院藏本。（二）吳湖帆藏本，現藏上海博物館。（三）日本內閣文庫藏本。（四）上海圖書館藏宋刻明印本。〔註38〕故宮藏本及吳湖帆藏本均有殘缺，1930年，故宮博物院曾將藏本影印，通行坊間。1931年葉恭綽亦將故宮及吳湖帆兩種藏本影印合刊，名為《宋本兩種合印淮海居士長短句》，並考其版本系統和各本異同，頗有貢獻。日本內閣文庫藏本首尾完整，隻字不缺。1965年5月，香港龍門書店曾將此本影印出版，附有饒宗頤教授的跋及校記。上海圖書館藏宋刻明印本亦有殘缺，徐培均以此本與故宮、吳湖帆藏本相比，云：「新增卷中第三、五兩頁，卷下第四、五兩頁，此四頁為國內所僅見，殊可寶也。」〔註39〕今流行的本子較重要者有：汲古閣《宋六十名家詞》本，共八十七首，以小令置前，長調在後。朱祖謀《彊村叢書》本，收詞七十七首，所據為故宮本及吳湖帆本，並以黃丕烈曾據宋本手校之松江韓綠卿藏本校之，校印精審，頗受重視。唐圭璋《全宋詞》本，〔註40〕是用北京圖書館藏宋乾道刻紹熙修本《淮海居士長短句》，缺頁據葉恭綽影印兩種宋本，三本俱缺者，據北京圖書館宋本中汲古閣景宋抄補各頁。另以黃儀、毛扆等手校汲古閣本《淮海詞》校之，收詞七十七首。另從《侯鯖錄》卷一、《苕溪漁隱叢話》前集卷五十、

　　　《女性主義與中國文學》（台北：里仁書局，1997年4月）亦收錄一些古典文學的性別研究。

〔註38〕參考徐培均：〈淮海詞版本考〉，見徐培均校註：《淮海居士長短句》（上海：上海古籍出版社，1985年8月初版），頁234～238。

〔註39〕參考徐培均：〈淮海詞版本考〉，見徐培均校註：《淮海居士長短句》（上海：上海古籍出版社，1985年8月初版），頁236。

〔註40〕唐圭璋：《全宋詞》（台北：世界書局，1976年10月）。

後集卷廿九、《甕牖閒評》卷五等輯得詞十首，殘句三則；尚稱完備可靠。而今人徐培均對於上述版本都考訂精審，校註為《淮海居士長短句》〔註41〕一書，因此本文所依據的秦觀文本，以徐培均校註本為主，酌參以唐圭璋《全宋詞》，不再另注。

　　而女性敘寫的討論範圍，則以秦觀全部的詞作為主，不限於只描寫女性的題材。因為就葉嘉瑩對「女性敘寫」的界說來看，並非只描寫女性、或是為女性代言的作品，才算是「女性敘寫」，而是只要能道出「賢人君子幽約怨悱不能自言之情」〔註42〕者，就是「女性敘寫」。她認為不指實其事，而是大量運用景物和典故，讓景物和典故來加深詞的多重潛能和曲折幽隱，就能造成「雙重意蘊」。連一向被視為豪放詞代表的辛棄疾詞，她也都能從其中探討出女性特質的部分。她以辛棄疾的〈水龍吟〉（舉頭西北浮雲）為例，〔註43〕認為辛詞雖用男性的口吻，語法卻是女性語言的特點：零亂、不整齊，和《花間集》中的小詞相當接近。他曲折幽隱的情意，也與女性的情思有相近之處。〔註44〕因此，本文探討之文本，便依葉氏的標準，凡是能具備雙重意蘊、表現幽約怨悱之情的作品，便在討論範圍之列。其次，葉嘉瑩在使用「女性敘寫」一詞時，研究範疇包含「女性形象」、「女性語言」、「雙性人格」三方面，而承上所述，「詞」本身即是一屬於「女

〔註41〕〔宋〕秦觀著，徐培均校注：《淮海居士長短句》（上海：上海古籍出版社，1985 年 8 月）。此書以日本內閣文庫藏本為底本。

〔註42〕見〔清〕張惠言《詞選‧序》：「（詞）緣情造端，興於微言，以相感動。極命風謠，里巷男女，哀樂以道。賢人君子幽約怨悱不能自言之情，低佪要眇，以喻其致。」

〔註43〕辛棄疾的〈水龍吟〉（舉頭西北浮雲）全詞：「舉頭西北浮雲，倚天萬里須長劍。人言此地，夜深長見，斗牛光燄。我覺山高，潭空水冷，月明星淡。待燃犀下看，憑欄卻怕，風雷怒，魚龍慘。峽束蒼江對起，過危樓，欲飛還斂。元龍老矣，不妨高臥，冰壺涼簟。千古興亡，百年悲笑，一時登覽。問何人，又卸片帆沙岸，繫斜陽纜？」

〔註44〕葉嘉瑩授講，姚白芳整理：〈從花間詞的女性特質看辛棄疾的豪放詞〉，收錄於《第一屆詞學國際研討會論文集》（台北：中央研究院中國文哲研究所籌備處，1994 年 11 月），頁 243～244。

性語言」的文體形式：語句參差、不整齊，故秦觀詞作應當都可列爲女性敘寫的討論文本。

　　此外，本文引用秦觀的詩文時，採用《景印文淵閣四庫全書本》的《淮海集》；〔註45〕引用唐人詩句時，採用清聖祖御編：《全唐詩》；〔註46〕引用唐五代詞時，採用張璋、黃畬編：《全唐五代詞》；〔註47〕引用宋詞時，則採用唐圭璋編：《全宋詞》，〔註48〕爲免繁瑣，均不再另注。

第四節　研究方法

　　在秦觀詞作的研究上，最基本的當然是文本分析，本文以秦觀詞諸箋注爲基礎，〔註49〕來掌握其詩歌之文意內涵。由於女性敘寫在中國詩學傳統中牽涉到由來已久的託寓文化，從秦觀的生平看來，確實也存在託寓的可能性，因此在創作背景的探討上，將採取社會文化學來討論淵源久遠的歷代女性敘寫，再佐以傳記批評的方式探究秦觀女

〔註45〕秦觀：《淮海集》（台北：台灣商務印書館，1985 年《景印文淵閣四庫全書》本），冊 1115。

〔註46〕清聖祖御編：《全唐詩》（臺北：文史哲出版社，1978 年 12 月）。

〔註47〕張璋、黃畬編：《全唐五代詞》（臺北：文史哲出版社，1986 年）。

〔註48〕唐圭璋編：《全宋詞》（臺北：世界書局，1976 年 10 月）。

〔註49〕有關《淮海詞》的校註本甚多，有：王輝曾：《淮海詞箋註》（北平：文化學社，1934 年；北京：中國書店，1985 年 6 月）、龍沐勛點校：《淮海居士長短句》（在《蘇門四學士詞》內，北京：中華書局，1957 年 8 月；台北：世界書局，1982 年 4 月）、徐文助：《淮海詩註附詞校註》（台北：國立台灣師範大學國文研究所碩士論文，1967 年 6 月；台北：嘉新水泥公司文化基金會，1969 年 8 月）、李居取：《秦觀詞校註》（在《蘇門四學士詞研究》內，台北：國立台灣師範大學國文研究所碩士論文，1973 年 5 月）、包根弟：《淮海居士長短句箋釋》（台北：私立輔仁大學中文研究所碩士論文，1973 年；台北：嘉新水泥公司文化基金會，1972 年 10 月）、楊世明：《淮海詞箋註》（成都：四川人民出版社，1984 年 9 月）、徐培均校註：《淮海居士長短句》（上海：上海古籍出版社，1985 年 8 月）、陳祖美選註：《淮海詞》（杭州：浙江古籍出版社，1987 年 11 月）、張璋、黃畬校訂：《秦觀詞集》（鄭州：中州古籍出版社，1988 年 8 月）等。

性敘寫的成因。而在秦觀的人格特質上，則採取心理學上的「集體潛意識」來剖析其性格中具有的「雙性人格」。在其內容主題上，則採用女性主義、傳記批評和敘事學來交叉分析其詞中的女性形象、情感形態和敘事口吻。寫作技巧的部分，則同時採用中國傳統的寫作理論和西方的「游移視點」來共同解構。各理論在下面章節使用時再做介紹。

第二章　秦觀詞女性敘寫的歷史傳統

第一節　春秋～唐代

一、春　秋

　　周代，禮教初設，古風猶存，青年男女的自由戀愛尚少禁忌，《周禮・地官・媒氏》即云：「中春之月，令會男女，於是時也，奔者不禁。」〔註1〕在《詩經》中有許多男女戀情詩，而戀人之歌，多集於《國風》。「風」即指音樂曲調，「國」是地區、方城之意，「國風」即各地區的樂調。《國風》取材於各地的民間歌曲，反映了當時各地的民俗風情。而男女戀情，人之天性，所以在《國風》中也頗多涉及。

　　《詩經》中的愛情詩類型多樣，涉及到愛情的酸酸甜甜：有寫幽會親昵的《邶風・靜女》，有寫情侶春遊歡快的《鄭風・溱洧》，有寫兩情野合歡娛的《召南・野有死麕》，有寫飽含思念的《王風・采葛》，有寫女思情郎的《鄭風・子衿》，有寫情侶鬧彆扭的《鄭風・狡童》，有寫意中人不可求空餘恨的《周南・漢廣》，有寫意中人難以親近的《秦風・蒹葭》，有寫失戀苦澀的《召南・江有汜》，有寫遭到家長干

〔註1〕　見林尹註譯：《周禮今註今釋》（台北：台灣商務印書館，1987 年 9月），頁 144。

涉的《鄭風‧將仲子》，還有反抗家長干涉的《王風‧大車》。從以上的這些列舉中，我們可以看出：《詩經》中的愛情詩廣泛地反映了那個時代男女愛情生活的幸福快樂與挫折痛哭，在閱讀中我們能夠體會詩歌中充滿坦誠、真摯的感情。

詩經中的愛情詩歌很多是用女性的口吻來寫的，她們對於愛情的追求大膽而熱烈，這也許是因為那時古樸的民風使然，如《鄭風‧褰裳》：

子惠思我，褰裳涉溱。子不思我，豈無他人？狂童之狂也且！

子惠思我，褰裳涉洧。子不思我，豈無他士？狂童之狂也且！〔註2〕

讀後給人一種民生純樸的感覺，《詩經》裏這一篇僅用短短幾句對話，便把戀愛中的情景淋漓盡致地展現在我們面前。除了以女性口吻來寫的詩以外，以男性口吻來寫的詩也很能體現女性在戀愛中活潑的姿態。如《邶風‧靜女》這首詩便以男子的口吻寫幽期密約的樂趣：

靜女其姝，俟我於城隅。愛而不見，搔首踟躕。

靜女其孌，貽我彤管。彤管有煒，說懌女美。〔註3〕

可愛的姑娘按照約定在城角樓等他，為了逗著玩，她把自己藏起來，他來時見不著她，急得搔首踟躕。等到他發現姑娘已經來了，而且情意深長的帶給他一些禮物時，便大喜過望。幽靜的城角，情侶來調情，一派溫情洋溢的場景。

《詩經》中描繪的女性形象眾多，包括有未出閣的戀愛少女、年華稍長的待嫁女子、正值婚嫁的成年女子以及已為人婦的年長女子等，據今人研究，得出《詩經》中中國傳統的男女形象之特色如下：

第一，就男女形象的類型而言：女性形象多以植物代表，如「桃」、「李」、「唐棣」、「舜花」、「蒲」、「荷」、及「菡萏」等；而男性形象則多以動物來代表，如「鱗」、「草蟲」、「雉雞」等。

〔註2〕見黃忠慎：《詩經簡釋》（台北：駱駝出版社，1995年1月），頁182。
〔註3〕見黃忠慎：《詩經簡釋》（台北：駱駝出版社，1995年1月），頁92。

　　第二，就男女形象的描繪而言：在女性形象的描繪上，多注重她的美貌及體態，希望她成為一個外貌姣好，內在嫻雅，具有內涵外發之美的淑女；而對於男性形象的描寫，多注重他的思考能力和行動能力，希望他成為一個剛毅堅強、體能旺盛，具備領導能力的有德君子。

　　第三，就男性形象的期待而言：與《論語》中所說的「仁者不憂，知者不惑，勇者不懼」〔註4〕不謀而合，也就是希望他們能成為仁心有德、明於世故、剛毅堅強的男子，這個要求自然而然成為後代中國男子的沈重包袱，也是中國父權文化最根本的基礎來源。

　　第四，就女性形象的期待而言：正吻合了《周禮·九嬪》以及《禮記·昏義》中所說「婦德、婦言、婦容、婦功」，〔註5〕也就是希望她們能做個謹言慎行、沒有政治野心、熟習家務事的婦女，這個期待塑造了千年以來中國女性的刻板印象，也成為中國傳統文化中根深柢固的一部分。〔註6〕

　　然而到了漢代，儒者們對《詩經》的詮釋站在「輔助政教」的立場，通過對《詩經》的闡釋使「三百篇」發揮了教化功能，成為維繫政治、社會秩序的工具。因此他們對本是文學性的作品加以改造，賦予《詩經》政治倫常的意義，《毛傳》、《鄭箋》等都是此種意識型態下的產物，這表現在美刺諷諭說的提出和對六義的闡述上。〔註7〕由

〔註4〕　見《論語》〈子罕〉第九，〔清〕阮元校勘：《十三經注疏》（台北：藝文印書館，1989年），第14卷，頁128。

〔註5〕　見《周禮·九嬪》：「九嬪，掌婦學之法以教九御，婦德、婦言、婦容、婦功。」及《禮記·昏義》：「婦人先嫁三月……教以婦德、婦言、婦容、婦功。」收於〔清〕阮元校勘：《十三經注疏》（台北：藝文印書館，1989年）頁116、1002。

〔註6〕　上述四點，詳見于飛：〈從《詩經》中草木鳥獸—探析中國傳統的男女形象〉http://home.kimo.com.tw/china_paper/no48.htm

〔註7〕　楊玉華據庫恩的範式（Paradigm）理論，提出漢代學術基本上是一種「依經立義」的學術範式，他指出漢武帝「獨尊儒術」後，立五經於學官，設五經博士授徒傳經。各家傳經，皆嚴守家法，並且依經立義，經學成為貫徹圖解統治階級思想意志的工具，在此文化氛圍中的學術研究表現為「依經立義」的學術範式，包括三層次：第一

此「詩六義」中的「風」，在詩學發展進程中形成了三種含義，最初指地方歌謠，又指男女言情之作，後來又增加了諷諭之義，〔註8〕這與漢儒的闡釋有關。從此觀點出發，《詩經》中的作品都被認爲具有美刺的內容，國風及二雅中一些男女言情之作因此被作了一番改造，如《鄭風·山有扶蘇》本爲民間女子戲弄戀人之歌，然《詩序》云：「刺忽也。所美非美然」，《鄭箋》云：「人之好美色，不往睹子都，乃反睹狂醜之人，以興忽不任用賢者，反任用小人。」〔註9〕男女情詩被改造爲賢人不遇之政治牢騷，類似此種解釋甚多，凡男女情愛、婚姻之詩，棄婦、思婦之詞，毛、鄭皆爲之曲解，而指爲政治社會興衰之借鏡，此種以政教倫理爲中心的闡釋模式造成許多牽強附會之說，可說是一種「有意的誤讀」。〔註10〕「美刺」、「譎諫」之詩教意識的產生，可以說是在大一統專制體制下，漢儒爲實現政治目的，又得適應現實情勢所創造的一種言說方式。〔註11〕

層次以經爲本，「注不破經，疏不破注」的經學闡釋中具體的體例、操作模式；第二層次的以政教倫理爲依據的價值認同；還包括第三層次，即以孔孟思想爲指導，以契合「聖人之心」爲旨歸的所謂「形上層面」。見楊著：《文化轉型與古代文論的嬗變》（成都：巴蜀書社，2000 年 7 月），頁 38～43。

〔註 8〕 見康正果：《風騷與艷情——中國古典詩詞的女性研究》（台北：雲龍出版社，1991 年 2 月），頁 64、65。

〔註 9〕 《詩序》、《鄭箋》見《詩經》卷一，《十三經注疏》（台北：藝文印書館，1997 年 8 月），冊 2，頁 171。

〔註 10〕 見楊玉華：《文化轉型與古代文論的嬗變》（成都：巴蜀書社，2000 年 7 月），頁 43。

〔註 11〕 胡曉明認爲此種純由政治關懷而轉出之所謂比興之「譎諫」義，與其說是解詩，毋寧說更是透過政治感受而創造的一種批評政治之方式，有使君王易於接受之義，並認爲，今人多從審美角度批評漢儒之穿鑿附會，其實是對於漢儒「不敢斥言」、「言之者無罪」、「依違諷諫」之一種深衷與苦心，缺乏一份同情與了解。見胡著：《中國詩學之精神》（南昌：江西人民出版社，1991 年 5 月），頁 24～36。而其所造成的消極影響，則如楊玉華所云，由於漢儒將文學作爲政教工具，過於強調文學的社會作用，常導致對文學審美娛情特性的忽視及對緣情體物作品意蘊的曲解。過分功利的文學藝術觀蒙敝了漢儒發現歷史事實與文學藝術審美本質的眼睛，它從某種層度上消弱

《詩經》的時代已經過數千年之久，然而其中顯露出的社會期待與自我要求，交織成一張無形的羅網，千千萬萬的男男女女以此來定義自己、評價他人，扮演著世世代代傳承的角色；《詩經》已經爲中國傳統的男女形象勾勒出特定的面貌與內涵，在今日試圖爲經書典籍賦予時代新意義的同時，男女形象的反思與重塑，是我們應再三尋思的。

二、戰　國

最先以女性題材表達政治內容而寫入詩歌的，一般認爲是屈原，「男女君臣之喻」畢竟由屈原首開此風。《楚辭》中，常常以「美人」自況或隱喻君王，且有時出現女性化的口吻，如：「初既與余成言兮，後悔遁而有他」、「余既不難夫離別兮，傷靈修之數化」、「眾女嫉余之蛾眉兮，謠諑謂余以善淫」、「攬茹蕙以掩涕兮，沾余襟之浪浪」，〔註12〕這些啼哭埋怨的語氣宛若失寵的女子，其實相對於楚懷王，被放逐的屈原在《離騷》中起初以棄婦自比，也是相當自然的。屈原在《離騷》前半部以女性自喻，後半部則以男性姿態出現，「借用了巫歌中神遊的母題，通過三次『求女』的行動訴說了他的『政治失戀』」，在《離騷》中，「無論是借用神話素材做政治陳情，還是摹仿失寵女子的口吻發洩政治牢騷，詩人傳達的始終是男女關係與君臣關係中相似的境遇」。〔註13〕

了人們對文學審美功用的認識，使極度功利與狹隘的文學觀廣爲氾濫。《文化轉型與古代文論的嬗變》（四川：巴蜀書社，2000 年 7 月），頁 53～55，79～80。

〔註12〕見洪興祖、蔣驥：《楚辭補注‧山帶閣註楚辭》合訂本，（台北：大安出版社，1991 年 8 月出版），頁 10、14、15、25。

〔註13〕以上見康正果：《風騷與艷情——中國古典詩詞的女性研究》，頁 82、84。關於《離騷》中的「求女」有諸多不同說法，此處採用康正果之說。而「政治失戀」一詞，康正果說：「當正直的士大夫用泛同性戀的有色眼鏡看待君主身邊的一切佞幸時，他們的懷疑似乎也感染了他們自己的臣妾意識，以致他們常常喜歡用失戀的口吻訴說個人在仕途上的失意。」此即「政治失戀」的意涵。見康正果：《重審風月鑑——性與中國古典文學》（台北：麥田出版社，1996 年 1 月），頁 114。

　　屈原爲何以女性自比呢？漢代儒者從政教觀點來看，認爲屈原是效法《詩經》的「美刺」精神，以委婉的方式向君王提出諫言。〔註14〕屈原在《離騷》中的確提出其政治理想，表達了對時政的不滿，抒發了不遇的憤懣，若就整體創作意圖而言，固然可將此「賢人失志之賦」看作有諷諫的意圖，而將屈原所運用的「香草美人」與「擬女性」現象視作「比興」手法，然而，他之所以採取此種表現方式，是否如漢儒所言，有著以「比興」發揮美刺作用的自覺意識呢？

　　根據人類學家的研究，爲了體應神靈宇宙的陰陽相生、渾然一體，巫者必須具備雌雄同體的雙重身分，〔註15〕《離騷》中的屈原挪借巫者身份，自然忽男忽女，令人撲朔迷離。

　　鄭毓瑜則從屈原「偏重自敘、專注自視的書寫角度」裡，認爲他「並不容易（或根本刻意躲避）去觀顧君主這一方於交接對話中的具體影響及其實際造成的君臣形勢」，而且屈原的直諫「不能僅僅理解成是對於君王的勸諫或是對社群的訓誡，反而偏重於透過知識分子自身所折射出的一切可能的怨懟、苦悶或是隱微的渴望與蒼茫的失落。這是個孤立而傲然的創作者，在激切、哀婉或嘲諷的語調間焠鍊自己持續的意志。『直諫形式』也因此超越言說策略作用於他人的目的性，說服自己多過於說服君王，啓發自我多過於改造社會」。〔註16〕

　　《易傳》云：「乾，天道也，父道也，君道也。」《周易·坤·文言》云：「坤，地道也，妻道也，臣道也。」中國古代的二元對立體系從沒有產生獨立的「個人」的概念，一個人並不具有主體的人格，只有置身於「二人」對應的具體關係中，才有可能明確雙方的身分。

〔註14〕鄭《箋》云：「風化、風刺，皆謂譬喻不斥言也」。見《詩經》卷一，《十三經注疏》本，冊2，頁17。而漢儒所謂「比興」即是指「譬喻」。

〔註15〕見曾珍珍：〈粲粲三珠樹：論六朝詩賦文本兩性化的表現〉，收於鍾慧玲主編：《女性主義與中國文學》（台北：里仁書局，1997年4月），頁318。

〔註16〕見鄭毓瑜：《性別與家園——漢晉辭賦的楚騷論述》（台北：里仁書局，2000年8月），頁24、145、210、211。

「二人」對應的關係也不存在相互之間的平等，所有的「二人」關係均被納入「陽剛」與「陰柔」的象徵秩序中，從本質上說，君臣、主僕、夫婦的關係並無原則的區別，因爲三者都體現了主動與被動、支配與被支配的模式。古人常常臣妾並舉，所謂的「臣妾之道」，便十分明顯地體現了男女之間與男人之間在權力關係上的一致性。〔註17〕因此，康正果就據此下結論：「父權制並不單純是男人奴化女人的制度，在男人的內部，一部分男人也同樣以對待女人的方式奴化另一部分男人。只要處於被支配的地位，不管是男性還是女性，支配者都同樣期待他們對自己作出柔弱、卑下和屈從的反應。」〔註18〕因此《周易》所標舉的「臣妾之道」，更加說明了詩人創作時的心理狀態，是處於被動、被支配的「女性心理」的。

　　《楚辭》作爲中國文學傳統的兩大源頭之一，在漢魏以後的詩歌中的確是可看到它強大的影響力，後代詩人的「性別寄托」或許即是從屈原《離騷》中的「擬女性」手法得到啓發，將「香草美人」意象作爲一種象徵，所以以「香草美人」分別代指自己和君王，「不但已經成爲一種能夠立即興起聯想的文學典故，一種能夠令人迅速從『所指』跳到『能指』的修辭『熟語』，而且簡直成爲中國人（至少是中國文人）修身立命的美學理想或努力達成的道德境界，可以視爲一種次生性的『元語言』」。〔註19〕

〔註17〕有關歷代陰陽學說與婦女地位之消長，參考鮑家麟：〈陰陽學說與婦女地位〉，《中國婦女史論集·續集》（台北：稻鄉出版社，1991年），頁37～53。

〔註18〕見康正果：《重審風月鑑──性與中國古典文學》（台北：麥田出版社，1996年1月），頁111。

〔註19〕見蕭兵：《楚辭與美學》（台北：文津出版社，2000年1月），頁81。另外，「所指」、「能指」是法國符號學家羅蘭巴特（Roland Barthes）所提出的專有名詞，「能指」即形象、文本、語言形式；而「所指」是通過「能指」傳達出來的一種意蘊、意旨、情感、情懷。詳參羅蘭·巴爾特著，李幼蒸譯：《符號學原理》（北京：三聯書局，1988年）。

三、兩漢六朝

在屈原之後的文人作品中，女性敘寫大致可分為兩個類型：一是通過對「美人」的思慕或追求來象徵自己對某種美好理想或事物的嚮往或追求，如張衡的〈四愁詩〉，阮籍〈詠懷詩・西方有佳人〉等；二是以「美人」為美善情操的體現者，多用於自比，如曹植的〈美女篇〉、〈雜詩・南國有佳人〉等。

曹植早期詩作〈美女篇〉前半承襲漢樂府〈陌上桑〉手法，具體描寫美女的形貌與裝扮，結尾部分產生託喻作用。如果說〈美女篇〉受漢樂府影響，對美女形貌的具體刻畫中尚帶有現實色彩；那麼「南國有佳人」則以較為飄忽的筆觸「將女性之美從樂府詩的社會的寫實的層面提升到精神的象喻的層面，而提供更多的想像的自由」。〔註20〕在這兩首詩中，可以看到屈原《離騷》中「好修」與「美人遲暮」的影子，於是以盛年未嫁的美女，抒發懷才不遇之感，成為後代詩歌常用的手法。

除了「美人」、「佳人」以外，漢魏文人詩中，還熱衷於描寫另一種身分的女性，即文人模擬樂府民歌，而往往以「代言」方式出之的「思婦」、「棄婦」之作。〔註21〕其實「思婦」傳統早在《詩經》就有。在《詩經》的篇章中，時時夾雜著古代婦女因被拋棄而發出的痛苦與申訴，比如《邶風・柏舟》中，即生動描述了一位婦女遭棄又被眾妾欺侮時的哀怨，「憂心悄悄，慍於群小。覯閔既多，受侮不少。靜言思之，寤辟有摽」，悲痛到夜晚醒來也會手捶胸脯，

〔註20〕見張淑香：《抒情傳統的省思與探索・三面「夏娃」——漢魏六朝詩中女性美的塑像》（台北：大安出版社，1992 年 3 月），頁 141。

〔註21〕關於漢魏六朝文人詩中的「擬作」與「代言」，梅家玲教授解釋云：「所謂『擬作』，乃是依據既有的作品進行仿擬，其情意內涵和形式技巧皆須步武原作，並儘可能逼肖原作的體格風貌，以求『亂真』」，代言「則是『代人立言』，所代言的內容和形式俱無具體的規範可循，於是只能根據自己對所欲代言之對象的了解，以『設身處地』、『感同身受』的方式，替他說話」。見《漢魏六朝文學新論》（台北：里仁書局，1997 年 4 月），頁 17。

可見這哀怨之深，痛入肺腑。而〈日月〉、〈谷風〉是被棄婦女除了哀怨之外對其丈夫的直接詰責，頗還有些反抗意識，不至於逆來順受的麻木。至於〈氓〉作爲《詩經》中最著名的有關棄婦主題的篇章，除了表面的哀怨申訴之外，通過對與其夫的結識、相歡、成家，到丈夫的變心的描述，也更深入地反映了作爲男性的自私無情及女子在婚姻愛情上的完全不平等，從各個角度對封建男權文化之核心進行了一定程度的譴責。

曹植是魏晉時期思婦作品的此中能手，傳世名篇有〈棄婦篇〉、〈七哀詩〉、〈閨情〉、〈種葛篇〉、〈浮萍篇〉、〈怨歌行〉等。由於特殊的政治際遇，曹植這類詩中的思婦、棄婦向來被認爲具有比興意味。因曹操逝世後，魏文帝即位，對其弟曹植多所排擠、打壓，使曹植在飄零無依、悲苦抑鬱的心境中度過了悲慘的後半生，因此，傳統詩評家多將此類詩作視爲「以男女比君臣」，借思婦、棄婦傳達政治上見棄於君的哀怨。

康正果與呂正惠認爲曹植的貢獻在於：將樂府民歌結合《楚辭》的比興手法，把「香草美人」意象，在五言詩裡重建起來，而成爲一個傳統的開端，並爲此後大量寫「政治失戀」的情詩確立了兩種類型：一是以待嫁之女託喻渴求入仕之士；一是以棄婦比逐臣。〔註22〕而吳品蓄則認爲曹植對女性敍寫的發展與變化表現在以下幾方面：

第一，女性形象由部分之點綴擴大爲全篇之描寫。《離騷》中的女性並沒有明顯的形象，只是出現於全文中的部分，作爲象徵的符號，曹植則將「女性」作爲全詩的主體而加以精心雕繪，突破了僅僅把美人視爲一種文化的符號或象徵的侷限，將其變爲典型的藝術形象，使其形體面貌和精神世界同時得到了充分的展現。

〔註22〕以上觀點綜合康正果：《風騷與艷情──中國古典詩詞的女性研究》（台北：雲龍出版社，1991 年 2 月），頁 143、145，與呂正惠〈論李商隱詩、溫庭筠詞中「閨怨」作品的意義及其與「香草美人」傳統的關係〉，收於逢甲大學中文系所編：《中國文學理論與批評論文集》（台北：新文豐出版公司，1995 年 10 月），頁 62。

　　第二、被用作比興人物的女性之身分、角色有所轉變。屈原作品不只抒發不遇之情，尚有理想性的表露、大我之關懷；漢魏以後，文人在思婦、棄婦的相思情愁、愛情婚姻的描寫中，轉變爲小我之關注，所寄寓之情也多爲懷才不遇之牢騷、賢人失志之怨嘆。

　　第三、情感基調的轉變。屈原不少詩篇皆表現了「怨而且怒」的情感特徵，屈原此種特徵，到了漢魏文人詩中已不復見，而轉變爲「溫柔敦厚」、「怨而不怒」的情感基調，思婦、棄婦完全以貞順自守的面貌出現，即使被棄，也只是自傷自憐、逆來順受、怨而不怒，表現了一種有節制的情感，這是由於漢儒「溫柔敦厚」詩教與強調「經夫婦」、「美教化」的風教詩觀的影響。〔註23〕

　　據曾珍珍〈粲粲三珠樹：論六朝詩賦文本兩性化的表現〉一文的研究，六朝文人倣作思婦吟，似乎又不必盡以「折志不遇、抒發挹鬱」的諷喻詩觀之。有時，它轉化爲純粹的修辭演練，徐幹的〈情詩〉、〈室思〉，張華的〈情詩〉、〈雜詩〉以及陸機、傅玄等人倣樂府古詩之作皆可如是觀。此類修辭方式，從形式主義的觀點看，近乎艾略特（T‧S‧Elilot）所謂的第三種聲音，亦即詩人採取戲劇性的表達方式，以摹擬一個虛構角色的口吻發聲，這個虛構的角色若在志趣、年齡、性別上與詩人迥異，更能彰顯詩人觸類感興的豁通想像和善解人倫的同情心。此外，六朝詩論，如陸機〈文賦〉，主張「詩緣情而綺靡」，〔註24〕而相對於問政公共空間的奏議文字，這些文人所做的詩賦主要用以抒解個人的情思，自然被劃歸爲一種女性化的文體。自漢以迄魏晉，直接以男聲表達愛情的作品，相較於懷友之作，簡直寥寥無幾，這種失衡的現象正是儒家文化的象徵語言對情慾表達的制約效果。曾珍珍認爲：「儒家文化崇智抑慾，男性代表理性，至於女性，則是情慾的象徵，情話恆是女人

〔註23〕詳見吳品著：《李詩隱詩歌「女性敘寫」之研究》（台北：國立台灣師大國文研究所碩士論文，2002年），頁46～47。

〔註24〕見陸機：〈文賦〉，收於〔梁〕蕭統編，〔唐〕李善注：《文選》（台北：文津出版社，1987年7月），頁766。

的絮語。可以這麼說，這是語言層次上的兩性分工。」〔註25〕觀察詩經以降的女性敘寫作品，曾氏看法可謂剖析精到。

　　文人擬作，基本上是模仿民間歌謠，然畢竟是自覺、有意的創作，在模仿之中，也有一種爭勝的心理，再加上風騷傳統與政教理念的影響，詩人在模仿與創新之間，有意無意中，注入了自己的品味、自己的構思、自己的價值觀，而將棄婦之怨作爲個人情志理念的寄託，〔註26〕這並非純粹的文學現象，而是匯集了婦女處境、詩學傳統、政教理想，以及詩人本身的情志遭遇等多重複雜因素的辯證歷程。此後，文人常常通過寫女性來寫自己，或以「美人」喻人喻己，表達政治理想的追求或失落，或是失意文人以棄婦、怨婦自比，寄託「不遇」、「被棄」的悲哀，「這種以性別之間的互指、混淆、重疊而抒發一己之慨的藝術設計，成爲文人們廣泛使用的一種修辭慣例和創作構思」。〔註27〕男性文人擬代女性所造成的「作者與敘述者之間性別轉換」的寫作現象，譚學純認爲是「是把所指意義上的男子，轉化爲能指意義上的女子」，而稱之爲「性別的文化轉移」；〔註28〕孫康宜認爲是一種文人通過「面具」之自我藏匿、以便婉曲地自我指涉的寫作策略，而稱之爲「性別面具」（gender mask）。〔註29〕此「言在於此，意在於彼」的「性別寄託」方式，使得文學中的「女性」經常成爲政治託諭的符碼，而且形成根深柢

〔註25〕見曾珍珍：〈粲粲三珠樹：論六朝詩賦文本兩性化的表現〉，收於鍾慧玲主編：《女性主義與中國文學》（台北：里仁書局，1997年4月），頁319。
〔註26〕見王國瓔〈漢魏詩中的棄婦之怨〉，吳燕娜編著、魏綸助編：《中國婦女與文學》第二集，（台北：稻香出版社，2001年6月），頁32、39。
〔註27〕見孟悅、戴錦華：《浮出歷史地表：中國現代女性文學研究》（台北：時報出版公司，1993年9月），頁19。
〔註28〕見譚學純〈芳草美人和女扮男裝——性別的文化轉移〉，他認爲這「是一種『雄性雌化』的自我設計」。《修辭學習》第4期（1994年），頁38。
〔註29〕見孫康宜〈性別的困惑——從傳統讀者閱讀情詩的偏見說起〉，《近代婦女史研究》第6期，1998年8月，頁113。

固的詩學傳統與文化美學,甚而滲入作家的潛意識之中,深深地影響其閱讀與創作。

四、唐　代

何寄澎認爲,到了唐代,受風騷傳統影響下的性別寄託方式雖仍然發揮著作用,但已有所轉變與突破,很多詩人繼續用傳統的手法創作明顯的比興寄託之作,但更多的詩人描寫女性,並沒有什麼確切的寄託之意,詩歌的整體結構中也無明顯的託喻之跡,如許多宮怨、閨怨之作,詩人之所以熱衷描寫宮女、貧女、歌女、棄婦、思婦等類型的女子,或許更多是出於一種同情共感的創作心理,如同白居易〈琵琶行〉中,將傳統「士」的貶謫之情平民化,而寫道:「同是天涯淪落人,相逢何必曾相識」,歌女與自己兩人之「階級」已被泯去,而以普遍人性之「本質」書寫感情,形成一種將「情感描繪(抒情)之去界線化」的表現方式,〔註30〕這已超脫了單純的比附和託喻,而是一種情感的契合與共鳴,在同情對方不幸遭遇的同時,彷彿在其身上看到了自己的影子,猛然醒悟自身命運正與對方相似。呂正惠以「心理投射說」來解釋這類並無明顯託喻痕跡的閨怨、宮怨之作,並舉唐代王昌齡〈長信秋詞〉、杜甫〈佳人〉等詩作爲例,認爲唐代有些宮怨、閨怨詩,雖不見得有一種「隱喻結構」直接「託喻」了文人的「不遇」,但仍是文人「不遇」的心理「投射」出去,讓他們在這些不幸的婦女身上找到「同情共感」,因而加以描寫,對女性命運的同情,帶有自我投射的心理傾向,呂正惠認爲這類詩,實際上是「香草美人」手法的擴展與「新變」,仍是屬於香草美人傳統。〔註31〕這種「投射」

〔註30〕 參見何寄澎:〈從美學風格典範之變易論元和詩歌的文學史意義〉,衣若芬、劉苑如主編:《世變與創化——漢唐、唐宋轉換之期之文藝現象》(台北:中央研究院中國文哲研究所籌備處,2000 年 2 月),頁 345～349。

〔註31〕 見呂正惠:〈論李商隱詩、溫庭筠詞中「閨怨」作品的意義及其與「香草美人」傳統的關係〉,收於《中國文學理論與批評論文集》(台北:新文豐出版公司,1995 年 10 月),頁 64。

是「在愛情感受或對男女關係的透視中，帶著與人生其他方面生活相通的體驗與認識」，〔註32〕若說有比興寄託，也是一種更廣義的寄託，而有別於傳統的「托物寓志」，或許詩人原未必有意識要寄託，然而，長久鬱積於心的各種感慨，因外物的觸發而不自覺地滲入於所寫的情事之中，而使其詩歌引發多方聯想，卻無寄託之跡。

　　在中唐時期，風氣漸變，元稹、白居易等人開始出現一些對年輕時期之戀情或冶遊生活的描寫，甚至本為政治題材的馬嵬事變都被當作愛情題材來處理，如〈長恨歌〉即是。到了晚唐時期，「愛情」在文人創作中更是獲得前所未有的集中而深刻的表現，而以溫庭筠、李商隱二人創作數量最多。而此時的女性敘寫也向其他題材「泛化」，也就是常借由女性意象或情愛題材來書寫自然景物或其他社會現象，即所謂「借香倩語點化」，〔註33〕此種「泛化」現象，在李商隱的詠物詩中特別普遍，此亦為晚唐綺艷題材的一大特色。寫景、詠物詩本不屬於綺艷題材，但晚唐綺艷題材泛化，不少寫景、詠物詩也帶有很濃厚的愛情和脂粉氣息，許多詩人筆下詠花柳蜂蝶的詩都注入情愛的內涵，甚至連山水詩也綺艷化了，〔註34〕如雍陶〈題君山〉：「疑是水仙梳洗處，一螺青黛鏡中心」，把湖中山的倒影，比成美人梳洗時映在鏡中的螺髻。又如李商隱詠物詩中所屬意的對象，多數是屬於較纖柔細小之物，而此類事物與女性之纖細柔美特質在性質上有類似之處，故李商隱常將其擬之為女性，特別是花、柳等植物，如〈牡丹〉〔註35〕一詩前四句皆將牡丹擬之為女性意象，此種描摹並非靜態之比附，而是以

〔註32〕見余恕誠：《唐詩風貌及其文化底蘊》（台北：文津出版社，1999 年 8 月），頁 148。

〔註33〕張爾田：《李商隱詩辨正》，〈南朝〉注，見其《玉谿生年譜會箋》（台北：中華書局，1966 年 2 月），頁 357。

〔註34〕參見余恕誠：《唐詩風貌及其文化底蘊》（台北：文津出版社，1999 年 8 月），頁 143、144。

〔註35〕原詩為：「綿幃初捲衛夫人，繡被猶堆越鄂君。垂手亂翻雕玉佩，折腰爭舞鬱金裙。石家蠟燭何曾剪，荀令香爐可待熏。我是夢中傳彩筆，欲書花葉寄朝雲。」

「初捲」、「猶堆」等詞語捕捉其靈動之美,展現其生命力。花朵爲自然界中最美麗的事物之一,以花朵與美人兩相烘托,相得益彰。

　　晚唐「女性敍寫」向各方面泛化的現象,除了上述詠物、寫景之詩以外,尚有其他題材的詩作,此時「凡稍微可能涉及男女關係的題材,即有被愛情攝動向之靠攏的傾向,出現眾流趨向綺艷詩,由綺艷詩又通向眾流的局面」,詩人們「在愛情感受或對男女關係的透視中,帶著與人生其他方面生活相通的體驗與認識」,〔註36〕這使得許多詩篇以較爲間接的方式來反映政治、社會生活。在李商隱詩中,如〈即日〉:「小苑試春衣,高樓倚暮暉。夭桃惟是笑,舞蝶不空飛。赤嶺久無耗,鴻門猶合圍。幾家緣錦字,含淚坐鴛機。」借閨怨反映了會昌年間回紇侵邊的時事。〈壽安公主出降〉:「溈水聞貞媛,常山索銳師。昔憂迷帝力,今分送王姬。事等和強虜,恩殊睦本枝。四郊多壘在,此禮恐無時。」則對晚唐王室以公主和親,以籠絡那些據地自雄的藩鎮而求苟安的做法,表示反對的觀點,也對朝廷的現狀和前景深表憂慮。借用女性意象來書寫自然景物,使得物與人有互相轉化的可能,是晚唐詩人看待世界的獨特角度,亦是其陰性特質的流露。

　　從杜牧、李商隱的緣情綺麗,發展到《花間集》的感官聲色,詩人們一步步將視野轉向閨閣香艷世界,突出描寫女色與輕艷,從這裡可看到「緣情論」〔註37〕的偏承發展,由對個體性靈的珍視,漸漸轉爲感官嗜欲導向的沉溺,這也是文學潮流與時代風氣的映現。中晚唐的艷情詩,多以男性敍述觀點寫成,詩歌中往往以大量形容女性之容貌、體態的筆墨訴諸視覺觀看,在感官化描寫中暴露男性賞玩之目光,「女性既被觀看,又被展覽,她們的形象被符碼化來產生強烈的視覺及色情效果,也因之,她們可說是被觀看的同義詞」。〔註38〕這

〔註36〕見余恕誠:《唐詩風貌及其文化底蘊》(台北:文津出版社,1999年8月),頁146、148。

〔註37〕有關當時詩人「反道緣情」之類似主張,見羅宗強:《隋唐五代文學思想史》(北京:中華書局,1999年8月),頁339。

〔註38〕見黃宗慧:〈看誰在看誰:從拉岡之觀視理論省視女性主義電影批評〉

類詩中的女性形象是男性欲望投射下的產物，女性在男性的凝視（male gaze）〔註39〕下成爲客體，失卻了主體性，而以「他者」（the other）的形象被呈現。

第二節　宋　代

　　因爲秦觀詞的發生背景在宋代，所以筆者把宋代的女性敘寫獨立一節，更深入一些來討論這個時期的女性敘寫情況。

　　描寫美女與愛情，到了唐宋詞中變成主要題材，因此其女性敘寫也被冠上專有名詞，即清代詞論家田同之所指出的：「男子而作閨音」。〔註40〕楊海明解釋此語爲「作者明明都是些男性文人，然而當他們提筆寫詞時，卻往往發生了『性變』」。〔註41〕舉例來說，北宋有名的宰相晏殊，史稱其爲人「剛簡」，〔註42〕然而也寫下了許多婉約嫵媚的「女性詞」，這在當時的人看來似乎有失身份，如胡仔引《詩眼》云：

> 晏叔原（晏幾道）見蒲傳正云：「先公（晏殊）平日小詞雖多，未嘗作婦人語也。」傳正云：「『綠楊芳草長亭路，年少拋人容易去』豈非婦人語乎？」晏曰：「公謂『年少』爲何語？」傳正曰：「豈不謂其所歡乎？」晏曰：「因公之言，遂曉樂天詩兩句云『欲留年少待富貴，富貴不來年少

引 Laura Mulvey 之言。《中外文學》25 卷 4 期（1996 年 9 月），頁 41。

〔註39〕所謂的「男性凝視（male gaze）下所建構借景喻情的客觀修辭傳統」，即工於摹繪，不將詞人自我的愛戀摻入。由於這類詞不引入詞人的情感，所以發展到極至，則將「人」降而爲「人的某一部位或肢體」。周邦彥〈看花回〉（秀色芳容明眸）專詠眼，而劉過的〈沁園春〉（銷薄春冰）專詠美人的指甲，〈沁園春〉（洛浦凌波）專詠美人的足。

〔註40〕見田同之：《西圃詞說》，收於唐圭璋編：《詞話叢編》（北京：中華書局，1996 年 6 月），冊 2，頁 1449。

〔註41〕見楊海明：《唐宋詞主題探索》（高雄：麗文文化公司，1995 年 10 月一刷），頁 1。

〔註42〕見〔元〕托克托等奉敕撰：《宋史・晏殊傳》（台北：台灣商務印書館，1984 年《景印文淵閣四庫全書》本），冊 286，卷 311，頁 116。

去』。」傅正笑而悟。〔註43〕

就文意而言，蒲傳正的理解是準確的。但晏幾道欲爲其父諱，故引白居易詩並偷換「年少」之概念，曲解爲「青春難以永駐」之意，這是將詞中語句加以比附，而推衍爲他義的一種辯護方式。後來南宋趙與時曾針對這一則文字予以匡正曰：「蓋眞謂『所歡』者，與樂天『欲留年少待富貴，富貴不來年少去』之句不同，叔原之言失之。」〔註44〕事實上，詩詞之高雅與否，並不決定於是否「作婦人語」，而決定於作品的審美體驗以及與情感深度。

那麼，詞中何以會產生這種「男子而作閨音」的現象呢？在這種男性作者好發「婦人語」、好作「妮子態」的創作舉動後面，又隱藏著什麼思想性和審美觀呢？這就值得我們進而探求。

楊海明對於詞中所以會產生「男子而作閨音」，認爲大致存在著「被動」、「主動」和「半主動半被動」三種情況。〔註45〕而陳康芬則指出《花間集》中「男子作閨音」的兩種寫作方向，一是以男性凝視（male gaze）下所建構借景喻情的客觀修辭傳統；一是男性模仿女性主體的「僞」女性的主觀聲音，形成女性單一的閨怨形象。而在《花間集》之後，朝向兩個路線分化演進：馮延巳、晏殊、歐陽修等，將思婦的閨怨之情，逐漸整合在文人生活情境的想像空間中；與晏幾道、秦觀等，自覺回歸《花間集》的艷詞風格，引發不同的「擬女性」話語的性別權力機制。〔註46〕筆者參考楊海明與陳康芬的分類，以創作動機分成三類綜合討論之：

〔註43〕見〔宋〕胡仔：《漁隱叢話》（台北：台灣商務印書館，1986 年《景印文淵閣四庫全書》本），冊 1480，前集，卷 26 引《詩眼》，頁 190。

〔註44〕見〔宋〕趙與時：《賓退錄》（台北：台灣商務印書館，1985 年《景印文淵閣四庫全書》本），冊 853，卷 1，頁 657。

〔註45〕詳見楊海明：《唐宋詞主題探索》（高雄：麗文文化公司，1995 年 10月），頁 1～13。

〔註46〕見陳康芬：〈試以詞體中的婉約風格與擬女性話語觀看宋代女性詞家〉，收於黎活仁等主編：《女性的主體性：宋代的詩歌與小說》（台北：大安出版社，2001 年 10 月），頁 55～56。

一、應　歌

　　「應歌」即楊海明所謂的「被動」類創作。人所習知，詞的全稱應是「曲子詞」，它是配合音樂（曲子）而歌唱的新體歌辭。最早的一部文人詞總集《花間集》的序言就這樣描繪過作詞的環境與動機：「則有綺筵公子，繡幌佳人，遞葉葉之花箋，文抽麗錦；舉纖纖之玉指，拍按香檀。不無清絕之詞，用助嬌嬈之態。」〔註47〕從中可知，文人詞是在貴族的「文藝沙龍」和酒筵歌席上創作與演唱的——先由文人根據曲調作詞，然後交付樂工歌妓們伴奏歌唱。據宋人王灼《碧雞漫志》記載：唐代以前因善歌而得名者有男有女，人們並不一味崇拜女性歌者（如戰國時代的秦青、漢代的李延年、唐代的李龜年等都是有名的男性歌者），但「今人」則「獨重女音，不復問能否」。〔註48〕所謂「女音」，就是指妓樂，是歌妓按曲唱詞之音。也就是說，自晚唐以來，社會風氣發生了變化，士大夫們所欣賞的便僅是發自「鶯吭燕舌」的「女音」。宋人李廌有一首〈品令〉詞，描繪過「玉人唱歌」的情狀：「唱歌須是玉人，檀口皓齒冰膚，意傳心事，語嬌聲顫，字如真珠……」這樣的演唱，就「逼」得文人們放下架子去創作那些為歌妓「代言」的「婦人語」，由此就引發了「男子而作閨音」的舉動。

　　這裡揭示了應歌詞的音樂層面、語言層面、歌唱主體與創作主體的關係。文人詞既然誕生於這樣的女性化的音樂環境中，它自然會「屈從」於女性歌唱的需要，使詞的主題、風格、語言乃至聲腔都服從並滿足於她們的需要。當然，從根本上講，「獨重女音」的風氣仍是由士大夫自身的享樂心理所造成的；但從填詞以應歌的角度來看，他們的「作閨音」也就可以視作是「被動」的舉動。如素以「文雅」著稱的馮延巳，詞中也有這樣一首活脫脫是歌妓口吻的〈長命女〉：「春日

〔註47〕見〔後蜀〕趙崇祚編，蕭繼宗評點校注：《花間集》（台北：台灣學生書局，1996 年 8 月），頁 1。

〔註48〕收於唐圭璋編：《詞話叢編》（北京：中華書局，1996 年 6 月），冊 1，頁 79。

宴，綠酒一杯歌一遍。再拜陳三願：一願郎君千歲，二願妾身長健，三願如同梁上燕，歲歲長相見。」這明顯證明了他的作詞很大程度上確是爲應付歌女之所請，並模擬其口吻而寫的。由此可見，不少詞人之所以「男子而作閨音」，原因就是爲應付「雪兒」、「春鶯」〔註49〕輩歌女的歌唱需求所引發的。

　　既然如此，那麼這類應歌詞在文體內涵上該作何解釋呢？羅忼烈說：

> 這種應歌之詞，不少糊塗人認爲是「夫子自道」，常常把詞品和人品混爲一談。因此，對於某些「道德文章鉅公」，爲了維持他們的崇高形象，就有衛道之士挺身辯護，如晏幾道替父親辯護，羅泌等爲歐陽修辯護，姜明叔爲司馬光辯護。如果辯護者明白「作婦人語」、寫男歡女愛、訴相思怨別是應歌詞的例行公事，不是「夫子自道」，傳統的詩文才是他們「言志」之作，分清界限，就不至喋喋不休，越描越黑了。〔註50〕

這是羅忼烈針對後人根據周邦彥應歌詞中男歡女愛的內容視之爲「黑」而不「白」的風流文士所作的辯解，也提醒人們注意「應歌」之詞與「言志」之詩的差別，即應歌詞中的內容不像詩歌那樣屬於「夫

〔註49〕劉克莊《題劉瀾樂府》：「詞當協律，使雪兒、春鶯輩可歌。」

〔註50〕見羅忼烈：〈周邦彥三題〉，收於《兩小山齋雜著》（北京：中國和平出版社，1944年），頁158～161。按：晏幾道爲晏殊詞中的「婦人語」，上文已有所列。羅泌等爲歐陽修的仿豔之詞作辯護，詳見羅泌校正的《歐陽文忠公近體樂府》（南宋慶元年間刊本）的跋：「公性至剛，而與物有情。蓋嘗致意於詩，爲之本義，溫柔寬厚，所得深矣。吟詠之餘，溢爲歌詞，有《平山集》盛傳于世，曾慥《雅詞》不盡收也。今定爲三卷，且載樂語於首。」羅泌認爲集子中的「淺近者」乃是「僞作」，「故削之」。而姜明叔爲司馬光作辯護一事，見諸楊慎《詞品》卷三。姜氏認爲司馬光〈西江月〉（寶髻鬆鬆綰就）詞，「決非公作！宣和間恥溫公獨爲君子，作此誣之，不待識者而後能辯也。」該詞首見於北宋趙令畤：《侯鯖錄》卷八。在新舊黨爭中，趙氏在政治上與司馬光同道，故一起被入「元祐黨籍」。因此，司馬光〈西江月〉詞不存在真僞問題，更非時人作此詞以誣司馬光。

子自道」，不是詞人自我情感的流露，而是像唐代幕府中的「刀筆吏」一樣，屬於「例行公事」。而這種「例行公事」的「應歌」之詞，則正是唐宋士大夫社會在社交與娛樂場合中建立起來的一種特殊而又通常使用的語言和語體。

　　然而，在「代言體」的這一「生產」和「消費」過程中，詞人並非僅僅爲了最終扮演一個娛情的角色，他們爲了娛情而將「夫子自道」的自我抒情本位轉讓給了歌妓，使之成爲詞的抒情主體的同時，並沒有完全放棄作爲創作主體的抒情地位；他們代歌妓言情雖然屬於「例行公事」，甚至有虛假的成份，但並不完全是憑空捏造，而是建立在與歌妓交往時所產生的特殊心態之上的。

　　宋代文人樂與歌妓交往與當時的社會風氣有著直接的關係。如前所述，由於整個國家的弱勢處境、文人自我意識的覺醒、城市經濟的繁榮以及統治者的倡導，兩宋社會始終彌漫著奢華之風。甚至有人爲了趕上這股「潮流」，不惜自我粉飾，宋代周煇在《清波雜志》卷九中記載：「士大夫昵裙裾之樂，顧視巾櫛輩得之惟艱，或得一焉，不問色藝如何，雖資至凡下，必極美稱，名浮於實，類有可笑者，豈故矜衒，特償平日妄想，不足則夸爾。」〔註51〕由此看來，文人與歌妓往來似乎不僅僅是娛樂的需要，簡直成了一種身份的表徵。

　　而我們熟知的許多著名詞人，也大多有與歌妓交往的經歷，即使是蘇軾、賀鑄那樣與妻子感情深篤的詞人也不例外。今天我們讀蘇軾的〈江城子〉（十年生死兩茫茫）〔註52〕和賀鑄的〈鷓鴣天〉（重過閶門萬事非），〔註53〕仍要被蘊涵在作品中的眞情深深地感動。但令今

〔註51〕見〔宋〕周煇：《清波雜志》，（台北：台灣商務印書館，1985年《景印文淵閣四庫全書》本），冊1034，卷9，頁65。
〔註52〕全詞爲：「十年生死兩茫茫，不思量，自難忘。千里孤墳，無處話淒涼。縱使相逢應不識，塵滿面，鬢如霜。　　夜來幽夢忽還鄉，小軒窗，正梳妝。相顧無言，惟有淚千行。料得年年腸斷處，明月夜，短松岡。」
〔註53〕全詞爲：「重過閶門萬事非。同來何事不同歸。梧桐半死清霜後，頭

人困惑的是他們同時又寫了許多贈妓、念妓的詞，其感情也不可謂不真。因爲對於當時的文人來說，與歌妓交往是他們從事詞體創作的一種正常途徑，因而這些交往也不會招致社會的非議。據《石林詩話》記載，張先八十多歲時還與聲妓交往甚密，蘇軾因此作詩戲之：「詩人老去鶯鶯在，公子歸來燕燕忙。」張先並不以爲忤，和曰：「愁似鰥魚知夜永，懶同蝴蝶爲春忙。」甚爲東坡所賞。〔註54〕

秦觀也與妓女有不少往來，且家裡也蓄妓。據張邦基《墨莊漫錄》載，秦觀元豐年間納有侍妾邊朝華，三年後（紹聖元年，西元 1094年）至杭州，覺察政局有變，遂作詩遣之：「玉人前去卻重來，此度分攜更不回。腸斷龜山離別處，夕陽孤館自崔嵬。」其所以有「重來」之說，是因爲秦觀此前忽萌「修眞斷世緣」之念，遣朝華歸其父母家，且贈以金帛作嫁資。臨別時兩情凄凄，秦觀作詩一首贈之：「月霧茫茫曉柝悲，玉人揮手斷腸時。不須重向燈前泣，百歲終當一別離。」這話說得情不自禁。二十餘日後，朝華要求回到秦觀身邊，秦觀「憐而復取歸」。〔註55〕兩人終是情緣未了，誰都離不開誰。其所以有如此反覆，只要看看三年前秦觀初納朝華的快活感受就不難索解了，那首被編在《淮海集》卷十一〈四絕〉之三的詩寫道：「天風吹月入闌干，扁鵲無聲子夜闌。織女明星來枕上，了知身不在人間！」簡直有如與天仙同眠、飄飄欲仙的感覺，又怎麼可能在三四年後斬斷情緣呢？對於多情的秦觀來說，顯然是難斷情欲的。

歌妓往往具有一定的文化修養，通常是能歌善舞以至填詞作畫，與那些生活閉塞的妻子們相比，歌妓更容易與文人進行思想上的溝通成爲他們的知音。元稹懷念妻子是因爲她曾「泥他沽酒拔金釵」，賀

白鷥失伴飛。　　原上草，露初晞。舊棲新壟兩依依。空床臥聽南窗雨，誰復挑燈夜補衣。」
〔註54〕事見〔清〕何文煥輯：《歷代詩話》（台北：漢京文化事業公司，1983年1月），頁430。
〔註55〕見〔宋〕張邦基：《漫莊漫錄》（台北：台灣商務印書館，1984年《景印文淵閣四庫全書》本），冊864，卷3，頁24。

鑄對妻子的記憶則是「誰復挑燈夜補衣」。這些妻子們要麼典釵買酒，要麼挑燈補衣，都僅僅是在生活上給自己的伴侶以體貼入微的照顧，實際上是從事著褓姆的工作。而歌妓呢？看看姜夔是怎麼說的：「自作新詞韻最嬌，小紅低唱我吹簫。」多麼風雅！對於以風流自命的宋代文人來說，歌妓似乎更容易激發他們的創作熱情。李劍亮說：「北宋詞壇乃至於整個唐宋詞壇之所以出現如此繁榮的景象，一個關鍵的原因，便是因為有了這大量的應歌之詞。」〔註56〕

　　「歌妓情結」包涵著哲學、美學等層面的文化意蘊，唐宋詞人筆下出現的大量「花間詞」——包括其中的「代言體」——正是以此為基礎的；換言之，「花間詞」是具有深層文化意蘊的「歌妓情結」的一種外化形態。因此，無論「代言體」是否真實地反映了「謝娘無限心曲」，對於詞的作者來說，卻都真實地折射出他們在遊妓戀妓的風俗行為中，具有共通性和普泛化的心理積習與情感取向。也正因為如此，唐宋詞人在情感領域中，既不以遊妓戀妓為不譽之事，又不以代言妓情而使自己的作品出現「性變」感到驚訝，而是習以為常，從而賦予了為妓言情、歌妓歌以佐歡的「代言體」一種流行的藝術效應和盛行的趣味原則，成了約定俗成而又極富時尚的社交語言和語體。

二、比興寄托

　　「比興寄托」即楊海明所謂的「主動型」創作。比興是中國古代詩歌的傳統藝術手法。歷代詩人大都運用托物言志或觸物繫情的方法來委婉含蓄地寄托某種思想或情感，使詩歌作品不惟有獨特的審美意蘊，而且更富於深厚的哲理內涵。自《詩經》、《楚辭》以來，詩人多用女性形象來比興，將求女思婦、美人佳麗等尋常人生題材賦予更深刻的社會內容，借以隱喻作者的政治理想或人生遭遇。如《離騷》就以男女愛情來比擬君臣關係，所謂「靈修美人，以媲於君；宓妃佚女，

〔註56〕見李劍亮：《唐宋詞與唐宋歌妓制度》（杭州：杭州大學出版社，1999年），頁98。

以譬賢臣」。〔註57〕再如李白有一首〈古風〉，詩中的美人形象即比興意境深遠：「美人出南國，灼灼芙蓉姿。皓齒終不發，芳心空自持。由來紫宮女，共妒青蛾眉。歸來蒲湘沚，沉吟何足悲。」顯然，作者以南國美人自喻，一面表白自身的高潔和對理想的忠貞，一面暗示現實政治腐敗，表露出因理想難以實現而悄然退隱的複雜心理。

這類美女偶君子的題材，意在表現對政治理想的追求和對高潔人格的貞守。當詩人「致君堯舜」、「經世濟民」的政治價值目標受到挫折，政治理想難以實現時，類似男女情愛悲劇的如美人被棄、君子遭讒、怨夫思婦、倩女懷愁等各種失落情感便宣洩而出。這是中國古典詩歌的女性形象比興層出不窮，不斷翻新的深層文化動因。在古典詩論中，也注意到這種傾向，陳廷焯說：「寫怨夫思婦之懷，寄孽子孤臣之感。」〔註58〕宋代理學家朱熹更有一套「夫婦君臣說」，以男女人倫關係比喻君臣際遇關係。童風暢據此下結論：「事實上，中國傳統的政治文化氛圍，是不可能為詩人們建造出一個既要保持自由人格又能有所做為的君臣合作體系的。隨著政治理想主義的失落，詩人認識自我、呼喚人格的強烈意識便深深地沉積在女性形象有比興意境中。」〔註59〕經國濟世的政治理想、忠君愛民的憂患意識以及感仕不遇的隱逸情結等儒家政治價值觀，通過不同女性形象的塑造和比興，得到更深層的抒發和美化，達到審美觀點和政治理想的完美統一。這不僅展示了儒家文化的思想傳統，又代代相承，不斷強化，直接影響著後世文人。

宋代某些詞人曾有意識地採用此種比興手法，來寄託自己不便直言的感情，如秦觀某些「將身世之感打并入艷情」〔註60〕之作，即可

〔註57〕見〔漢〕王逸：《楚辭章句·離騷經序》（台北：台灣商務印書館，1986 年《景印文淵閣四庫全書》本），冊 1062，卷 1，頁 3。

〔註58〕見陳廷焯：《白雨齋詞話》，收於唐圭璋編：《詞話叢編》（北京：中華書局，1996 年 6 月），卷 1，冊 4，頁 3777。

〔註59〕見童風暢：〈古代文人詩歌中的女性現象——比興與政治價值取向〉，《青海社會科學》1994 年第 2 期，頁 62。

〔註60〕見周濟：《宋四家詞選》，收於唐圭璋編：《詞話叢編》（北京：中華

視爲此類的代表。秦觀之後，如辛棄疾一些堪稱絕唱的詞作，亦以女性形象的比興見長。借兒女離合之情和風雨繁花之景，寓家國之事，抒身世之感，從中折射深刻的現實政治內容，正是辛詞的獨特審美意蘊，如其〈摸魚兒〉（更能消幾番風雨），〔註61〕表面上是寫美人傷春，實際是借對惜春、怨春和傷春的描寫，以及歷史上后妃榮辱的故事，比喻奸佞弄權，媚君爭寵的朝政，暗示國勢日衰、山河破碎的南宋社會時局，強烈表達了作者政治理想破滅後的惆悵之情，含蓄婉約，恍惚莫測，是運用比興寄託的代表作。

　　綜上所述，「借男女以喻君臣」是古典文學傳統中極其普遍且重要的一種美學技巧。這裡所寄託的政治理想、憂患意識以及隱逸情結等，絕非只是少數詩人流露的個人政治價值取向，而是代表了中國古代大多數正派知識分子追求美好社會和理想人格的普遍心態。後繼者是否同樣以比興寄託的態度去從事一己的寫作？卻又似乎不能一概而論。但唯一可以確定的是：只要它在藝術成就上有過人之處，就必然會融入既有的文學傳統之中，成爲左右後代文人創作走向的典範。

三、純抒己情

　　這一類即楊海明所說的「半被動半主動型」創作，此類詞篇甚多。從功能結構觀之，「代言體」雖然是一種時尚的社交語言和語體，具有明顯的社交功能，但其本身並沒有介入尊前筵間交往雙方具體或特定的人事內容，大都僅僅是在社交場合中「用助嬌嬈之態」、「聊佐清歡」而已，所以其社交、娛樂和抒情三大功能結構，處於既相伴而又「各自爲政」的狀態中，它們只是形式上的組合，而不是內容成份上

　　　　書局，1996 年 6 月），冊 2，頁 1652。
〔註61〕全詞爲：「更能消、幾番風雨。匆匆春又歸去。惜春長恨花開早，
　　　　何況落紅無數。春且住。見說道、天涯芳草迷歸路。怨春不語。
　　　　算只有殷勤，畫簷蛛網，盡日惹飛絮。　　長門事，準擬佳期又
　　　　誤，蛾眉曾有人妒。千金縱買相如賦，脈脈此情誰訴。君莫舞。
　　　　君不見、玉環飛燕皆塵土。閒愁最苦。休去倚危樓，斜陽正在，
　　　　煙柳斷腸處。」

的相溶，即便是抒情，也是普泛化了的妓情。然而，當應歌詞直接介
入尊前筵間的具體人事和交際內容時，其社交和娛樂兩種功能與詞中
所抒發的特定時空中的特定情感也就互爲一體、水乳交融了。不妨先
比較下列兩首應歌之作：

> 春欲暮，滿地落花紅帶雨。悃悵玉籠鸚鵡，單棲無伴侶。　　南
> 望去程何許？問花花不語，早晚得同歸去，恨無雙翠羽。(韋
> 莊〈歸國遙〉)

> 都人未逐風雲散。願留離宴。不須多愛洛城春，黃花訝、
> 歸來晚。　　葉落灞陵如翦。淚霑歌扇。無由重肯日邊來，
> 上馬便，長安遠。(張先〈玉聯環·送臨淄相公〉)

兩首都是在尊前筵間付諸紅粉佳人淺斟低唱，反映的都是離情別緒，
也都具有女性化的特徵。韋詞代歌妓言情，無特定的內涵，表現的是
歌妓所普遍具有的心事，也折射出文士與歌妓交往中滋生的一種普遍
的心態，所以，其中所表現的離情別緒既適用此時，又適用彼時；其
中所折射出來的心態既是此時韋莊所具有的，也是彼時整個唐宋詞人
所共有的。張詞雖然也爲歌妓代言，但與韋詞不盡相同。題中的「臨
淄相公」即晏殊。據夏承燾《張子野年譜》，皇祐二年至五年（1050
～1053），晏殊知永興軍，辟張先爲通判。該詞作於皇祐五年，在西
京永興軍爲送晏殊離任而作。﹝註62﹞而詞題的運用，則標誌該詞直接
介入了餞別晏殊這一具體的社交活動而有了特定的時空內容，也昭示
了詞中所抒發的與晏殊的離情別緒既是歌者的，又是作者自己的，在
抒情上，使歌唱主體與創作主體融爲一爐。

　　當應歌之詞直接介入社交活動中的具體人事內容，即以特定的人
事爲軸心，爲眼前相與交往之人而作，緣具體的交往之事而發，給其
情感的抒發帶來了某種指向性或規定性。因此，詞題或詞序應運而生。
詞的題序之於詞的內容，猶如詩題之於詩，有了「命題作文」的傾向，

﹝註62﹞見《唐宋詞人年譜》，《夏承燾集》（杭州：浙江古籍出版社，1997年），
　　　冊1，頁181。

是詞體的創格。詞序這一創格始於張先。在現存張先的一百七十餘首詞中，有六十五首用了題目或小序。這六十五首詞的題序運用，使作者在創作時的特定時空、具體人事與詞中的內容有了嚴格的對應關係，從而突破了自溫庭筠以來應歌詞通常使用的超時空的普泛化、共通性的抒情模式，其中雖然大都代歌者言情，但無一不像上列〈玉聯環・送臨淄相公〉那樣，在代言的同時，又直抒作者自我的情感。

我們再舉秦觀的〈畫堂春〉（落紅鋪徑水平池）：

> 落紅鋪徑水平池，弄晴小雨霏霏。杏園憔悴杜鵑啼，無奈春歸！　　柳外畫樓獨上，憑闌獨撚花枝。放花無語對斜暉，此恨誰知？

它並不一定是被「應歌」所「逼」出來的，也並不一定有什麼明顯政治寄托，而似乎只是一種「集體無意識」的產物。也就是說，正是某種共同的時代心理和審美趣味暗暗地驅使著這些詞人，使他們「不約而同」、「習慣成自然」地寫下了這些爲女性「代言」其心聲的作品。從作者的暗中受到驅使而言，他們是「半被動」的；而從他們津津有味地精心描摹與刻劃婦人的心態而言，則他們又是「半主動」的。

這類詞篇加上前述兩類「應歌」與「寄托」之作，就合而形成爲唐宋詞中「男子而作閨音」的文學現象。它並非從理念出發，爲了表達某種概念化的「志」去刻意尋找一個托志之物，使物成爲概念的圖解，而是往往因事、因物甚至因情而起情，自然聯及人生際遇，融入人生感慨。或許詩人創作動機上，原未必有意識要寄托，然而，久已鬱積心中的各種感慨因外物的觸發，而不自覺地融入所寫的情事之中，而使其詩歌引人無限聯想。

在創作層面，文人從何得知女子的一般特徵和思考模式呢？除卻作者一己的耳聞目見之外，恐怕就是來自於更早的相關文本和婦女論述了。而它們得以在代言者筆下以另一文本形式出現，除卻作者本身才情學力方面的因素外，更關乎伴隨「閱讀」活動而來的、個人發自於內心的認同和轉化過程。根據劉若愚先生對閱讀現象學的論述，在

閱讀活動中,「就讀者追隨著構成字句結構的文字而言,讀是寫的一個近似的再演」,故當「再創造作者所創造的境界時,讀者擴展了他本身的『生存世界』與他對現實的認知」;〔註63〕不過,正由於「閱讀」本身即蘊含一「再創造」的過程,故讀者經閱讀而來的情感,又不盡然同於原作,甚至於,它還常因不能自外於由文化習慣、概念系統所形成之「前理解」的篩揀和預期,〔註64〕而有「作者之用心未必然,而讀者之用心何必不然」的另類詮解。〔註65〕

在心理層面,詩人何以要托女性角色來曲折地抒發感情,其中反映出怎樣的性別心理?詩人爲角色代言,自有可能出於探索與關懷另一心靈世界的動機,亦有可能與自身的生存境遇有關,而在人我類似的命運中尋找內心共鳴。還有可能是一種陰性特質的流露,如同榮格觀點所言,每個人身上都具有陰性、陽性雙重的特質,在社會化的過程中,男性爲符合社會性別角色的要求,而發揮了陽性的一面,陰性特質則被壓抑到無意識的底層,壓抑並非消失,它時時可能尋找機會傾洩而出,借女性角色抒情,由此可視爲一種宣洩之道,男性詩人透過女性之口,曲折地流露了內心柔情的一面。〔註66〕然而應注意的是,作品中的人物形象卻不一定等於詩人自我,很可能詩人只是在扮演一個角色,即使是詩人的主體內容通過角色而抒發,也不應將詩人與角

〔註63〕 見劉若愚:〈中西文學理論綜合初探〉,收入鄭樹森編:《現象學與文學批評》(台北:東大圖書公司,1984 年),頁 145~146。

〔註64〕 「前理解」意指詮釋活動發生前即已具有,並參與、制約著詮釋活動的一組結構因素,包括既有的文化習慣、概念系統及預先做出的假設等。參見海德格:《存在與時間》第 32 節,王慶節、陳嘉映譯(台北:桂冠圖書公司,1990 年),頁 206~213。

〔註65〕 此爲清代常州詞派以「比興寄託」說論詞的論點。引文出自譚獻:《復堂詞話・復堂詞錄序》,收於唐圭璋編:《詞話叢編》(北京:中華書局,1996 年 6 月),冊 4,頁 3987。

〔註66〕 女性主義者的「雙性人格」觀的理論基礎來自榮格心理學。有關女性主義的「雙性人格」觀念,參見 Caroiyn G. Heilbrun 著,李欣穎譯:〈雙性人格的體認〉,《中外文學》14 卷 10 期(1983 年 3 月),頁 115 ~123。

色簡單地等同爲一，作者與角色的界線，「一個是生活涵義內容的載體，另一個是這一內容的審美完成性的載體」，〔註67〕因而無論是「比興寄託」或「純抒己情」，都不應完全將詩人與女性角色劃上等號，因爲詩人自我轉化成所代言的角色之後，這角色就具有獨立的藝術生命，其抒情含義可能大於作者的創作意圖，具有更豐富的審美內涵。

第三節　詞的女性敘寫勝過其他文類之因

　　歸結上文，在中國詩歌中關於女性的敘寫，自《詩經》、《楚辭》以下，降而至於南朝樂府之吳歌、西曲，和齊梁的宮體詩，以至於唐人的宮怨和閨怨的詩篇，其中早就含有大量對於美女與愛情的敘寫。因此文體演變到了唐末五代、宋的「詞」體時，以描寫美女與愛情爲主體便不足爲奇。然而中國舊傳統之文評家，往往將詩詞中所有關於女性的敘寫都混爲一談，將詞中關於美女與愛情的敘寫，或者任意比附於古代之風騷，或者推原於齊梁之宮體，或者等擬爲南朝樂府中的西曲及吳歌，「事實上這些不同的文類中，雖同樣有關於美女與愛情的敘寫，但其所形成的美學之特質與作用，顯然有著極大的區別」。〔註68〕

　　根據葉嘉瑩教授的研究，在女性形象方面，《詩經》中所敘寫的女性，大多是在現實中具有明確倫理身份的女性，其敘寫方式大多以寫實口吻出之。《楚辭》中所敘寫的女性，則大多爲非現實的女性，其敘寫方式乃大多以喻託口吻出之。南朝樂府的吳歌及西曲中所敘寫之女性，大多爲戀愛中之女性，其敘寫方式大多是以樸實的民間女子自言之口吻出之。至於宮體詩中所敘寫的女性，則大多爲男子目光中所見的女性，其敘寫方式大多是以刻畫形貌的詠物口吻出之。到了唐

〔註67〕見巴赫金著，曉河等譯，錢中文主編：《巴赫金全集‧審美活動中的作者與主人公》（石家莊：河北教育出版社，1998 年），頁 236。

〔註68〕見繆鉞、葉嘉瑩合著：《詞學古今談》（台北：萬卷樓圖書公司，1992 年 11 月），頁 455。

人的宮怨和閨怨詩中所敘寫的女性,則大多亦爲在現實中具有明確倫理身份的女性,其敘寫方式大多是以男性詩人爲女子代言口吻出之。

如果以詞中所敘寫的女性形象,與上述各文類之不同的女性形象相較,會發現「詞中所寫的女性乃似乎是一種合乎寫實與非寫實之間的美色與愛情的化身」。〔註69〕以《花間集》爲例,《花間集》中的作品就是出於那些尋歡取樂的男性作家之手,因此其寫作重點自然集中於對女性美色與愛情的敘寫,而「美」與「愛」恰好又是最富於普遍象喻的兩種品質,因此《花間集》中所寫的女性形象,遂比現實的女性更富含使人可以產生非現實之想的一種「潛藏的象喻性」。〔註70〕

另外,從數量而言,前代詩人的女性敘寫詩篇數量畢竟不多,有些人只是偶一爲之;而詞中則幾已成爲一種共同的藝術嗜好與創作潮流。從「質量」而言,詩人之作主要是用作「比興」、「寄托」,並非眞有興致在代女性描摹其心態、訴說其心聲。比如《離騷》中固然有「曰黃昏以爲期兮,充中道而改路」、「眾女嫉余之蛾眉兮,謠諑謂余以善淫」等自比女性的句子,卻在另外一些地方又「恢復」了男性的身份(如「吾令豐隆乘雲兮,求宓妃之所在」、「望瑤台之偃蹇兮,見有娀之佚女」);又如曹植〈七哀〉詩中的「君行逾十年,孤妾常獨棲。君若清路塵,妾若濁水泥」,一般也只認爲是借喻他與曹丕政治地位的懸殊。而詞的情況除開那類確有所「寄托」的作品外,則都是在「專心致志」地刻劃婦人的心態、模擬婦人的口吻,因而它的「女性」特徵就更加明顯,藝術境界也更臻豐滿細膩。以顧敻的〈訴衷情〉:「永夜拋人何處去?絕來音。香閣掩,眉斂,月將沉,爭忍不相尋?怨孤衾。換我心,爲你心,始知相憶深。」和周邦彥〈少年游〉的下片:「低聲問:向誰行宿?城上已三更。馬滑霜濃,不如休去,直是少人

〔註69〕見繆鉞、葉嘉瑩合著:《詞學古今談》(台北:萬卷樓圖書公司,1992年11月),頁459。
〔註70〕詳見繆鉞、葉嘉瑩合著:《詞學古今談》(台北:萬卷樓圖書公司,1992年11月),頁458～459。

行。」為例,「前一首詞中的那種『透骨情語』,後一首詞中的那種『軟語叮嚀』,恐怕就是古詩所望塵莫及的」,〔註71〕舉此兩例即知,詞在「女性敘寫」方面確實是水準超拔。

另外,從社會文化學的角度來看,詞中的女性敘寫也有正面的意義。首先,詞中多少體現了社會(主要指男性作者群)對於婦女的注目與關心。在中國傳統社會中向來男尊女卑。因此,女性的命運,女性的痛苦,女性的喜怒哀樂的內心世界,在文學舞台上一直是個被遺忘的角落。除了為數很少的民歌和女性自己所寫的作品之外,男性作者素來忽視占人口約半數的女性。到了唐宋詞中,很多士大夫作者不惜徹底放下身段,「設身處地」、「體貼入微」地去體味女性的內心世界,並且不怕丟失了自己的身份而為那些地位低微的歌妓侍妾「寫心」、「立言」,這種舉動應可視為兩性平等對待的小小進步。所以儘管宋代由於理學勢力的形成與強化,人們所受的思想束縛也有所加強,但另一方面,社會畢竟是在日益進化——特別是新興的市民階層已開始將其思想意識影響到了文人作者,因而不少詞人對於女性也就抱有了更多的同情與關心,甚至還與她們結下了深摯的友誼和戀情。比如長期混跡於下層社會的柳永,即交有很多知心的「女友」。在他生前,他們之間固然是兩情相悅,而在他死後,也是由她們所集資安葬。這樣的「生死之交」自然觸發了柳永的深情。他在為這些女性代言的一首詞中,就傾吐了深深的祝願:「鎮相隨,莫拋躲,針線慵拈伴伊坐。和我,免使年少光陰虛過。」(〈定風波〉)這在歌妓而言,不啻是「愛情至上」的「宣言」;而在柳永而言,也顯露了他那多少富有「平等」意味的較新的「女性觀」和「戀愛觀」,而不像一般官僚文人對侍妾所持的「垂愛」態度。故而,從一定意義上說,詞人的「男子而作閨音」,就不光是文學領域裡的一大新景觀,它同時又反映出由於社會進化、「人性」抬頭所帶來的思想觀念方面的微妙變化

〔註71〕見楊海明:《唐宋詞主題探索》(高雄:麗文文化公司,1995年10月),
　　　　頁7。

和某些新的信息。

其次，也是更爲重要的，詞中大量出現「男子而作閨音」的現象，又昭示了古代文學在審美心理方面的重要轉變。眾所周知，中國古代文學由於長期受到儒家理論的制約，一直強調「文以載道」和「詩以言志」的傳統原則，因此經常表現出一副嚴肅正經的面孔。而其實「人稟七情」，在人的心靈深處原本蘊藏著相當豐富複雜的情感和審美心理，楊海明認爲其中就包括人們追求戀愛和「以豔爲美」及「以柔爲美」的審美心理。〔註72〕但是，由於孔孟學說與傳統倫理向來「崇剛黜柔」和排斥人們正常的戀情意識，所以儘管從《詩經》、《楚辭》以來，文學創作中描寫豔情、柔情與體現「豔美」、「柔美」心理的作品不絕如縷，但它們只能屈居「支流」地位。到了唐詩和唐傳奇中，情況才有所轉變，唐人傳奇以及唐詩中的那些愛情題材作品，就是以它們特有的「豔美」和「柔美」風格吸引了無數讀者。

但是，事情的眞正改觀，卻還應該發生在唐宋婉約詞中——借用劉熙載的一句評語，到了這時才眞正出現了「兒女情多，風雲氣少」〔註73〕、而改由「豔美」和「柔美」支撐天下的新局面。楊海明形容此時的情況是：

> 籠罩在文學領域上空的陰雲——儒家理論的制約終於暫時地散開，而春意蕩漾、春情融洩的季節也終於姍姍降臨；此時，鬱積於人們心頭已久的無限柔情以及「以豔爲美」的審美心理，頓就傾瀉而出，一時催開了無數綽約的「豔詞」之花，形成了一片姹紫嫣紅、鶯啼燕語的美麗奇景！〔註74〕

所以，綜觀前代至此的文學歷程，人們所懷有的豔情或柔情似乎

〔註72〕見楊海明：《唐宋詞主題探索》（高雄：麗文文化公司，1995 年 10 月），頁 10。

〔註73〕見〔清〕劉熙載：《詞概》，收於唐圭璋編：《詞話叢編》（北京：中華書局，1996 年 6 月），冊 4，頁 3710。

〔註74〕見楊海明：《唐宋詞主題探索》（高雄：麗文文化公司，1995 年 10 月一刷），頁 11。

未像婉約詞人那樣飽滿豐厚，他們筆下所「釋放」出來的「以艷爲美」
和「以柔爲美」的審美心理的「能量」也從未像在婉約詞裡那樣恣肆
泛溢。北宋哲學家程頤就感嘆：「今人都柔了，蓋自祖宗以來，多尙
寬仁……由此人皆柔軟」，﹝註75﹞而想不到這個「柔」字，再結合著
「艷」字，更在婉約詞中得到了集中和加倍的反映。試以秦觀詞爲例，
其中多的便是愁、怨、傷、悲與溫、柔、軟、織之類的字面。他的作
品受到了當代的廣泛歡迎，達到了「都下盛唱」的地步。這足以證明，
「以艷爲美」和「以柔爲美」的審美心理決非少數人所懷有，而是一
種普遍彌漫於社會及詞壇上的思想潮流。從這個角度來看，秦觀以及
其他許許多多婉約詞人之所以大寫那些「男子而作閨音」的詞篇，就
正是投合了當時讀者和聽眾的迫切需要，也正是他們爲實現「以豔爲
美」和「以柔爲美」的審美理想而尋覓到的一種創作手法。所以，如
果說司空圖《詩品》所概括的唐詩風格以「雄渾」、「勁健」、「豪放」
等剛性風格占領先地位的話，那麼婉約詞的風格便幾乎由「豔」與「婉」
所獨擅勝場了。人們常說：「詞爲艷科」，詞以「婉約爲正宗」，這就
明確表示：在唐宋婉約詞人心中，已由「以艷爲美」和「以柔爲美」
的審美心理占據著「主流」或「領袖」的地位。這與前代文人相比，
簡直可稱是個劃時代的轉變。而自此以後，我國古代文學——特別在
戲曲小說領域裡，就出現了剛美與柔美互不偏廢的新局面了。而其中
尤以表現愛情與柔美的作品，更加扣人心弦。如《紅樓夢》第二十三
回「《西廂記》妙詞通戲語，《牡丹亭》艷曲驚芳心」，就借林黛玉之
口稱讚這類既盛且柔的作品爲「但覺詞句警人，餘香滿口」，這十足
表現出後代讀者對於「以艷爲美」和「以柔爲美」的作品有多麼喜愛。
因此，我們應該承認：婉約詞人在女性敘寫上的確是有超越前代的成
就。

﹝註75﹞見〔宋〕黎靖德編：《朱子語類》（台北：台灣商務印書館，1985 年
　　　　《景印文淵閣四庫全書》本），冊 702，卷 133，頁 691。

第三章　秦觀詞女性敘寫的內在成因

第一節　「將身世之感打并入艷情」之論

一、秦觀生平

　　秦觀（1049～1100），字太虛，後改字少游，別號邗溝居士、淮海居士，揚州高郵（今江蘇省高郵縣）人。在弟兄中排行第七，所以人們稱他為秦七。

　　秦觀生長在江蘇高郵湖畔一個寒士之家。祖父承議公曾在南康做官，叔父秦定做過會稽尉，江南東路轉運判官，知濠川。秦觀自幼敏明好學，習讀了大量典籍，十歲即略通《孝經》、《論語》大義。其父元化公游學太學，歸來盛讚太學人物之盛，極稱時人王觀高才力學，文士無人可與匹敵。秦觀其名為「觀」，其弟其名為「覯」，蓋從「王觀」、「王覯」而得名。〔註1〕

　　秦觀十五歲父亡，與母戚氏隨祖父、叔父生活。十九歲與同邑徐成甫的長女徐文英結婚。〔註2〕他處於聚旅四十口，薄田百畝的大家

〔註1〕　見王保珍：《淮海詞研究》（台北：學海出版社，1984年5月），頁1。
〔註2〕　秦觀之妻為徐文英，見秦觀：〈徐君主簿行狀〉，《淮海集》卷16。至於馮夢龍《醒世恆言》卷11「蘇小妹三難新郎」中的蘇小妹，不是

庭中，生活並不寬裕。

　　秦觀生當北宋由鼎盛轉向衰敗的遇渡時期，統治者的日趨腐敗，遼和西夏的連年騷擾，促使他從年輕時候起就產生了興革圖強的報國之志。《宋史‧秦觀傳》謂其「少豪雋，慷慨溢於文詞」，又說他「強志盛氣，好大而見奇，讀兵家書，以為與己意合」。〔註3〕熙寧二年（1069），他二十一歲，因目睹人民遭受水災的慘狀，特地借梁武帝時堰崩人亡的故事，創作了〈浮山堰賦〉，對百姓的苦難表示了深切的同情；為了希望抗擊遼、夏，也曾研究兵法。二十四歲時，他寫了〈郭子儀單騎見虜賦〉，歌頌歷史上戡定叛亂的英雄人物。

　　熙寧七年（1074），秦觀二十六歲，秦觀擔任孫覺的幕僚，對於當代文宗的蘇軾十分仰慕，聽說蘇軾將自杭州赴密州任，途經揚州，秦觀便模仿蘇東坡的筆跡，題壁於山寺中，蘇軾不能分辨真假，大吃一驚，等見到孫覺，孫覺拿出秦觀詩詞數百篇，蘇軾讀後嘆曰：「向書壁者，必此郎也！」〔註4〕蘇軾便與秦觀開始書信來往。熙寧十年（1077），秦觀二十九歲，蘇軾自密州移知徐州，秦觀專程往訪，兩人雖第一次見面，卻早已透過詩詞結為神交。元豐元年（1078），秦觀三十歲，赴京師應試，又到徐州拜訪蘇軾，蘇軾建黃樓，他應蘇軾之請寫了篇〈黃樓賦〉，蘇軾贊揚他「有屈、宋姿」。這期間，他又結識了蘇轍、黃庭堅、張耒、晁補之、李之儀等人，遊歷了吳江、杭州和會稽。

　　秦觀縱有滿腹才學，但家中唯有「薄田百畝」、「蔽廬數間」，「四

　　　　真的，乃是小說家創造的人物。詳說可參看《古今文選》新第 263
　　　　期〈謎樣人物蘇小妹〉。
〔註3〕見〔元〕托克托等奉敕撰：《宋史‧秦觀傳》（台北：台灣商務印
　　　　書館，1984 年《景印文淵閣四庫全書》本），冊 288，卷 444，頁
　　　　249。
〔註4〕事見《重編淮海先生年譜節要》：「熙寧七年甲寅，二十六歲。先
　　　　生聞蘇公軾為當時文宗，欲往游其門未果。會蘇公自杭幸知密州，
　　　　道經揚州，先生預作公筆語題於一寺中，公見大驚之。及晤孫莘
　　　　老，出先生詩詞教百篇，讀之乃嘆曰：『向書壁者，必此郎也！』」

十口之家」遇上荒年疾病，也不免有「食不足」〔註5〕的困難。蘇軾勸他「應舉以養親」，從此秦觀走上了「為養而求仕」的道路。可惜秦觀考運不佳，元豐元年應試鄉貢落第，只好退居高郵。這期間他貧病交迫，又因見鄉里朋友皆紛紛走上仕途，他的內心充滿感慨憂傷。〔註6〕他作了〈掩關銘〉抒發科場失意的痛苦。其詞曰：「門有衡衢兮蹄踵聯，世不我謀兮地自偏。勿應其術兮銜深冤，掩關自娛兮解憂患。」此時秦觀早年那種慷慨之氣已有所銷鈍了。風華流逝，功業難就，內心充滿失意的苦悶和遲暮的傷感。

元豐二年，秦觀三十一歲，秦觀去會稽謁見祖父和正在會稽通判任上的叔父，當時蘇軾亦自徐州徙知湖州，秦觀遂與之偕行，一起過無錫、遊惠山。後來秦觀在湖州和蘇軾告別，豈知到了會稽，竟聽聞蘇軾被小人誣陷而下詔獄，貶黃州，秦觀趕忙至吳興探詢，並致書黃州。此時蘇軾的許多親朋因怕受株連而與之絕交，且焚毀平時相互往來的信件和詩文，惟秦觀沒有如此，可見秦觀是一個非常有情有義的人。

後來秦觀在蘇軾和鮮于子駿的勉勵下，又重拾舉業，但在參加元豐五年（1082，秦觀三十四歲）的禮部考試中仍然落榜。元豐七年（1084），秦觀三十六歲，蘇軾由黃州授汝州團練副使，過金陵見王安石，向他推薦秦觀的才學，讚美秦觀「行義飭修，才敏過人，有志於忠義……博綜史傳，通曉佛書，講習醫藥，明練法律……如觀等輩，實不易得」，希望王安石能「少借齒牙，使增重於世」。〔註7〕而秦觀

〔註5〕 見秦觀：〈與蘇公先生書〉，《淮海集》卷30。
〔註6〕 他在給蘇軾的一封信中說：「某鄙陋，不能脂韋婉孌，乖世俗之所好，比迫於衣食，強勉萬一之遇，而寸長尺短，各有所施；鑿圓枘方，卒以不合。……而田園之入殆不足奉裘褐，供饘粥，犬馬之情，不能無悒悒爾。」見秦觀：〈與蘇公先生書〉，《淮海集》卷30。他又在給李德叟的信中說：「某自去年除日，還自會稽，鄉里友朋，皆出仕宦。所與游者無一、二人，杜門獨居，日益寡陋。……顧負平時區區之意，夫復何言。」見秦觀：〈與李德叟簡〉，《淮海集》卷30。
〔註7〕 蘇軾讚美秦觀的這兩段話，見蘇軾：〈與王荊公二首〉其一，收於孔凡禮點校：《蘇軾文集》（北京：中華書局，1996年2月），卷50，

詩文也博得王安石的讚許。王安石在回蘇軾的信上說：「得秦君詩，手不能捨，葉致遠適見，亦以為清新嫵麗，與鮑、謝似之……公奇秦君，數口不置，吾又獲詩，手之不捨。然聞秦君嘗學至言妙道，無乃笑我與公嗜好過乎？」〔註8〕可見秦觀的才學深獲當時文壇領袖的欣賞。當年秦觀自己編定了詩文集十卷，名為《淮海閒居集》。

秦觀多次應試，但直到元豐八年（1085）他三十七歲時，才考取進士，初任定海（今浙江省鎮海縣）主簿，轉蔡州（今河南省汝南縣）教授。當年神宗崩，哲宗繼位，翌年改元元祐，主張變法的王安石不久也病故。哲宗年幼，高太后攝政，廢除新法，起用舊黨之人，司馬光為相，蘇軾亦被召還為禮部郎中，擢為翰林學士。元祐二年（1087）（秦觀三十九歲），蘇軾與鮮于子駿同以「賢良方正」薦秦觀於朝，但次年受嫉妒者的中傷和讒毀，又引疾歸蔡州。元祐四年（1089）六月，范純仁罷相，出知許州，特薦秦觀備著述之科。次年五月，他被召至京都，應制科進策論，除太學博士，校正祕書省黃本書籍。所進策三十篇，中有〈國論〉、〈治勢〉、〈人材〉、〈法律〉、〈財用〉、〈將帥〉、〈奇兵〉、〈辨士〉、〈兵法〉、〈邊防〉等目，對於當時的內憂外患提出了各種具體的策略和改革意見。在〈治勢〉篇中，他對王安石變法作了中肯的分析，認為新法是救國濟民的良策，只是執法者矯枉過正，以致產生了一些流弊。他不同意司馬光執政後盡廢新法，認為那也是矯枉過正。但出於朝廷內新舊黨爭激烈，士大夫黨同伐異，根本不以國事為重，他公允的見解沒有被採納，反而遭到了忌妒者的中傷和讒毀。元祐六年（1091），由博士命為祕書省正字，但在蜀、洛兩派的鬥爭中，傾向於蜀派的秦觀，遭到洛派賈易的攻擊，以行為「不檢」罷去正字，仍校黃本書籍。直至元祐八年（1093）七月，才再次升為正字，同年遷國史院編修官，授宣德郎，參與修《神宗實錄》，日以

頁 1444。

〔註8〕見王安石：〈回蘇子瞻簡〉，《臨川先生文集》（台北：台灣商務印書館，1984 年《景印文淵閣四庫全書》本），冊 1105，卷 73，頁 611。

才能見重，時有硯墨器幣之賜，是比較得意順遂的時候。豈料洛派董敦逸、黃慶基又進狀劾蘇氏兄弟「援引黨羽，分布權要」，事涉張耒、晁補之、秦觀，詆觀「素號狷薄」。這場爭吵尚未平息，高太后亡故，哲宗親政，新黨重新上台，蘇軾、秦觀受到更沉重的打擊。

　　紹聖元年（1094），哲宗起用與舊黨政見不合的章惇爲相。章惇是個「窮凶稔惡」〔註9〕之輩，隨即大興黨籍，政局發生很大變化，元祐舊黨大小之臣，無一能倖免無難。蘇軾、黃庭堅等雖遭貶，秦觀亦在劫難逃，就在翌年春被貶爲杭川通判，赴任途中，因御史劉拯告他「影附蘇軾，增損實錄」，改貶處州，到浙江西南部低山丘陵地區做監酒稅小官。

　　秦觀在處州待了三年，有時在佛寺修禪，抄佛書，希望從痛苦中解脫出來，借學佛以自遣，爲寺僧抄寫佛經，曾寫有〈處州水南庵〉七絕二首，云：「竹柏蕭森溪水南，道人爲作小圓庵。市區收罷魚豚稅，來與彌陀共一龕」。又云：「此身分付一蒲團，靜對蕭蕭玉數竿。偶爲老僧煎茗粥，自攜修綆汲清寬。」〔註10〕又寫有〈題法海平闍黎〉一首云：「寒食山川百鳥喧，春風花雨暗川原。因循移病依香火，寫得彌陀七萬言。」〔註11〕

　　從這些詩中，可知他在處州的生活處境及與僧人來往、抄寫佛經的情況。本來一個人在遭受重大打擊挫折之後，總要尋找一個自我慰解之方，才可以勉強生活下去。豈知那些「承風望旨，候伺過失，既而無所得」的那些小人，秉承章惇、蔡京旨意，欲置人於死地，竟然羅織了一個「謁告寫佛書」的罪名，將他「削秩徙郴州」。所謂「削秩」，即抹掉原有的官職，不許安置回原籍，做一個平民百姓，並由地方官吏加以管束。秦觀不再是官，而是成了「官管」的對象，而且

〔註9〕見〔元〕托克托等奉敕撰：《宋史·姦臣傳》（台北：台灣商務印書館，1984 年《景印文淵閣四庫全書》本），冊 288，卷 471，頁 588。
〔註10〕見《淮海集》卷 10。
〔註11〕見《淮海集》卷 11。

是流徙到湖南最南端的偏僻荒涼地區。這對秦觀是一次更沉重的打擊，因為前兩次杭州處州之貶，是由於「坐黨籍」及「增損實錄」，其獲罪之名乃出於黨派之爭，這種謫貶，猶復可說；可是這一次的「削秩」，其獲罪之名，卻是「謁告寫佛書」。「謁告」即告假，一個人在因事或因病請假的日子裡，寫寫佛經，有何罪可言，而竟被小人所陷害以致「削秩」、「官管」，其蒙冤受屈的悲苦絕望之情，自可想見。秦觀於紹聖三年（1096）十月離開處州，當他踏上漫長的旅途，走上荒遠的南方時，真是百感淒惻，肝腸斷裂。

紹聖四年（1097），秦觀又接到了編管橫州的詔書。《朝野類要》云：「安置之責，若又重，則羈管、編管。」「編管以上則必除名，勒停，謂無官也。」「編管」，較之「削秩」、「安置」，更為嚴重。少游編入橫州戶口，受地方官拘管監督，不得自由行勤。慘遭冤謫的秦觀由所在州差職變押送，乘舟出郴江口，溯春陵水北上入湘江，然後過衡陽，經浯溪、永州、進入廣西。衡陽知州孔毅甫因為留他住了幾天，被蔡京黨羽董必查究，丟了烏紗帽不算，還死了三條人命，當時章惇一伙，還計畫派董必、呂升卿察訪嶺南，盡殺流人，這些恐怖鏡頭，一個緊接一個，不斷呈現在秦觀眼前，強烈衝擊著他的心靈。

元符二年（1099），秦觀被宣布「除名，永不收敘」，移送雷州。雷州（今廣東省海康縣），遠在雷州半島，東臨南海，北行不遠便是北部灣海岸，隔海相望，那邊便是越南。時蘇軾被貶在儋州（今海南島），秦觀曾和他通信，雷州氣候迥異江南，他過著「灌園以餬口，身自雜蒼頭」〔註12〕的流放罪人生活。窮困、勞累、孤寂、憂憤、疾病、思親，絕望種種境況，使他難以忍受，由於精神和肉體受到過度摧殘，他萬念俱灰，乃自作挽詞嘆息「奇禍一朝作，飄零至於斯。……荼毒復荼毒，彼蒼那得知。」〔註13〕辭情悲憤，是對官場黑暗的沈痛控訴。《宋史·

〔註12〕見秦觀：〈海康書事十首〉其一，《淮海集》卷6。
〔註13〕見秦觀：〈自作挽詞〉，《淮海集》卷40。

秦觀傳》評：「先自作挽詞，其語哀甚，讀者悲傷之。」〔註14〕

　　元符三年（1100）五月，哲宗崩，徽宗即位，赦還「元祐黨人」，秦觀也遇赦，復職宣德郎。秦觀於七月由雷州取道廣西北返，八月至藤州，八月十二日，出游光華亭，時當已有疾在身，爲客道其所作〈好事近〉（夢中作）：

　　　　春路雨添花，花動一山春色。行到小溪深處，有黃鸝千百。

　　　　　　飛雲當面化龍蛇，天矯轉空碧。醉臥古藤陰下，了不

　　　　知南北。

索水欲飲，水至，一笑而逝，終年五十二歲。

　　蘇軾在惠州聞秦觀逝世噩耗，痛惜不已，沉重嘆息：「少游遂死於道路，哀哉！痛哉！世豈復有斯人乎！」〔註15〕又說：「某全軀得還，非天幸而何，但益痛少游無窮已也。」〔註16〕徽宗崇寧元年（1102），詔立於端禮門的「元祐黨籍碑」中，秦觀的名字列爲四學士之首。徽宗崇寧四年（1105），有詔除黨人父兄子弟之禁，於是秦觀之子才得以將其靈梓從潭州歸葬廣陵（今江蘇揚州市）。到徽宗政和年間，又將其歸葬於無錫。一代奇才就此長眠於惠山西三里的璨山。建炎四年（1130），黨爭之人多已作古，高宗根據時利，下詔追贈秦觀爲直龍圖閣大學士，秦觀才得以徹底平反。這是他死後整整三十年的事了。〔註17〕

〔註14〕見〔元〕托克托等奉敕撰：《宋史‧秦觀傳》（台北：台灣商務印書館，1984 年《景印文淵閣四庫全書》本），冊 288，卷 444，頁 249。
〔註15〕見蘇軾：〈答李端叔十首〉其一，孔凡禮點校：《蘇軾文集》（北京：中華書局，1996 年 2 月），卷 51，頁 1540。
〔註16〕見蘇軾：〈答蘇伯固四首〉其一，孔凡禮點校：《蘇軾文集》（北京：中華書局，1996 年 2 月），卷 57，頁 1740。
〔註17〕上述秦觀生平，參考資料來自〔元〕托克托等奉敕撰：《宋史‧秦觀傳》（台北：台灣商務印書館，1984 年《景印文淵閣四庫全書》本），冊288，卷 444，頁 249～251；秦觀著，徐培均校註：《淮海居士長短句》（上海：上海古籍出版社，1985 年 8 月）附錄二〈秦觀詞年表〉；王保珍：《淮海詞研究》（台北：學海出版社，1984 年 5 月）；程千武、吳新雷：《兩宋文學史》（高雄：復文書局，1993 年 10 月）；馬良信：

從上述秦觀的生平看，他一生經歷了三個時期：一是求仕不進的苦悶時期。在此期間他結識了蘇軾，並結爲忘年交，這決定了他一生的前途及政治命運。二是仕宦時期。他從三十七歲到四十六歲，過了將近十年的官場生活。在這十年中，他飽嘗了劇烈黨派鬥爭中的誹謗、排斥和打擊的痛苦。三是貶謫時期。他和蘇軾一樣是溫和穩健的改革派，不是什麼守舊派。把他推到王安石的反對黨，把他寫進「元祐黨人」的黑名單，是千古奇冤。隨著舊黨的失勢，蘇軾的貶謫，他也一貶再貶，政治上遭到殘酷迫害，生活上貧病交加，憂鬱傷懷，終於過早地結束了他的生命。

二、秦觀將仕途失意藉艷情表現的作品

清代周濟《宋四家詞選》在評秦觀的〈滿庭芳〉（山抹微雲）一詞時，下如此眉批：「將身世之感打并入艷情，又是一法。」〔註18〕而清代馮煦也認爲秦觀詞的風格與其生平有緊密關聯：「少游以絕塵之才，早與勝流，不可一世；而一謫南荒，遂喪靈寶。故所爲詞，寄慨身世，閑雅有情思，酒邊花下，一往而深，而怨悱不亂，悄乎得〈小雅〉之遺，後主而後，一人而已。」〔註19〕可見古代詞論家都認爲秦觀詞中有感慨身世的暗語。

「身世之感」指的是秦觀在社會生活上和政治生活中的種種感受，我們可從前述秦觀生平來了解其一生的波折；「打并入艷情」則是他把自己的種種感受寄寓在愛情詞裏，表面上似寫男女相思怨別，實則寄托自己人生的各個層面的哀愁。

「艷情」是否適合寄托「身世之感」？讓我們來回顧一下歷來艷

〈讒言如浪深，遷客似沙沈——秦觀悲劇的一生及其對他的評價〉，《郴州師範高等專科學校學報》第21卷第1期（2000年2月），頁6～14。

〔註18〕見周濟：《宋四家詞選》，收於唐圭璋編：《詞話叢編》（北京：中華書局，1996年6月），冊2，頁1652。

〔註19〕見馮煦：《蒿庵論詞》，收於唐圭璋編：《詞話叢編》（北京：中華書局，1996年6月），冊4，頁3586。

情詞的傳統：

　　「艷」本爲楚國一種歌曲的名稱，在最初並不特指歌詞的性質和內容，漢樂府的「相和歌曲」和南朝的「吳歌」、「西曲」等之所以被稱爲艷曲或艷歌，本是由於其音樂形式和特徵，而這些相對於雅樂的俗樂，由於主要功能是用以娛樂，內容上也就多男女情愛的描寫，「從政教音樂學的角度看，艷曲或艷歌就是鄭聲的同義詞，或者說，一切淫靡的樂曲和歌詩都可以泛稱爲艷曲或艷歌。這樣一來，原來作爲一種音樂術語的『艷』便逐漸成爲具有貶義的批評用語了」。〔註 20〕此後，這種帶著負面評價的艷詩，就漸漸成爲泛稱一切以「非倫理關係的男女之情爲主要吟詠對象」或「以女性感官情態爲描寫中心」的詩歌類型，而「艷」不僅指內容題材之艷，也包含詞采風格之艷。中國古代描寫男女戀情的詩歌之源頭，可追溯到《詩經・國風》中的一些情詩，然自從孔子斥「鄭聲淫」、「惡鄭聲之亂雅樂」〔註 21〕以來，描寫男女戀情、艷情的詩歌一向被視爲是淫靡之音，艷詩也就具有了負面的評價，《詩經》中的情歌經過漢儒政教詩學的重新詮釋，其原始的男女情感意義被消解，而轉移到道德、禮教方面，然而在民間歌曲中，如「相和歌」、「吳歌」、「西曲」之類的艷曲製作卻從未間斷過，甚而這些言情道愛之作，頗投合文人的趣味，而出現了不少擬作。到了南朝，隨著時代風尚的變化，許多上層文人也開始創作艷情詩。在梁代，一種「清辭巧製，止乎袵席之間；彫琢蔓藻，思極閨闥之內」〔註 22〕這類以輕綺艷麗之文句來歌詠女色的「宮體詩」興盛起來，艷情詩的創作在此時達到高潮，徐陵奉梁簡文帝蕭綱所編成的《玉臺新詠》成了艷詩的集大成，此書收錄了漢代至南朝間表現男女相思或閨

〔註 20〕以上觀點參見康正果：《風騷與艷情──中國古典詩詞的女性研究》（台北：雲龍出版社，1991 年 2 月），頁 151、152。

〔註 21〕見《論語》〈衛靈公〉篇、〈陽貨〉篇，《十三經注疏》本，冊 8，頁 138、157。

〔註 22〕見〔唐〕魏徵：《新校本隋書》（台北：鼎文書局，1996 年），卷 35，志第 30，〈經籍志〉，集部，評簡文帝詩。頁 1090。

情的作品，以女性描寫爲中心，內容綺艷、文辭華麗，女性的體態、姿容成爲獨立的審美對象，其序文中如此形容這些傾城佳麗：

> 致若寵聞長樂，陳后知而不平；畫出天仙，關氏覽而遙妒。至如東鄰巧笑，來侍寢於更衣；西子微顰，將橫陳於甲帳。陪遊馺娑，騁纖腰於結風；長樂鴛鴦，奏新聲於度曲。妝鳴蟬之薄鬢，照墮馬之垂鬟；反插金鈿，橫抽寶樹。南部石黛，最發雙蛾，北地燕脂，偏開兩靨。……金星將婺女爭華，麝月共嫦娥競爽。驚鸞冶袖，時飄韓掾之香；飛燕長裾，宜結陳王之珮。雖非圖畫，入甘泉而不分；言異神仙，戲陽臺而無別。眞可謂傾國傾城，無對無雙者也。〔註23〕

這與漢代的詩學觀大不相同，漢代社會所關切的是倫理道德，對女性的詠嘆也是以德性爲重，不但《詩經》中〈關雎〉、〈碩人〉等篇的女性描寫被曲解爲「婦德」之表現，漢樂府詩中的〈隴西行〉、〈陌上桑〉等，也都以婦德、婦功爲詩歌彰顯的重點，由此可看出漢代至南朝審美意識之轉變，女性題材在南朝宮體詩中被「艷」化了。倡導宮體詩的蕭綱曾說：「立身之道與文章異：立身先須謹重，文章且須放蕩」，〔註24〕此段話表現其將「文學」獨立於「道德」之外的文學觀點，主張文學創作應無拘無束、自由任性，〔註25〕這是當時普遍的文學風尚，〔註26〕顯示文學已掙脫漢朝以來倫理政教的束縛。

〔註23〕〈玉臺新詠序〉，見〔南朝〕徐陵編、〔清〕吳兆宜注：《玉臺新詠》（台北：世界出版社，2001年8月），頁1、2。

〔註24〕蕭綱：〈誡當陽公大心書〉，見明·張溥：《漢魏六朝百三名家集》（台北：文津出版社，1979年8月），頁3383。

〔註25〕王夢鷗釋「放蕩」爲「無拘無束，讓寫作儘量的自由放逸」，見王夢鷗：《古典文學論探索·從雕飾到放蕩的文章論》（台北：正中書局，1984年），頁251。又，王力堅指出，六朝時期，「放蕩」一詞，多指放任不拘，有時又有「毀棄禮法、不守儒道之意」，蕭綱的「文章且須放蕩」，「便是主張爲文應放恣任性，不受拘束，有如今天所說的浪漫不羈」，也「也隱含了文學創作應不受儒家經典束縛的意思。」見王力堅：《由山水到宮體——南朝的唯美詩風》（台北：台灣商務印書館，1997年12月），頁181、182。

〔註26〕如蕭繹在《金樓子·立言》中云：「吟詠風謠，流連哀思者，謂之文……

　　唐代是一個思想比較開放、禮教約束比較放鬆的時代。從初唐四傑起，就為愛情而歌唱了：「得成比目何辭死，願作鴛鴦不羨仙」——盧照鄰的〈長安古憶〉這兩句，表明了他們對生活中的愛情懷有何等強烈的渴念。盛、中唐時，愛情詩的創作也仍源源不絕，一曲〈長恨歌〉就以其「風情」風靡了大半個中國。到了晚唐，更由艷美的《香奩》詩風領導詩壇。所以綜觀唐宋詞以前（或同時）的文學，那「以艷為美」的心理傳統和創作傳統，就是「一以貫之」、「若隱若現」的。

　　不過，即使在比較開放的唐代詩壇上，「以艷為美」的審美心理，它的自我表露還是「有節制」或「有約束」的。只有到了唐宋詞中，才大鳴大放。楊海明如是讚美：

　　　　因著特殊的「天時地理」條件，前代文學積貯的「艷美」
　　　　心理，猶如逢到春風煦日那樣茁壯茂盛地怒放出一簇簇、
　　　　一叢叢艷麗的花朵來。詞是「小技」，在那裡可以不受或較
　　　　少受到禮教的束縛而暢快淋漓地吐露人們心中對於愛情的
　　　　渴盼，而盡情地摹寫自己被戀情所激起的幽約心態。這就
　　　　脫去了「載道」「言志」的外衣，露出了「以艷為美」這個
　　　　藏伏在深處的「廬山真面目」！〔註27〕

「人生自是有情痴，此恨不關風與月」（歐陽修〈玉樓春〉），作為人類本性之一的「痴情」的心理面貌，在詞中便表現得最為清晰。所以，正如人類正常感情之一的「愛情」在詞中得到「復歸」一樣，中國文學所凝蓄著的「以艷為美」的審美觀，也同樣在詞中得到了凸顯。

　　楊海明認為，中國文學雖然在「真、善、美」三者中間特別強調一個「善」字（亦即重視其政教方面的功能、作用），但那主要只是在「雜文學」體制的作品中所呈現的面貌而已；如果剝離其政教倫理

　　　至如文者，惟須綺縠紛披，宮徵靡曼，唇吻猶會，情靈搖蕩，亦可看出此時文學掙脫儒家文論，自由抒發個人情感的趨向。見《金樓子》（台灣：商務印書館，1985 年《景印文淵閣四庫全書》本），冊 848，卷 4，頁 22。

〔註27〕見楊海明：《唐宋詞史》（高雄：麗文化公司，1996 年 12 月），頁672～673。

的「外附物」，從「純文學」的領域來看問題，詩人的內心世界應是
更重視「真」的。「發乎情，止乎禮義」，在這兩者之中，他們應該是
首先看重這個「發乎情」的。有了這個「真」，於是便跟著而出現了
「艷」。陸機在給「詩」所下的「定義」中即宣稱：「詩緣情而綺靡」，
〔註28〕楊海明詮釋陸機之言與「真善美」的關係為：

> 「緣情」就指其「真」，「綺靡」又言其「美」而「艷」。從
> 此話中，也就「洩漏」了人們原先隱藏在「詩言志」底下
> 的「以艷為美」的幽閉的審美心理（這與文學的「自覺」
> 有關）。而後來的唐宋詞，則更以自己的「實踐」來「證明」
> 或「挑明」了中國古代文學實際深藏著「以艷為美」心理
> 的事實和祕密。〔註29〕

因此，「艷情」之詞可否寄托「身世之感」？

解釋完中國的艷詞傳統和「以艷為美」的審美價值後，我們當可
明白：艷情是詩人心底最深層的真情流露，故人生感慨也就很容易滲
入其中，且借艷情來寄慨人生之作，當是最真情至性的。

秦觀詞風清新，並無《玉臺新詠》、《花間集》之艷，周濟對他所
評論的「艷情」，在此當理解為「愛情」。而當秦觀把內心情感與愛情
詞的審美需要聯繫起來，借詞中男女主角的形象來抒發和寄寓他的身
世之感，有時借女子之口代言，有時則以男性身份自言心曲，可以說
他愛情詞中的哀愁，其實就是他內心的真實情感。以下，我們將秦觀
愛情詞中寄寓的身世之感分為三個階段：

第一，三十七歲以前，是秦觀的求仕階段

他在求仕過程中屢次受挫，考了近二十年才中進士，因而這階段
他的身世之感主要是仕途受挫的灰心喪氣、懷才不遇的惆悵苦悶、韶
華易逝的哀嘆感慨。

〔註28〕見陸機：〈文賦〉，收於〔梁〕蕭統編，〔唐〕李善注：《文選》（台北：
文津出版社，1987 年 7 月），頁 766。
〔註29〕見楊海明：《唐宋詞史》（高雄：麗文文化公司，1996 年 12 月），頁 673。

　　此時作品，依照徐培均《淮海居士長短句》所附錄的〈秦觀詞年表〉，〔註30〕計有：

表　一

編號	創作時間	年齡	人生大事	篇　名	內　容	敘事口吻
1	熙寧九年（1076）	28歲	家居	〈行香子〉（樹繞村莊）	田園風光	自抒
2				〈虞美人影〉（碧紗影弄東風曉）	戀情	代言
3				〈品令〉（幸自得）	以高郵方言寫艷情	自抒
4				〈品令〉（掉又懼）	同上	自抒
5	熙寧十年（1077）	29歲		〈沁園春〉（宿靄迷空）	敘揚州野遊	自抒
6	元豐二年（1079）	31歲	落榜後，家居、四處遊歷	〈眼兒媚〉（樓上黃昏杏花寒）	回憶戀情	旁觀視角
7				〈夢揚州〉（曉雲收）	回憶戀情	自抒
8				〈滿庭芳〉（紅蓼花繁）	閒適，疑受與佛道中人交往的影響	自抒
9				〈望海潮〉（秦峰蒼翠）	懷古	自抒
10				〈滿庭芳〉（雅燕飛觴）	詠茶	自抒，旁觀視角
11				〈滿庭芳〉（山抹微雲）	戀情	自抒
12				〈南歌子〉（夕露霑芳草）	戀情	自抒

〔註30〕見秦觀著，徐培均校註：《淮海居士長短句》（上海：上海古籍出版社，1985年8月）〈附錄二‧秦觀詞年表〉。下面兩個階段的創作時間表亦依此而作，不再另註。

13			〈虞美人〉(行行信馬橫塘畔)	戀情	自抒
14			〈滿江紅〉(越艷風流)	艷情	自抒
15	元豐三年(1080)	32歲	家居	〈望海潮〉(星分牛斗)	詠揚州古跡	自抒
16			〈滿庭芳〉(曉色雲開)	戀情	自抒,上片敘事,下片追憶
17			〈醉蓬萊〉(見揚州獨有)	詠瓊花	自抒
18			〈八六子〉(倚危亭)	春怨	自抒或代言
19			〈雨中花〉(指點虛無征路)	寫幻境	自抒
20	元豐五年(1082)	34歲	又落第	〈畫堂春〉(落紅鋪徑水平池)	藉傷春寫落第心情	代言
21			〈念奴嬌〉(長江滾滾東流去)	紀遊	自抒
22	元豐六年(1083)	35歲	家居	〈長相思〉(鐵甕城高)	借戀情抒不遇之感	自抒
23			〈御街行〉(銀燭生花如紅豆)	贈劉太尉家姬	代言
24			〈阮郎歸〉(宮腰裊裊翠鬟鬆)	戀情	代言

我們就以「將身世之感打并入艷情」一詞出處所評析的〈滿庭芳〉(山抹微雲)為例:

> 山抹微雲,天連衰草,畫角聲斷譙門。暫停征棹,聊共引離罇。多少蓬萊舊事,空回首、煙靄紛紛。斜陽外,寒鴉萬點,流水繞孤村。　　銷魂,當此際:香囊暗解,羅帶輕分。謾贏得青樓,薄倖名存。此去何時見也?襟袖上、空惹啼痕。傷情處,高城望斷,燈火已黃昏。

創作時間為元豐二年,秦觀三十一歲,在文壇上已小有名氣,但一直未能考上進士,壯志難酬,負才抑鬱,情緒難免低落。他在會稽與太

守程師孟相得甚歡，這首詞就是他離開會稽時所作的。《苕溪漁隱叢話後集》卷三十三引《藝苑雌黃》云：「程公闢守會稽，少游客焉，館之蓬萊閣。一日，席上有所悅，自爾眷眷不能忘情，因賦長短句，所謂『多少蓬萊舊事，空回首、煙靄紛紛』是也。」〔註31〕據此可知〈滿庭芳〉當是抒寫與一歌妓之戀情也。然此詞寄情深遠，絕非一般愛情詞可比。

　　周濟評這闋詞爲「將身世之感打并入艷情，又是一法」，因此，我們可說這闋詞中寄託著少游自己壯志難酬、懷才不遇的一腔悲憤，以及理想被現實碾碎的無奈。正如詞中所言「衰草」、「空回首，煙靄紛紛」、「寒鴉」、「傷情處，高城望斷」等詞，男主角爲情所困的愁悶、憂鬱，其實是他有感於身世的情感抒發。我們不僅能感到那相悅相戀之人離別時的銷魂愁緒，更可以從一句「謾贏得青樓、薄倖名存」的自嘲中，看到秦觀那一顆傷痛苦澀的心。混迹青樓、放縱戀情，這是中國文人在生活不幸面前尋求解脫和寄託的傳統方式，而在紅顏歡笑背後的心中那份落魄而無奈的苦痛情懷，又怎生得解？秦觀的可貴正在於他對於這種痛苦文人之痛苦心靈的眞實展露。這首詞如此，其他詞亦可當作如是觀。秦觀在詞中完全融合了心靈中的豐富情感，無論是身世之情抑或是男女之情，都在心靈中純粹地交融，也只有這樣，他才會以一顆文人的敏感心靈，將生命中的苦體味得格外徹底，也表現得格外徹底。

第二，三十七至四十五歲，這八年是秦觀的仕宦階段

此時作品有：

表 二

編號	創 作時 間	年齡	人生大事	篇 名	內容	敘 事口 吻
1	元祐元年	38歲	前一年登	〈南歌子〉（玉漏迢迢	贈妓陶心	代言

〔註31〕見〔宋〕胡仔：《苕溪漁隱叢話‧後集》（台北：長安出版社，1978年12月），頁248。

	（1086）		進士，至蔡州	盡）	兒	
2				〈水龍吟〉（小樓連遠橫空）	贈妓婁東玉	代言
3	元祐四年（1089）	41歲	在蔡州	〈南歌子〉（愁鬢香雲墜）	戀情	代言
4	元祐六年（1091）	43歲	在京師，時受小人詆毀	〈一叢花〉（年時今夜見師師）	詠李師師	上片旁觀，下片自抒
5				〈滿園花〉（一向沈吟久）	以俚語寫艷情	代言
6				〈南歌子〉（靄靄凝春態）	贈東坡侍妾朝雲	旁觀視角
7	元祐七年（1092）	44歲	詔賜館閣花酒	〈金明池〉（瓊苑金池）	春游之慨	自抒
8				〈滿庭芳〉（北苑研膏）	紀西城宴集之盛	自抒
9				〈調笑令〉（王昭君）	詠人，轉踏體	旁觀
10				〈調笑令〉（樂昌公主）	同上	旁觀
11				〈調笑令〉（崔徽）	同上	旁觀
12				〈調笑令〉（無雙）	同上	旁觀
13				〈調笑令〉（灼灼）	同上	前半代言，後半旁觀
14				〈調笑令〉（盼盼）	同上	旁觀
15				〈調笑令〉（鶯鶯）	同上	旁觀
16				〈調笑令〉（採蓮）	同上	旁觀
17				〈調笑令〉（煙中怨）	同上	旁觀
18				〈調笑令〉（離魂記）	同上	旁觀
19				〈南歌子〉（妙手寫徽真）	詠崔徽	自抒
20				〈虞美人〉（碧桃天上栽和露）	贈妓	代言

　　我們可以發現這時期的作品，在為朝見重時〔註32〕是幾乎不寫詞的，有創作也是因為純粹應歌，並沒有抒發自己的感懷在其中，題材多半是贈妓、詠物、詠人。而在語言方面，亦有偏向俚語之作，曲調上甚至受教坊及瓦子藝人影響，有「轉踏體」的嘗試。只是，秦觀仕途並非一帆風順，元祐三年時也曾受忌者所中而引疾歸蔡州，元祐六年也曾受小人詆毀而被罷正字。由於受朝廷黨派鬥爭的牽累，秦觀在官場上幾起幾落，多次遭受排擠打擊。政治上複雜多變的鬥爭使他窮於應付，宦海中的起落浮沈使他身心俱疲。遭受打擊時，他感到悲傷痛苦；仕途順心時，他又感到迷惘惆悵。這種不安的情緒，可以從他這階段的作品〈水龍吟〉（小樓連遠橫空）中體會到：

　　　　小樓連遠橫空，下窺繡轂雕鞍驟。朱簾半捲，單衣初試，
　　　　清明時候。破暖輕風，弄晴微雨，欲無還有。賣花聲過盡，
　　　　斜陽院落，紅成陣、飛鴛甃。　　玉佩丁東別後，悵佳期、
　　　　參差難又。名韁利鎖，天還知道，和天也瘦。花下重門，
　　　　柳邊深巷，不堪回首。念多情但有，當時皓月，向人依舊。
　　　　〔註33〕

　　《苕溪漁隱叢話》前集卷五十引《高齋詩話》云：「少游在蔡州，與營妓婁琬字東玉者甚密，贈之詞云：『小樓連苑橫空』，又云『玉珮丁東別後』者是也。」〔註34〕案此詞作於元豐八年秦觀舉進士，後調蔡州教授，這首詞應是在蔡州所作。雖不一定確有與妓交往而贈詞一事，但從這首詞字面上看，上片由「單衣初試」的早晨，到「斜陽院

〔註32〕元祐八年，與黃庭堅、張耒、晁補之並列史館，時人稱「蘇門四學士」，秦觀以才品見重，日有硯墨器幣之賜。此時經歷詳見前述之「秦觀生平」。

〔註33〕「小樓連遠橫空」的「遠」字，許多《淮海詞》版本均作「苑」，因本文引秦觀詞時以徐培均《淮海居士長短句》為底本，而徐培均所用的日本內閣文庫藏本之底本作「遠」，故本文引用此句時以「小樓連遠橫空」為主，而諸詞話有引用此句時，則依詞話中的原字為主。其他詞作若有類似情況，亦是依照此例，不再贅述。

〔註34〕見〔宋〕胡仔：《苕溪漁隱叢話·前集》（台北：長安出版社，1978年12月），頁338。

落」的傍晚，再到「皓月」依舊的深夜。寫景，善於選取典型：「破暖輕風，弄晴微雨，欲無還有」，確是「清明時節」的特點；「斜陽院落，紅成陣，飛鴛鴦」，也正是「小樓」下的庭院景色。下片，抒情真摯、深沈，層層渲染，最後，以景結情，更見出當日之情深。詞中雖描寫女子對情人的刻骨相思和寂寞愁怨的感受，卻也說是秦觀在仕宦中的真實感受；特別是詞中女主角說的「名韁利鎖，天還知道，和天也瘦」，更是他的內心獨白。這一句從詞中看，是表達了女子埋怨情人沈於名利，剩她孤單一人的相思之苦，而實際上是抒發了秦觀在官場上苦悶的感受，其隱義是：如果上天能體會到他在官場中被名利鬥爭困擾、束縛的愁苦，也會像他那樣的憔悴、消瘦。

　　從隋朝開始，延續到宋代的科舉實行，爲一些文人志士開闢了進取的道路。文士治國，似乎是宋代政治的象徵。但由於統治階級掌管著予奪之權，再加上考弊之風始終未杜絕，因而，只有少數下層文人有幸獲得官位。大批落榜的文人四海游蕩，痛感懷才不遇，朝中無人。其次，北宋的黨派之爭，南宋的戰、和派勢力的消長，也使一些身居要職的文人動輒得咎，貶職流放。這樣，社會上這些有文化、有思想、有抱負的文人，處於社會的種種壓迫之下，此時已缺少盛唐文人那種「天生我材必有用」的自信，對功名也不很執著。如果說在愛情生活中還有某時陶醉的話，那麼在事業的追求上則似乎從未舒心暢氣，志得意滿。因而，流露詞中的是較多的孤寂、冷落、惆悵、淒涼之感。北宋之時，國勢總體上說還是太平安寧。然而，即使是時局便利，平步青雲者究爲少數。失意者「忍把浮名，換了淺斟低唱」（柳永〈鶴沖天〉），長年浪跡江湖，迷醉歌樓楚館。然這種解脫，這種醉生夢死仍難以撫慰那顆企盼卻失落的騷動心靈。得意者，雖然官場如意，聲名顯赫，然於詞中所表現的也不盡是那般地快慰、舒暢。他們也不能一展其才，用志於世，自然也會感到回天乏力，處境難堪。這樣，由內外衝突所形成的主體意志的壓抑，也使詞情的表露蒙上了昏暗的色彩。

第三，四十六歲以後，是秦觀遭貶謫階段

此時作品有：

表　三

編號	創作時間	年齡	人生大事	篇　名	內　容	敘事口吻
1	紹聖元年（1094）	46歲	坐黨籍，貶杭州，又貶處州	〈江城子〉（西城楊柳弄春柔）	離情	自抒
2				〈望海潮〉（梅英疏淡）	憶舊思歸	自抒
3				〈虞美人〉（高城望斷塵如霧）	戀情離恨	代言
4				〈風流子〉（東風吹碧草）	蓼園詞選：「此必少游被謫後念京中舊友而作，托於懷所歡之辭也。」	自抒
5				〈臨江仙〉（髻子偎人嬌不整）	離情	自抒
6	紹聖二年（1095）	47歲		〈點絳唇〉（醉漾輕舟）	詠劉晨、阮肇誤入桃源故事	自抒
7				〈千秋歲〉（水邊沙外）	離情	自抒
8				〈好事近〉（春路雨添花）	夢中作，寫景閒適	自抒
9	紹聖三年（1096）	48歲	削秩，徙郴州	〈河傳〉（亂花飛絮）	以相思喻處境突變	代言
10				〈阮郎歸〉（瀟湘門外水平鋪）	戀愁	代言
11				〈臨江仙〉（千里瀟湘挼藍浦）	夢湘妃	自抒
12				〈木蘭花〉（秋容老盡芙蓉院）	贈妓	旁觀視角
13				〈減字木蘭花〉（天涯舊恨）	抒遷謫愁懷	代言

14			〈如夢令〉（遙夜沈沈如水）	寫旅邸淒涼	自抒
15	紹聖四年（1097）	49歲	編管橫州	〈如夢令〉（池上春歸何處）	謫情	自抒
16				〈如夢令〉（樓外殘陽紅滿）	謫情	自抒
17				〈踏莎行〉（霧失樓臺）	謫情	自抒
18				〈鼓笛慢〉（亂花叢裡曾攜手）	戀愁	自抒
19				〈滿庭芳〉（碧水驚秋）	戀情	代言
20				〈阮郎歸〉（湘天風雨破寒初）	謫情	自抒
21	元符元年（1098）	50歲		〈醉鄉春〉（喚起一聲人悄）	謫情	自抒
22				〈青門飲〉（風起雲間）	贈妓	自抒
23	元符三年（1100）	52歲	前一年徙雷州，這年五月獲赦	〈江城子〉（南來飛燕北歸鴻）	寫久別心情	自抒

　　從 1064 年到 1099 年，秦觀受黨爭之害，一謫杭州（今浙江省杭州縣），再謫處州（今浙江省麗水縣），三徙郴州（今湖南省郴州市），四徙橫州（今廣西省橫縣），五徙雷州（今廣東省海康縣），往南一路貶去，越貶越遠，政治上的失意，親人的分離，轉徙流寓的艱辛，這些沈重的打擊，使秦觀陷入深深的哀愁與悲痛，變成一個憂鬱消沉的文弱之士。

　　南方長久以來是罪人流放之地，累積了無數的貶謫詩詞，秦觀身處南方大地，追憶起同樣境遇的歷代文賢，不免也會受到感召、興懷。屈原就是南方古文化的重要組成部分，也是中華文化的重要組成部分。屈原的精神、人格，具體真切地體現了中國傳統文人精神的精魄，屈原之魂深刻地影響了其後中國各個時代的知識分子。屈原乃是「博

聞彊志，明於治亂」之賢臣，卻「信而見疑，忠而被謗」，〔註35〕流放於沅湘，一腔怨憤無處宣洩，於是書之成文。屈原忠而被逐的遭遇，和其辭賦的幽怨淒慕之情，爲湖湘大地埋下了貶謫情結的種子。

漢代賈誼被貶長沙王太傅，渡湘水作〈弔屈原賦〉憑弔屈子，賈誼以屈原來比況自身，借屈原之酒杯澆自己心中之塊壘，抒發自己懷才不遇，獨罹此咎的憂憤，名爲弔屈原，實際傷自己。〈弔屈原賦〉開了後世文人騷客（特別是貶遷者）憑弔屈原的濫觴，自此以後屈原便成了遷客騷人藉以訴說寂寥怨情的媒介，成了貶謫文學中的原型。柳宗元被貶永州，溯湘江上行，至汨羅江口，回想屈原不爲世人所容憤而自沈的壯舉，撫今追昔，由人及己，感慨萬千，寫下了聲情並茂的〈弔屈原文〉，贊頌屈原服道守義、忠貞不屈，以身殉國的精神。《新唐書·柳宗元傳》云：「（柳）既竄斥，地又荒癘，因自放山澤間。其堙危感鬱，一寓諸文，仿〈離騷〉數十篇，讀者同感悲惻。」〔註36〕說明了柳宗元與屈騷間深刻的關係。與秦觀有著師友關係的蘇軾對屈原更有著崇高的敬意。在〈屈原塔〉一詩裏，他讚美屈原說：「屈原古壯士，就死意甚烈。」在〈屈原廟賦〉裏，他對屈原的不幸遭遇深表同情：「賦〈懷沙〉以自傷兮，嗟子獨何以爲心！……歷九關而見帝兮，帝亦悲傷而不能救。」〔註37〕通過一代又一代文人心靈的釀造與積澱，屈原化成了一種精神，一種積極入世卻遭受挫折，而又不屈不撓地抗爭的精神，這種精神帶給人的卻常常是苦悶和憂憤。

秦觀早年在文學上就深受屈原的影響。宋人的賦如歐陽修、蘇軾之作，打破了原來對偶工整、韻律嚴謹的形式，走上一條散文化的道路。而秦觀的賦，基本繼承並保持傳統的特點，與《楚辭》以來的賦體大致

〔註35〕見〔漢〕司馬遷：《史記·屈原賈誼列傳》，（台北：藝文印書館，1973年），冊2，頁1004。

〔註36〕見〔宋〕歐陽修：《新唐書》（台北：台灣商務印書館，1984年《景印文淵閣四庫全書》本），冊275，卷168，頁350。

〔註37〕見〔宋〕蘇軾撰，郎曄注：《經進東坡文集事略》（台北：世界書局，1992年3月），卷1，頁8。

相近，所以蘇軾評他的賦是「雄辭雜今古，中有屈宋姿」。〔註38〕但是
這種對屈騷的學習只是藝術形式上的，秦觀後期仕途受挫遭受貶謫，才
真正體味到屈原精神的內涵，繼承並將它注入到作品，也使他的文學創
作特別是詞的創作在貶謫期達到了思想藝術高峰。秦觀與屈原有著相似
的政治理想和愛國熱情，他策論中的進賢思想與屈原「選賢任能」的美
政理想是完全相通的，他對出征衛國的蔣穎叔等人的贊頌，深含了屈原
愛國思想的因子。然而在秦觀政治上甚爲得意時，卻坐黨籍而被貶，被
逐離京，北望都城，不禁嘆道「動離憂，淚難收。……便作春江都是淚，
流不盡，許多愁。」（〈江城子・西城楊柳弄春柔〉）「寸心亂，北隨雲黯
黯，東逐水悠悠。」（〈風流子・東風吹碧草〉）抒發了對都城的眷戀和
遠謫的愁苦之情，與《離騷》之「僕夫悲餘馬懷兮，蜷局顧而不行」表
達的感情如出一轍。到達郴州前後，秦觀的憂愁悲憤達到了極點，〈阮
郎歸〉一詞寫到：「人人盡道斷腸初，那堪腸已無。」「鄉夢斷，旅魂孤。
崢嶸歲又除。衡陽猶有雁傳書，郴陽和雁無。」作於郴州旅舍的〈踏莎
行〉（霧失樓臺）一詞更是淒切沈鬱，王國維說它由淒婉「變而淒厲矣」，
〔註39〕這是「君無度而弗察兮，使芳草爲藪幽」〔註40〕的必然結果，其
中包含了多少憂憤、無奈與悲哀。但他卻始終堅持自己的人格與理想，
絕不妥協。他的〈自作挽詞〉顯示必死之志，錄〈冬蚊〉詩以譏當權小
人，這正是屈原不同流合污，九死而未悔殉道精神的延續。秦觀在自郴
州去橫州途中作〈漫郎〉詩說：「心知不得載行事，俛首刻意追風騷」，
〔註41〕表明了他是全心向屈騷學習的，且不僅限於字句上的形似，而是
追求屈騷中的意氣神髓。

〔註38〕 見蘇軾：〈太虛以黃樓賦見寄作詩爲謝〉，〔清〕王文誥輯注；孔凡禮
點校：《蘇軾詩集》（北京：中華書局，1982 年出版），卷 17，頁 869。

〔註39〕 見王國維：《人間詞話》，收於唐圭璋編：《詞話叢編》（北京：中華
書局，1996 年 6 月），冊 5，頁 4245。

〔註40〕 見屈原：〈思美人〉，〔漢〕王逸：《楚辭章句》（台北：台灣商務印書
館，1985 年《景印文淵閣四庫全書》本），冊 1062，卷 4，頁 43。

〔註41〕 見秦觀：《淮海集》卷 2。

　　這階段他抒發哀愁的愛情詞數量最多，感情也最哀傷淒愴。如他的〈千秋歲〉：

　　　　水邊沙外，城郭春寒退。花影亂，鶯聲碎。飄零疏酒盞，
　　　　離別寬衣帶。人不見，碧雲暮合空相對。　　憶昔西池會，
　　　　鴛鴦同飛蓋。攜手處，今誰在？日邊清夢斷，鏡裏朱顏改。
　　　　春去也，飛紅萬點愁如海。

這首詞是紹聖二年秦觀從京城貶到處州時作的，詞中描寫主角對往昔美好愛情的回憶，嘆惜愛情已逝，發了歡情不再的悲哀苦楚。在詞中寄寓了秦觀轉徙飄泊、離京謫居的身世之感。他從京城被貶往杭州，途中又改貶往處州，轉徙流離，與親人分離，真可謂飄泊江湖了，所以他哀嘆：「飄零疏酒盞，離別寬衣帶」。詞中「日邊」的典故，來源於《宋書・符瑞誌》所載「伊摯將應湯命，夢乘船過日月之傍」，[註42] 暗指帝都；「日邊清夢斷」含蓄的表達了他在政治上的失意，離京謫居的不幸遭遇，全詞抒發了他「愁如海」的感傷情懷。借寫與歌妓的戀情，從側面反映了失意文人的不幸遭遇，正所謂「同是天涯淪落人」。

　　「將身世之感打并入豔情」，並不一定落實到個別作品甚至個別字句，而應從整體來看，秦觀寫豔情的痛苦所激發的崇高之美就是他政治生活中痛苦體驗的美學顯現。〈河傳〉（恨眉醉眼）的一段豔遇，因可惡的「東風」而把美好的因緣化為泡影，〈品令〉（掉又懼）中的「人前強、不欲相沾識」，也都是外在的力量妨礙了兩情的相洽。〈減字木蘭花〉（天涯舊恨）追憶那場「天涯舊恨」則「黛蛾長斂，任是東風吹不展，困倚危樓，過盡飛鴻字字愁」。無論是愛情方面，還是政治方面，痛苦都是相通的，它是產生於人類心靈並能感覺到的最強有力的情感，它是崇高的本源。

三、「將身世之感打并入艷情」的作用

[註42] 見〔梁〕沈約：《宋書》（台北：台灣商務印書館，1984 年《景印文淵閣四庫全書》本），冊 257，卷 27，頁 481。

人早期的生活環境固然為其氣質、性格奠定了基調，但性格是隨著人的一生不斷發展變化，逐漸形成和趨於定型的，遇到的新的特定環境和經歷，對性格面貌會產生很大的影響。

在秦觀十五歲、尚稱年少時，父親便去世了。少年喪父，不僅會給孩子的心靈造成創傷，且因家庭的教育氛圍從此失去了平衡而使孩子性格的發展形成缺欠──起碼，少一些陽剛之氣，多一些陰柔成分。具有如此的幼年環境和經歷，自然使這位淮揚才子養成了憂鬱、敏感、柔弱、哀婉的性情。加上後來應試屢次不舉，中舉後又時遭小人所忌，身陷黨爭傾軋之中，以致後來被打入「元祐黨人」，連遭貶謫，種種不幸打擊了秦觀少年時的豪情壯志，才使他變得消極失意。試想，連區區抄寫佛經都會被「削秩」，難怪秦觀不敢直言心聲，只能把滿腔怨悱借「艷情」以出之。含蓄、朦朧的筆法，變成他最佳的隱身斗篷，他將自己藏身其中，藉一個個幽怨的女子，來抒發自己政治的失戀，與相思不得（思展抱負而不得）的哀囀苦痛。有時他甚至不借用女子的面具，而直接以自己的文士真面目示之，但那語氣盡是幽怨，如一棄婦、思婦的口吻，是文士自抒或是為女子代言，往往已分不清楚。

葉嘉瑩在〈論秦觀詞〉中，就比較過蘇軾遠謫惠州、黃庭堅遠謫黔州、秦觀貶處州，各自詞中對遭貶的不同態度，這裡或許更能見出秦觀性格深處柔弱的一面。秦觀作〈千秋歲〉（水邊沙外）時，秦觀只有四十七歲，比蘇軾小十三歲，比黃庭堅亦年輕四歲。而蘇軾貶惠州，黃庭堅貶黔州，都比秦觀更為荒遠。可是遠在惠州、六十歲的蘇軾卻能表現出「攜壺藉草亦天真」、「醉歸江路野梅新」〔註43〕的曠達情懷；而遠在黔州、五十歲以上的黃庭堅，也還能在「萬里黔中一漏天」的環境中，表現出「莫笑老翁猶氣岸，君看，幾人黃菊上華巔。

〔註43〕蘇軾於紹聖元年十月被貶到惠州後，作了一首〈浣溪沙〉：「羅襪空飛洛浦塵，錦袍不見謫仙人，攜壺藉草亦天真。　玉粉輕黃千歲藥，雪花浮動萬家春，醉歸江路野梅新。」

戲馬台前追兩謝，馳射，風流猶拍古人肩」〔註44〕的傲岸之氣。可是秦觀被貶之後，卻被放逐的痛苦壓得喘不過氣來，不見處州春天的美好，獨只見「飛紅萬點愁如海」(〈千秋歲・水邊沙外〉)的一片深悲。所以詞雖小道，然而透過這些詞就可以明顯看出，作者的稟性和心理特質的不同，生活的感受也就不同，在作品中所表現的風格也就各具不同的特色。因此說秦觀個性婉弱，亦不無道理。

那麼，這「將身世之感打并入艷情」的獨特藝術手法，對艷情詞產生了什麼作用呢？

參見本節前述的艷情傳統，可知艷情詞最等而下之的當是用色情觀點來描繪女子身體，或是發揚淺露地書寫女子愛嗔痴怨的心緒，以秦觀所處的時代來說，柳永就是後者的代表。柳永《樂章集》風靡天下，擴大了詞的題材，發展了慢詞，並讓詞更進一步地深入到了下層，尤其是廣大市民中間，因而在詞史上自有它不可替代的地位。但柳永詞的基調不夠高雅，李清照就曾批評他「雖協音律，而詞語塵下」。〔註45〕作為士大夫文人的蘇軾，清楚地認識到柳永詞風中「淺俗」和「卑弱」的一面，因此，他有意識地將詞引向「雅化」的道路。徐度的《卻掃編》卷下，具體地指出了蘇軾在詞風轉變中的重要作用：「耆卿以歌詞顯名於仁宗朝……其詞雖極工致，然多雜以鄙語，故流俗人尤喜道之。其後，歐蘇諸公繼出，文格一變。至為歌詞，體製高雅。柳氏之作，殆不復稱於文士之口。」〔註46〕徐度將蘇軾視為轉俗為雅的關鍵人物，從詞的發展史來說，可謂獨具慧眼。

〔註44〕黃庭堅〈定風波・次高左藏使君韻〉：「萬里黔中一漏天，屋居終日似乘船，及至重陽天也霽。催醉，鬼門關外蜀江前。　莫笑老翁猶氣岸，君看，幾人黃菊上華巔。戲馬臺前追兩謝，馳射，風流猶拍古人肩。」

〔註45〕見〔宋〕胡仔：《苕溪漁隱叢話・後集》(台北：長安出版社，1978年12月)，卷33引，頁254。

〔註46〕見〔宋〕徐度：《卻掃編》(台北：台灣商務印書館，1985年《景印文淵閣四庫全書》本)，冊2791，卷下，頁788。

　　作為文壇領袖的蘇軾並沒有滿足於自身詞風的轉變，他總是在各種場合，指責柳永詞風的毛病，宣傳自己的崇雅主張。而秦觀與蘇軾詩詞往來，觀念亦受蘇軾影響，他雖未學習蘇軾的「豪放」詞風（事實上稟性不同，亦難以倣效），但把「崇雅」的原則放在心裡。《花菴詞選》卷二記載的蘇軾批評秦觀學柳的故事，就是一個很好的証明：

　　秦少游自會稽入京，見東坡。坡曰：「久別當作文甚勝，都下盛唱公『山抹微雲』之詞。」秦遜謝。坡遽云：「不意別後，公卻學柳七作詞。」秦答曰：「某雖無識，亦不至是。先生之言，無乃過乎？」坡云：「『銷魂當此際』非柳詞句法乎？」秦慚服，然已流傳，不復可改矣。〔註47〕

秦觀的〈滿庭芳〉（山抹微雲）比起他早年的艷情詞來，已高雅了許多。詞中也已運用了「將身世之感打并入艷情」的手法，使整首詞顯得蘊藉含蓄、風韻別致。因此，詞作一出，便盛傳天下，但蘇軾卻並不因為這首詞整體藝術效果好，便放棄對「銷魂」三句學柳傾向的批評。可見，蘇軾在崇雅、避俗方面，對秦觀的要求是相當嚴格的。

　　從秦觀的角度來說，即使他受蘇軾薰習已久，仍有學柳而不自知的時候（其所言：「某雖無識，亦不至是。先生之言，無乃過乎？」），可見，時代的浸染是十分深刻的。朱蘇權即認為：「在這種情況下，如果不是得到蘇軾不止一次的批評和勸導，秦觀未必能完全走上脫俗從雅的道路。因此，秦觀詞風實現從早期的較為淺俗，向後期的相對『清』、『雅』轉變，實在是秦觀詞『稍加以坡』的體現。」〔註48〕

第二節　「詞心」之論

〔註47〕見〔宋〕黃昇：《花菴詞選》（台北：台灣商務印書館，1986 年《景印文淵閣四庫全書》本），冊 1489，卷 2，頁 326。

〔註48〕見朱蘇權：〈少游詞「稍加以坡」淺議〉，《廣東民族學院學報》（社會科學版），1994 年第 3 期，頁 62。所謂「稍加以坡」，乃朱蘇權引夏敬觀手校《淮海詞》跋尾所言：「少游學柳，豈用諱言？稍加以坡，便成為少游之詞。學者細玩，當不易吾言也。」

馮煦在《蒿庵論詞》裡認爲：

> 昔張天如論相如之賦云：「他人之賦，賦才也；長卿，賦心
> 也。」予於少游之詞亦云：他人之詞，詞才也；少游，詞
> 心也；得之於內，不可以傳，雖子瞻之明雋，耆卿之幽秀，
> 猶若有瞠乎後者，況其下耶。〔註49〕

「詞才」是寫詞的才能。有豐富的語彙，有豐富的想像和聯想，能感
受，能觀察，這是有詞才；然而，擁有什麼樣的心思才叫「詞心」？
秦觀的「詞心」和他的女性敘寫有何關連？我們在此要先從「詞」的
本質談起，知「詞」之本質，方知何謂其「心」，亦方知「詞心」和
「女性心理」的關係。

一、詩詞之辨

　　在中國古代，學文論詩，常以辨體爲先。南朝劉勰《文心雕龍·
附會》篇云：「夫才量學文，宜正體製。」〔註50〕宋代王安石「評文
章，常先體製，而後文之工拙」，〔註51〕宋代蔡京與其子絛論詩云：「汝
學詩，能知歌、行、吟、謠之別乎？近人昧此，作歌而爲行，制謠而
爲曲者多矣。且雖有名章秀句，若不得體，如人眉目娟好，而顛倒位
置，可乎？」〔註52〕均說明了這一點。詞人填詞，須遵循詞體的規定
性，否則，「雖有名章秀句」，但「顛倒位置」即不可取。

　　詞的「眉目」應是何面貌？我們看詞在中、晚唐興起時，文人偶
爾染指創作，雖尚未形成強盛的創作潮流，但諸人創作的基本格調卻
大體接近，如劉熙載在《藝概》說：「類不出乎綺怨」，〔註53〕概括的

〔註49〕見馮煦：《蒿庵論詞》，收於唐圭璋編：《詞話叢編》（北京：中華書
　　　　局，1996 年 6 月），冊 4，頁 3586～3587。

〔註50〕見〔梁〕劉勰撰，范文瀾注：《文心雕龍》（台北：明倫出版社，1970
　　　　年 9 月），頁 650。

〔註51〕見黃庭堅：〈書王元之〈竹樓記〉後〉，《山谷集》（台北：台灣商務印
　　　　書館，1984 年《景印文淵閣四庫全書》本），冊 1113，卷 26，頁 274。

〔註52〕見〔宋〕蔡絛：《西清詩話》，《宋詩話全編》本（南京：江蘇古籍出
　　　　版社，1998 年），頁 2491。

〔註53〕見劉熙載：《藝概》，收於唐圭璋編：《詞話叢編》（北京：中華書局，

就是溫庭筠這一類的創作情調。晚唐五代詞風在後世遭到了人們褒貶不一的歷史評價，然它表現出高度一致性的藝術創作風貌，在中國詞學中占據了重要的位置，且對詞的發展產生了深遠的影響。北宋以降，人們在大致沿襲晚唐詞風的同時，也融合個體對人生、社會的自我認識與評價。但此時的創作，仍一般不出男女情愛生活的表現範圍，而且以女性爲主角的「代言體」形式仍很盛行，這顯然與一些懷有經濟之才、勤於探究人生的士大夫生活情趣、理想追求並不完全投合。蘇軾、黃庭堅等人詞的創作，正是以拓寬詞境、改革詞風、「無意不可入，無事不可言」〔註54〕的審美旨趣起步的。然而，此種以詩歌傳統風格來糾正宋詞創作習氣的嘗試是否成功，在當時即爲人們所疑慮。晁補之謂黃庭堅詞「不是當行家語，是著腔子唱好詩」，〔註55〕「著腔子唱好詩」實是不客氣地指責黃氏不是在作詞，只是習詞之「腔調」，從根本上未得作詞之眞諦。蘇軾的弟子陳師道則直截了當地對自己老師的創作進行了嚴厲的批評，「雖極天下之工，要非本色。」〔註56〕這也是說，蘇軾詞雖然在詞境的創建方面頗具功力，但終不能顯示出詞所獨有的藝術品性，也就是說蘇詞偏離了詞這一文體形式的藝術創作規律。陳師道的「本色」論是否公允尚待考證，不過這一審美觀念的提出，足以證明人們已經認識到詞自成一體，不能與他種文體隨意混淆的重要性，故自陳師道揭櫫「本色」說之後，詩詞的藝術畛域即成爲人們所關注的命題。李清照的〈詞論〉，進一步將此一論爭推向高潮。她說：

逮至本朝，禮樂文武大備。又涵養百餘年，始有柳屯田永

1996 年 6 月），冊 4，頁 3689。
〔註54〕見劉熙載：《藝概》，收於唐圭璋編：《詞話叢編》（北京：中華書局，1996 年 6 月），冊 4，頁 3690。
〔註55〕見〔宋〕吳曾：《能改齋詞話》，收於唐圭璋編：《詞話叢編》（北京：中華書局，1996 年 6 月），冊 1，頁 125。
〔註56〕見陳師道：《後山詩話》，收於〔清〕何文煥輯：《歷代詩話》（台北：漢京文化事業公司，1983 年 1 月），頁 309。

者，變舊聲作新聲，出《樂章集》，大得聲稱於世，雖協音
律，而詞語塵下。又有張子野（先）、宋子京兄弟（祁、庠）、
沈唐、元絳、晁次膺（端禮）輩繼出，雖時時有妙語，而
破碎何足名家？至晏元獻（殊）、歐陽永叔（修）、蘇子瞻
（軾），學際天人，作為小歌詞，直如酌蠡水於大海，然皆
句讀不葺之詩耳，又往往不協音律者，何邪？蓋詩文分平
仄，而歌詞分五音，又分五聲，又分六律，又分清濁輕
重。……王介甫（安石）、曾子固（鞏）文章似西漢，若作
一小歌詞，則人必絕倒，不可讀也。乃知別是一家，知之
者少。後晏叔原（幾道）、賀方回（鑄）、秦少游（觀）、黃
魯直（庭堅）出，始能知之。又晏苦無鋪敘；賀苦少典重；
秦即專主情致，而少故實，譬如貧家美女，雖極妍麗豐逸，
而終乏富貴態；黃即尚故實，而多疵病，譬如良玉有瑕，
價自減半矣。〔註57〕

李清照更為明確地強調了「詞」這一文體形式的獨特創造性，同時也
嚴格規定了作詞的審美準則。孫立認為李氏「別是一家」之說，雖未
從詞的正面予以展開，所涉及到的主要是音律方面，但從她對蘇軾、
秦觀、晏幾道、黃庭堅、賀鑄等人詞批評的言語中，也能見出她對詞
的審美標準，並不僅限定在結構形式，也關係到聲情。

　　清代李佳論詞，尤重詩、詞之別。他認為：「不解倚聲者，強欲
作詞，亦不過亂拈詩文中字，填作長短句，輒自負為能詞。而詞家法
律，亦毫無領會。然果屬通品，能文章，自必能詞賦，何致夏蟲語冰
之誚。文有體裁，詩詞亦有體裁，不容少紊，而筆致固自不同。清奇
濃淡，各視性情所近。」〔註58〕他強調詞為倚聲之文，必須重視詞的
聲韻節奏，故各類文體自有擅長體制，不能稍加紊亂，句法、文情應
分清楚。

〔註57〕見王學初：《李清照集校注》卷三（台北：里仁書局，1982 年 5 月），
　　　　頁 194～195。
〔註58〕見〔清〕李佳：《左庵詞話》卷下，收於唐圭璋編：《詞話叢編》（北
　　　　京：中華書局，1996 年 6 月），冊 4，頁 3161。

到了清末民初，王國維的《人間詞話》總結了詞體的特質：

　　詞之爲體，要眇宜修。能言詩之所不能言，而不能盡言詩
　　之所能言。詩之境闊，詞之言長。〔註59〕

這一段話是詩、詞之別的經典論斷，爲今天詞學界所普遍引用。「要眇宜修」一語出自《楚辭・九歌》中的〈湘君〉，原文是「美要眇兮宜修」，王逸注云：「要眇，好貌。」又云：「修，飾也。」洪興祖補注云：「此言娥皇容德之美」。關於〈湘君〉一篇所詠之是否即指娥皇，歷代說者之意見多有不同，總之此句所描述者當爲湘水之神靈的一種美好的資質。此外《楚辭・遠游》也曾有「神要眇以淫放」之句，洪興祖補注云：「要眇，精微貌。」〔註60〕葉嘉瑩據此注釋，對「要眇宜修」下定義爲：「所謂『要眇宜修』者，蓋當指一種精微細緻富於女性修飾之美的特質。」〔註61〕那麼，「詞之爲體」何以特別富於「要眇宜修」之美？我們可從形式、內容和情感等三方面來討論。

　　第一，在形式上，葉嘉瑩認爲詞的語言就是一種「女性語言」。〔註62〕關於女性語言（female language）的討論，西方最初是站在兩性對立的觀點來看待的。他們以爲一般書寫的語言，都帶有男性的意識型態，這對於女性形成一種壓抑。所謂女性語言的特色，在英國任教的女性主義文評家 Troil Moi 在其《性別／文本政治：女性主義文學理論》一書中，指出一般人總認爲男性（masculine）所代表的乃是理性（reason）、秩序（order）和明晰（lucidity），而女性（feminity）所代表的則是非理性（irrationality）、混亂（chaos）和破碎

〔註59〕見王國維：《人間詞話・刪稿》，收於唐圭璋編：《詞話叢編》（北京：中華書局，1996 年 6 月），冊 5，頁 4258。

〔註60〕上述王逸、洪興祖之注，見洪興祖撰：《楚辭補註》（台北：藝文印書館，1977 年 9 月），頁 106，及頁 277。

〔註61〕見葉嘉瑩：《中國詞學的現代觀》（台北：大安出版社，1988 年 12 月），頁 75～76。

〔註62〕見繆鉞、葉嘉瑩合著：《詞學古今談》（台北：萬卷樓圖書公司，1992 年 11 月），頁 464。

（fragmentation）。〔註63〕如果從西方女性文論中所提出的書寫語言帶有男性的意識型態來看，則中國傳統文學中的言志之詩與載道之文等作品，當然便該毫無疑問的都是屬於所謂「男性的語言」。因為中國儒家的教育一向以治國平天下為最高理想，所以在中國的詩文中一向充滿了這種想法的文字，而在中國傳統的舊社會中，女性根本沒有出仕的機會，因此傳統以「仕隱」與「行道」為主題的作品，當然是一種男性意識的語言。然而「詞」這一文體的產生，打破了過去「載道」與「言志」的文學傳統，集中筆力大膽地寫起了美色與愛情，而且往往以女子的感情心態來敘寫其傷春之情與怨別之思，因此，就詞的內容之意識而言，詞的語言當是一種屬於女性化的語言。

　　而詞的語言與詩的語言之主要差別，表面上在於詩的語言較為整齊，而詞的語言較為長短錯落。但如果從西方女性主義所提出的「兩性語言之特質的差別」來看，則「詩」的語言乃是較明晰、有秩序的，是一種屬於「男性」的語言；而「詞」則較為混亂和破碎，是一種屬於「女性」的語言。葉嘉瑩教授認為詞這種混亂而破碎的語言形式，「正是形成了詞之曲折幽隱，特別富於引人生言外之想之特美的一項重要的因素」。〔註64〕而詞這種參差錯落的音韻及節奏，當然是促成其「要眇宜修」之美的一個重要因素。〔註65〕

　　第二，在內容上，詞在起初原本只是伴隨音樂歌唱的曲辭，只不過是為了交付給一些「繡幌佳人」「拍按香檀」去歌唱的美麗的歌辭而已，因此乃形成了早期小詞之專以敘寫閨閣兒女傷春怨別之情為主的

〔註63〕Troil Moi 著、陳潔詩譯：《性別／文本政治：女性主義文學理論》（台北：駱駝出版社，1995 年 6 月），頁 123。

〔註64〕見繆鉞、葉嘉瑩合著：《詞學古今談》（台北：萬卷樓圖書公司，1992 年 11 月），頁 464。

〔註65〕小詞中亦偶有通篇為五言或七言的整齊之形式，但其嚴格之聲律則既不同於有極大自由之古體詩歌，也不同於平仄及對偶必相對稱的近體詩歌。在整齊的詞句中也仍有抑揚錯落之美。這一點是論詞時所需注意的。

一種特質，這自然是促成了詞的「要眇宜修」之美的另一項重要因素。
而值得注意的則是，就正因為詞既具有這種「要眇宜修」之特點，而
作者在寫作時卻又不必具有嚴肅的「言志」之用心，於是遂在此種小
詞之寫作中，於無意間反而流露了作者內心所潛蘊的一種幽隱深微的
本質。因此如果將詞與詩相比較，則詩之寫作既有顯意識之「言志」
的傳統，而且五、七言長古諸詩體，又在聲律及篇幅方面有極大之自
由，可以言情，可以敘事，可以說理，其內容之廣闊，自非詞之所有；
但詞所傳達的一種幽隱深微之心靈的本質，及其要眇宜修之特點，其
足以引起讀者之感發與聯想之處，卻也並非詩之所能有。所以王國維
才在「詞之為體，要眇宜修」之外，又提出了「詩之境闊，詞之言長」
的說法，表現了對詞所特具的感發作用之體認。葉氏說，「所謂『言長』
就正指其可以引起言外無窮之感發的一種詞所特有的性質」。〔註66〕清
代常州詞派為了尊體而創立的「寄託說」便由此而來，如張惠言《詞
選》稱溫庭筠〈菩薩蠻〉（小山重疊金明滅）有「《離騷》初服之意」，
從而賦予了作者在政治上的高尚品格。〔註67〕又王國維在欣賞晏殊〈鵲
踏枝〉「昨夜西風凋碧樹。獨上高樓，望盡天涯路」、柳永〈鳳棲梧〉「衣
帶漸寬終不悔，為伊消得人憔悴」、辛棄疾〈青玉案〉「眾裏尋他千百
度，驀然回首，那人卻在燈火闌珊處」時，聯想成「古今之成大事業、
大學問者，必經過三種之境界」。〔註68〕若從常州詞派「作者未必然，
讀者何必不然」〔註69〕的接受美學的觀念出發，張惠言、王國維的這

〔註66〕見葉嘉瑩：《中國詞學的現代觀》（台北：大安出版社，1988 年 12 月），
頁 77。

〔註67〕屈原《離騷》多以「美人」喻君子，並常以美人的修容自飾喻君子
的高潔好修。「初服」句為「進不入以離憂兮，退將復修吾之初服」。
王逸注：「退，去也。言已誠欲遂進，竭其忠誠，君不肯納，恐重遇
禍，將復去修吾初始清潔之服。」

〔註68〕見王國維：《人間詞話》，收於唐圭璋編：《詞話叢編》（北京：中華
書局，1996 年 6 月），冊 5，頁 4245。

〔註69〕見〔清〕譚獻：《復堂詞話》，收於唐圭璋編：《詞話叢編》（北京：
中華書局，1996 年 6 月），冊 4，頁 3993。

種說法，未嘗不可。而當小詞可以產生這種感發作用時，讀者之所得自然便已不復再是作品中表面所寫的「菡萏香消」的景物，或「獨上高樓」之情事，但其感發卻又正由於作品中所敘寫的景物或情事而引起。而王國維所提出的「境界」一辭，葉氏認爲「就正指詞中所呈現的這一種富於感發之作用的作品中之世界」。〔註70〕她提出王國維的另一則詞話：「詞之雅鄭，在神不在貌。永叔、少游雖作艷語，終有品格。方之美成，便有淑女與倡伎之別」〔註71〕來說明王國維以爲歐、秦二家詞，自外貌上觀之，其所寫雖也是閨閣兒女相思離別之情，但就其作品中所呈現之富於感發之「境界」言之，則更可以引起人精神上一種高遠之聯想的緣故。〔註72〕就作者而言，除去其在外表所敘寫的顯意識中的情事以外，更可能還流露有作者所不自覺的某種心情和感情的本質；其二是就讀者而言，除去追尋其顯意識的原意之外，也還更貴在能從作品所流露的作者隱意識中的某種心靈和感情的本質而得到一種感發。

　　第三，在情感上，清代江順詒則進而分析道：「詩與文不同，不外情境二字，而詞家之情境，尤有所宜」，〔註73〕雖然江氏未詳析在情境表現上詩與詞差異的具體內容，但肯定了詞這一文體的情境構成

<hr>

〔註70〕見葉嘉瑩：《中國詞學的現代觀》（台北：大安出版社，1988年12月），頁77。
〔註71〕見王國維：《人間詞話・刪稿》，收於唐圭璋編：《詞話叢編》（北京：中華書局，1996年6月），冊5，頁4246。
〔註72〕葉嘉瑩認爲王國維論詞特尊五代之馮李及北宋之晏歐，那就正因爲此數家詞的作品中之世界，特別近於王氏所提出的富於感發之「境界」的緣故。至於周邦彥這位作者則是在詞史上一位結北開南的人物，一改五代北宋之重直接感發的作風，而轉變爲以思索安排來謀篇練句，這正是王國維何以雖然贊美周詞之工力，但對其詞中意境卻一直頗有微詞，而且也不能欣賞受周詞影響的南宋諸家詞的緣故。詳見葉嘉瑩：《中國詞學的現代觀》（台北：大安出版社，1988年12月），頁77。
〔註73〕見江順詒：《詞學集成》卷7，收於唐圭璋編：《詞話叢編》（北京：中華書局，1996年6月），冊4，頁3290。

較之詩文更加突出，文體自身更為適宜情感的抒發，這也些微透露出詞的表情特徵。明代王世貞則從詞體之流變，詞體所持的情態來考證詞的審美形態及與詩歌的關係：

> 花間以小語致巧，世說靡也；草堂以麗字取妍，六朝隃也。
> 即詞號稱詩餘，然而詩人不爲也。何者？其婉變而近情也，
> 足以移情而奪嗜。其柔靡而近俗也。詩嘽緩而就之，而不
> 知其下也。之詩而詞，非詞也，之詞而詩，非詩也。〔註74〕

王氏之語突出了詩詞之別。他明確地指出詞「婉變近情」，此種表現特徵，詩如涉及便等而下之。因而以詞作詩則非詩也，反之非詞也。對詩與詞在情感表現方面的差異，實則早在宋代張炎的《詞源》中就已提及，「簸弄風月，陶寫性情，詞婉於詩。蓋聲出鶯吭燕舌之間，稍近乎情可也。」〔註75〕同為「寫情」，詞則顯得更為婉轉，這取因於詞與聲樂關係較之詩歌更為密切，「詞心」稍接近「情」也無礙。

那麼，「近情」的具體表現又是如何？宋人沈義父有一段論述說：「作詞與詩不同，縱是花卉之類，亦須略用情意。或要入閨房意，然多流於淫艷之語，當自斟酌。如只直詠花卉，而不著些艷語，又不似詞家體例，所以為難。」〔註76〕儘管沈氏與上面張炎所論之「情」，主要是指狹義的「戀情」，但所論能指出詞的表現更為側重人物心靈的感發，仍是有識見的。的確，情感作為創作主體的內省對象，不是在詩中，而是在詞中有了精心的審察，深刻的表露。孫立說：

> 宋代文人將人與社會聯繫的表現區域劃給了詩歌，而將個
> 體的生命形式及與自然、宇宙的關係視之為詞體藝術形式
> 的創作範圍。這樣，詩歌也抒情，但注重自我對客體的直
> 接感發，即「應物斯感」，「感物吟志」。而詞固然從根本上

〔註74〕見王世貞：《藝苑卮言》，收於唐圭璋編：《詞話叢編》（北京：中華書局，1996年6月），冊1，頁385。

〔註75〕見張炎：《詞源》卷下，收於唐圭璋編：《詞話叢編》（北京：中華書局，1996年6月），冊1，頁263。

〔註76〕見〔宋〕沈義父：《樂府指迷》，收於唐圭璋編：《詞話叢編》（北京：中華書局，1996年6月），冊1，頁281。

講也有「應物斯感」的成分，但更多的時候，則表現為作
者痴情地沈溺於個體心靈自身，細細地品味、研習自我情
感的韻味、格調。因而，詞更鮮明地表現出主體心靈對客
體的投射力量。〔註77〕

可見宋詞不是像唐詩更多地關注社會中的自我存在價值，而是更多地
表現出對個體習性的充分領悟與吟味。因而，唐詩不時透露出社會、
倫理的意識成分，表現出對社會的依附與參與；而詞則較少社會責任
感，個體生活情趣較濃。

　　而詞中又以什麼樣的感情為主呢？清末詞評家謝章鋌說：「夫詞
多發於臨遠送歸，故不勝其纏綿惻悱。即當歌對酒，而樂極哀來，捫
心渺渺，閣淚盈盈，其情最真，其體亦最正矣。」〔註78〕這是從許多
詞被創作時的特定情景，指出感傷、惻悱之詞乃「詞體之最正者」。
其實，從詞體自身的演進發展歷程中，我們也可以清楚地看出，只有
感傷、淒怨之詞才是詞體之最「本色」、「正宗」者。

　　造成這種感傷情緒的時代背景，也就是中晚唐和五代十國，詞從
民間正式步入文人的殿堂，此時正是中國社會剛剛從最鼎盛和大一統
的狀態中，跌進了全面暗弱和分崩離析的時期。國勢的衰頹、戰亂的
頻仍、民生的凋敝等等痛苦和哀傷的現實，幾乎無時無刻不在刺激著
當時的文人士大夫們那脆弱和敏感的神經，而那些無孔不入的感傷和
淒怨情緒，便總是在自覺與不自覺的情況下，通過當時許多文人士大
夫們的筆觸，注入他們的詩文，尤其是特別適合於表現他們的細微、
深切的情緒的詞作之中去。早期的一些文人詞家如溫庭筠、韋莊以及
花間派諸詞人正是這樣。在他們的許多「裁紅剪翠」的詞章之中，我
們都時常可以見到「一葉葉、一聲聲，空階滴到明」的離情（溫庭筠
〈更漏子〉）和「覺來知是夢，不勝悲」的愁緒（韋莊〈女冠子〉）。

〔註77〕見孫立：《詞的審美特性》（台北：文津出版社，1995 年 2 月），頁 22。
〔註78〕見〔清〕謝章鋌：《賭棋山莊詞話》卷 10，收於唐圭璋編：《詞話叢
　　　　編》（北京：中華書局，1996 年 6 月），冊 4，頁 3451～3452。

　　隨後，詞體這常常浸染著感傷、悲愁色調的特點，在切身經歷了國破家亡的深悲巨慟的南唐後主李煜手中，更是得到了進一步的發揮與昇華。李煜的「流水落花春去也，天上人間」（〈浪淘沙〉）的悲怨，和「剪不斷，理還亂，是離愁。別是一般滋味在心頭」（〈相見歡〉）的憂傷，成了宋代以及宋代以後許多詞人和詞評家們紛紛認可和效仿的對象。詞體善言感傷、淒怨情緒的特色，至此已基本上得到了確立。在宋代，不但窮困落魄如後期的晏幾道者，往往愛寫「衣上酒痕詩裡字，點點行行，總是淒涼意」（〈蝶戀花〉）的感傷和淒楚，而且位高權重，生活一貫較為平穩如晏殊者，也特別喜愛抒發「一場愁夢酒醒時，斜陽卻照深深院」（〈踏莎行〉）的哀戚和惆悵；不但婉約如周邦彥者，下筆動輒憂、愁、悶、鬱、淒涼、傷神，而且豪放如辛棄疾者，也坦陳自己少年時已愛「為賦新詞強說愁」，「而今」則是真正識盡了「愁滋味」（〈醜奴兒〉）。宋代以後，晚清著名詞論家況周頤則這樣描述他所認識的詞境：「人靜簾垂，燈昏香直，窗外芙蓉殘葉，颯颯作秋聲，與砌蟲相和答，……斯時若有無端哀怨，根觸於萬不得已，即而察之，一切境象全失，唯有小窗虛幌、筆床硯匣，一一在吾目前。此詞境也。」〔註79〕這都是詞之為體特別適合於表現感傷淒怨之美的極好證明。

　　正因為詞之為體存在著特別適合於表現感傷和淒怨之美的特色，並且歷代以來的許多詞人和詞評家們都對於詞體的這一獨具個性的美學特點有著相當一致的認識。因此，考察一位詞作家的創作是否「本色」、「當行」，便常常需要先考察這位作家的創作是否善於塑造和表現感傷和淒怨之美。而秦觀的詞作在歷代都得到了人們的推重，並被盛譽「詞中作家」、「詞家正宗」，其中很重要的原因之一，正在於此。

　　綜上所述，詞在文人假手初時，本為應歌之作，並無言志的用意，所以詞作表面所寫的美人與愛情，事實上與作者並沒有顯意識的託寓關係。然而詞體微妙的作用，又正在於其所用的形式與所寫的內容多

〔註79〕見〔清〕況周頤：《蕙風詞話》卷1，收於唐圭璋編：《詞話叢編》（北京：中華書局，1996年6月），冊5，頁4411。

偏向婉轉纖柔，往往於無意中可以引發作者心靈中與此種性質相近的一種本質之流露，因此葉嘉瑩藉王國維的「要眇宜修」，歸結出「詞在本質方面的特點，卻應該是連美女與愛情這種情事都不包含在內的一種純屬精微敏銳之心靈感受方面的婉轉纖柔的本質之美」。〔註 80〕「婉轉纖柔」不就是一般所認同的女性特質嗎？所以我們可以說「詞」的本質與「女性」特質是隱然呼應的。

二、秦觀之作何以最得「詞心」

我們再回到馮煦說的：「他人之詞，詞才也；少游，詞心也；得之於內，不可以傳。」要得「詞心」，須得詞之本色。前面已討論詞之本色，是一種富含女性特質的、精微敏銳、善言感傷的心靈感受，此處我們要再探討：眾人都在詞中寫自己的心緒，何以獨秦觀得「詞心」之譽？

葉嘉瑩認為「能夠蘊含有詞的那種婉約、纖細、柔媚的質素，才是有詞心」，〔註 81〕「此種資質既是屬於天生之稟賦，因之每位作者之所得的多寡純駁，與其顯意識中之志意及後天之辭采、工力等，乃並無必然之關係」，〔註 82〕可見「詞心」非一般泛泛的譜寫心緒，而是特殊的質素。清代周濟在《介存齋論詞雜著》裡有這樣的話：「少游正以平易近人，故用力者終不能到。」，〔註 83〕就點出秦觀的詞在外表上雖很尋常，但那些用辭采、學力去雕琢的人，是沒法達到他平易而貼近人心的境界的。而且，他這種「詞心」的感受可以分為外在的與內在的兩方面：當他觀賞景物的時候，有柔婉纖細的感受；當他抒寫他自己感情的時候，也有柔婉纖細的感受。無論是寫景還是抒

〔註 80〕見繆鉞、葉嘉瑩合著：《詞學古今談》（台北：萬卷樓圖書公司，1992年 11 月），頁 288。

〔註 81〕見葉嘉瑩：《唐宋詞名家賞析》（台北：大安出版社，1988 年 12 月），頁 70。

〔註 82〕見繆鉞、葉嘉瑩合著：《詞學古今談》（台北：萬卷樓圖書公司，1992年 11 月），頁 289。

〔註 83〕見〔清〕周濟：《介存齋論詞雜著》，收於唐圭璋編：《詞話叢編》（北京：中華書局，1996 年 6 月），冊 2，頁 1631。

情，他都表現了柔婉纖細的特質。

　　我們來看看秦觀被認爲最得詞之本色的一些詞論證據。秦觀的許多詞作在創作之初，就已經取得「唱遍歌樓」〔註84〕的成功，而其詞創作的整體成就，在歷代評論家們的心目中，地位亦是相當高的。宋代陳師道一面批評蘇東坡「以詩爲詞，如教坊雷大使之舞，雖極天下之工，要非本色」，一面又稱讚秦觀的詞「唐諸人不逮也」。〔註85〕「蘇門四學士」之一的晁補之曾經批評黃庭堅的詞「不是當家語」，但他卻稱讚秦觀詞是「天生好言語」。〔註86〕可見，在北宋不少詞家和評論家們的品評之中，秦觀詞就已經取得了「抗衡蘇黃」的資格。明清以後，由於張綖將詞體畫分爲「婉約」和「豪放」二目，又說「大抵詞體以婉約爲正」，並把秦觀推尊爲婉約詞的代表作家，〔註87〕《淮海詞》的歷史地位隨之被更進一步地抬高了。因此，便出現了如下一些評論：

> 詩餘盛於趙宋，諸凡能文之士，靡不舐墨吮毫，爭吐其胸中之奇，競相爭長。及淮海一鳴，即蘇黃且爲遜席。……詩之一派，流爲詩餘，其情郁，其詞婉，使人誦之，浸淫漸漬，而不自覺。總之不離溫厚和平之旨者近是，故曰：詩之餘也。此少游先生所獨擅也。〔註88〕（〔明〕王象晉：〈秦張兩先生詩餘合璧序〉）

> 淮海詞……詞家正音也。故北宋惟少游樂府語工而入律，

〔註84〕見〔清〕鄧廷楨：《雙硯齋詞話》，收於唐圭璋編：《詞話叢編》（北京：中華書局，1996 年 6 月），冊 3，頁 2529。

〔註85〕見〔宋〕陳師道：《後山詩話》，收於〔清〕何文煥輯：《歷代詩話》（台北：漢京文化事業公司，1983 年 1 月），頁 309。

〔註86〕見〔宋〕魏慶之：《魏慶之詞話》，收於唐圭璋編：《詞話叢編》（北京：中華書局，1996 年 6 月），冊 1，頁 201。

〔註87〕見〔明〕張綖：《詩餘圖譜・凡例》，收於周義敢、周雷編：《秦觀資料彙編》（北京：中華書局，2001 年 5 月），頁 173。

〔註88〕收於周義敢、周雷編：《秦觀資料彙編》（北京：中華書局，2001 年 5 月），頁 195。

　　詞中作家，允在蘇、黃之上。〔註89〕（〔清〕胡薇元：《歲寒居詞話》）

　　詞家正宗，則秦少游、周美成。〔註90〕（〔清〕先著、程洪：《詞潔》卷三）

　　子瞻辭勝乎情，耆卿情勝乎辭。辭情相稱者，惟少游而已。〔註91〕（〔清〕朱彝尊：《詞綜》卷六引蔡伯世云）

這些都在在證明了秦觀詞不論在語言精美、音韻和諧，或是善言心緒方面，都一致被肯定得詞之本色。正是這種特色，才使得秦觀的詞作在總體風貌上，比其他一些詞家顯得更加「本色」和「當行」。

三、如何從「詞心」見秦觀的女性特質

　　葉嘉瑩在〈論詞學中之困惑與《花間》詞之女性敘寫及其影響〉一文中，介紹了「雙性人格」的概念，頗值得讓我們借用來探討秦觀「詞心」與其人格特質的關聯。葉氏借用卡洛琳・郝貝蘭（Carolyn G・Heilbrun）在其《朝向雌雄同體的認識》（*Toward a Recognition of Androgyny*）一書之「雌雄同體」〔註92〕（androgyny）一詞，將之改譯爲「雙性人格」，意指「性別的特質與兩性所表現的人類的性向，本不應做強制的劃分」，〔註93〕因郝氏之提出此一觀念之目的，是想從一種約定俗成的性別觀念中，把個人自己真正的性向解放出來。

〔註89〕收於唐圭璋編：《詞話叢編》（北京：中華書局，1996 年 6 月），冊 5，頁 4029。

〔註90〕收於唐圭璋編：《詞話叢編》（北京：中華書局，1996 年 6 月），冊 2，頁 1356。

〔註91〕見〔清〕朱彝尊：《詞綜》（台北：世界書局，1980 年 5 月），卷 6，頁 76。

〔註92〕「雌雄同體」（androgyny）是古代的一個希臘語，其字原乃是結合了andro（男性）與 gyn（女性）兩個字而形成的一個辭語，本意原指生理上雌雄同體的一種特殊現象。

〔註93〕見葉嘉瑩：〈論詞學中之困惑與《花間》詞之女性敘寫及其影響（上）〉，收錄於繆鉞、葉嘉瑩：《詞學古今談》（台北：萬卷樓圖書公司，1992 年 10 月），頁 466。

　　據葉嘉瑩陳述，郝氏在這本書中曾引用批評家湯瑪斯‧羅森梅爾（Thomas Rosenmeyer）在其《悲劇與宗教》（*Tragedy and Religion*）一書中的話，以爲希臘神話中的酒神戴奧尼薩斯（Dionysus）既非女性，亦非男性。或者更好的說法應說戴奧尼薩斯所表現的自己，乃是男人中的女人，或女人中的男人。郝氏更曾引用心理學家諾曼‧布朗（Norman C‧Brown）在其《生對死：心理分析的歷史意義》（*Life Against Death：The Psychoanalytical Meaning of History*）一書中的話，以爲猶太神祕哲學的宗教家就曾提出說上帝有雙性人格的本質；東方道家哲學的老子，在《道德經》中也曾提出過「知其雄，守其雌」的說法；而詩人里爾克（Rilke）在其《給一個青年詩人的信》（*Letters to a Young Poet*）中，也曾認爲男女兩性應密切攜手，成爲共同的人類（human beings）而非相對之異類（as opposites）。從以上所徵引的種種說法來看，郝氏的主要目的不過是想要證明，無論是在神話、宗教、哲學、和文學中，「雙性人格」都該是一種最高的完美的理想，因此女性文評自然也應該擺脫其與男性相抗爭的對立局面，而開創出一種以「雙性人格」爲理想的新理論觀點。

　　對於男女皆有的陰、陽特質，五十年代的心理學家榮格（Carl G. Jung）也提出「阿尼瑪」（anima）與「阿尼姆斯」（animus）的說法來詮釋之。榮格察覺在男人的男性意識下，存在著一股較爲溫柔、富於情感與品味的潛流；而女人的女性意識下也潛在著諸如：無情、理性、強悍、果敢固執等特性。他稱男性心靈中的陰性心理傾向爲「阿尼瑪」，而稱女性心靈中的陽性傾向爲「阿尼姆斯」，它們促使一個男人的潛意識朝向女性特徵，一個女人的潛意識朝向男性特徵。由於這兩種特性似乎爲一種人類的普遍現象，榮格便將它們視作集體潛意識中的「原型」。

　　「原型」是一切心理反應的具有普遍一致性的先驗形式，[註94]

────────────

〔註94〕此種先驗形式，可從不同方面去理解，「從心理學角度，榮格把原型理解爲心理結構的基本式」；從科學的、因果的角度，「原型」可以被設想爲「一種記憶的蘊藏，一種印痕或記憶痕跡，它來源於同一經驗的

它不是由文化衍生出來，文化的形式反而是由原型衍生出來的，因此「阿尼瑪」與「阿尼姆斯」基本上是不受諸如家庭、社會、文化與傳統等各種形塑個人意識的力量影響的，它們總是預先存在於人的情緒、反應衝動之中，存在於精神生活中自發發生的其他事件裡。依榮格的理論，人的心理有不同的層面及內容，發揮著不同的功能，如果說「人格面具」（persona）〔註95〕是人們面對外在世界、並對必要的外在調適予以協助的話，阿尼瑪與阿尼姆斯則是向內面對內在的心靈世界，是男、女進入並適應他們的心理本質較深層部分的工具。阿尼瑪與阿尼姆斯若運作不良，會爲日常生活帶來混亂，產生負面影響。然而它們也有積極作用，可以起到橋或門的作用，把人的心思與其內在價值相調和，使個人潛意識與集體潛意識之間保持平衡，藉此開拓出一條通往更深奧的內在世界之路。男性心靈中的「阿尼瑪」傾向，是通過對異性的「投射」（project），〔註96〕使這傾向得以顯現出來，此外它還表現在創造性活動當中，也出現在夢境或幻覺中。無論是何種方式的投射，它都是以一個女子形象作爲象徵，來表現男性這潛意識一層面的，如神話和文學中出現的女神形象就被認爲是阿尼瑪的投射。〔註97〕而如果人格中的「意識」和「潛意識」能達到完整統合的

無數過程的凝縮。在這方面它是某些不斷發生的心理體驗的積澱，並因而是它們的典型的基本形式。」見榮格著，鴻鈞譯：《分析心理學——集體無意識》（台北：結構群出版社，1980 年 9 月），頁 65。

〔註95〕人格面具是我們經由文化薰陶、教育以及對物理與社會環境適應的產物。見 Murray Stein 著，朱侃如譯：《榮格心靈地圖》（台北：立緒文化出版社，1999 年 8 月初版），頁 141。

〔註96〕「投射」意味著主觀內容同主體疏離，而被收編到客體去。見 C. G. Jung：《心理類型》（下）（台北：桂冠圖書公司，1999 年 10 月），頁 502。

〔註97〕以上關於「阿尼瑪」與「阿尼姆斯」及其相關解說，參見 Robert H. Hopcke 著，蔣韜譯：《導讀榮格》（台北：立緒文化出版社，2000 年 2 月），頁 90～93；卡爾‧榮格（Carl G. Jung）主編，龔卓軍譯：《人及其象徵》（台北：立緒文化出版社，1999 年 5 月），頁 212～230；Frieda Fordham 著，陳大中譯：《榮格心理學》（台北：結構群出版社，1980 年 3 月），頁 198；以及 Murray Stein 著，朱侃如譯：《榮格心靈

話，就能成爲「雙性同體，不偏不執」的完美個人。〔註98〕

葉嘉瑩認爲，若就美學之觀點言之，《花間集》的小詞即具有這種「雙性人格」的特美。雖然《花間集》的作者並未曾有意追求此種特美，但卻由於因緣巧合，使得《花間集》的那些男性作者，竟然在徵歌看舞的遊戲之作中，無意間展示了他們在其他言志與載道的詩文中所不曾也不敢展示的一種「深隱於男性之心靈中的女性化的情思」。〔註99〕同理可證，「得《尊前》、《花間》遺韻」〔註100〕的秦觀，在詞中表現出追求愛情、依戀女性以及對愛與美之強烈感受，其內在靈魂應與女性也有著十分密切的關聯，也就是說：秦觀潛意識的阿尼瑪在發揮作用。

再者，秦觀描寫女性與一般傳統男性詩人不同的地方，在於其筆下的女性非慾念投射的對象，他往往以偏重心靈的描寫取代外貌、感官性的描繪，對女性的欣賞存有一種精神性與理想化的特質，這都與其他詞人的艷詞中將女性視爲一個既可觀賞也可欲求的「他者」不同。〔註101〕又如秦觀偏於清麗淡雅的風格，以及常由自身的不幸遭遇推而廣之，以同情其他人、事、物的表現；詞中帶有陰性意味的月亮意象運用豐富而頻繁、象徵陽性原則的太陽意象則運用貧乏；閉鎖空間〔註102〕與朦朧曲折的詩歌意境所反應出潛意識中回歸母腹混沌

地圖》（台北：立緒文化出版社，1999 年 8 月），頁 163～194。
〔註98〕以上爲榮格的「個體化理論」及其相關概念，可參考 Murray Stein
　　　　著，朱侃如譯：《榮格心靈地圖》（台北：立緒文化出版社，1999 年
　　　　8 月），頁 136～142、165、226，與廖咸浩：〈「雙性同體」之夢：「紅
　　　　樓夢」與「荒野之狼」中「雙性同體」的象徵運用〉，《中外文學》
　　　　15 卷 4 期（1986 年 9 月），頁 128、129。
〔註99〕見葉嘉瑩：〈論詞學中之困惑與《花間》詞之女性敘寫及其影響
　　　　（上）〉，收錄於繆鉞、葉嘉瑩：《詞學古今談》（台北：萬卷樓圖書
　　　　公司，西元 1992 年 10 月），頁 467。
〔註100〕見〔清〕劉熙載：《藝概》，收於唐圭璋：《詞話叢編》（北京：中華
　　　　書局，1996 年 6 月）冊 4，頁 3691。
〔註101〕詳見本文第四章「秦觀詞女性敘寫的主題探討」。
〔註102〕如詞中主人公常身處的小樓、孤館、閨閣、庭院……等有限制人物

的記憶等等，都表現出秦觀濃厚的陰性特質。

　　榮格認爲，如果文化中男人的人格面具含有陽剛的特質與特色，那麼凡是在個人有意識適應主流文化過程中被排拒出來的事物便會被壓抑，並轉移到阿尼瑪這個潛意識結構中，阿尼瑪所包含的便是該文化中認定的典型女性特色。〔註 103〕傳統社會以儒家思想爲代表的文化主流，偏向進取、向外擴展的的陽性原則，因此在現實世界的意識層面中，秦觀以陽性原則作主導，顯現的是一種符合集體性別規範的社會人格，具體表現爲對仕途升遷、建功立業的渴望，及詠史、關懷社會、批判時政的詩歌中，至於那些不符合社會期待的陰性部分則被壓抑而轉移到潛意識之中。只有在詞體創作時，秦觀暫時擺脫了陽性原則的束縛，釋放出人格內部久被壓抑的部分，使他直觀地感受事物，與自己內在的靈魂對話，回歸到愛情所代表的自然生命，其詞中一位位女子是其內心阿尼瑪的人格化身。因此，再證諸馮煦所說的：「少游，詞心也；得之於內，不可以傳。」我們便可了解詞心「不可以傳」的原因，即在於秦觀比其他人具有更豐富的陰性特質，使得他的心合乎「要眇宜修」、「善言感傷」的「詞心」，這是天賦本質，而不是後天的學養所致。

　　這潛意識中的陰性特質，使秦觀在詩歌中表現了極佳的創造力，使其詩歌體現了葉嘉瑩所謂「雙性人格」的美學特質；然而在現實生活中，「意識」與「潛意識」兩極對立所產生的齟齬，則鑄成了其悲劇的生命型態，如其屢試不中、陷入黨爭等遭遇皆反映了他軟弱、猶豫、不果斷的性格，其實或許更是潛意識中不可理喻的因素在作祟，才使現實生活中的秦觀成爲一位敏感而痛苦的詞人。

第三節　「女郎詩」之論

活動範圍的場景，都可視爲「閉鎖空間」。
〔註103〕見 Murray Stein 著，朱侃如譯：《榮格心靈地圖》（台北：立緒文化出版社，1999 年 8 月），頁 178、179。

　　上承前兩節，我們已知秦觀基底的性格具有女性柔婉易感的特質，故這特質使他特別能展示詞體「要眇宜修」、「善言感傷」的一面，可說秦觀深層的靈魂就是「詞」的靈魂，故言其心為「詞心」一點也不為過。而這項特質不只讓他成為「詞家正宗」的代表之一，還影響了他的詩作風格，使他的詩也帶有女性特色，不合乎一般評論者對詩的本色要求。金人元好問認為秦觀詩是「女郎詩」，就是準確地觀察到秦觀整體藝術風格是屬於「女郎」般的婉媚，才下此評論。本文的研究雖是以秦觀詞為主，但從秦觀詩這一側面，也可證出秦觀「詞心」對其整體藝術表現的深遠影響。故本節將藉著「女郎詩」此一旁證，來說明秦觀詞中的女性敘寫不純然是因應詞體本色的要求而作，更多時候則是因其「詞心」的流露，統攝了整體的創作風格之故。

　　秦觀〈春日〉詩：「一夕輕雷落萬絲，霽光浮瓦碧參差。有情芍藥含春淚，無力薔薇臥晚枝。」〔註104〕金人元好問在他的《論詩絕句三十首》中譏此詩為「女郎詩」，他說：「有情芍藥含春淚，無力薔薇臥晚枝。拈出退之山石句，始知渠是女郎詩。」〔註105〕意思是說，秦觀這兩句詩柔弱如婦女語，不及韓愈〈山石〉詩中的「升堂坐階新雨足，芭蕉葉大梔子肥」兩句雄渾如丈夫語。元好問之評是譏諷還是客觀？此評如何見出秦觀的女性特質？我們先來認識元好問的評詩標準為何。

一、元好問的評詩標準

　　元好問，字裕之，號遺山，生於金章宗明昌元年（1190年），卒於元憲宗蒙哥七年（1257年），太原秀容（今山西省忻州市）韓岩村人。他是七百多年前中國金朝最有成就的作家和歷史學家，清代曾國藩編《十八家詩鈔》，自唐宋以下，獨取元好問一人，顯示十八家之後無大家，在金元兩朝，就詩家地位來說，元好問排名第一，當無異

〔註104〕見秦觀：《淮海集》卷10。
〔註105〕見〔金〕元好問：《遺山集》（台北：台灣商務印書館，1985年《景印文淵閣四庫全書》本），冊1191，卷11，頁124。

議。他在文學史的地位極崇高，其《論詩絕句三十首》識見之卓越，向為歷來文學批評家所肯定。

　　《論詩絕句三十首》的第一首云：「漢謠魏什久紛紜，正體無人與細論。誰是詩中疏鑿手，暫教涇渭各清渾。」開宗明義指出其論詩宗旨是要自任詩壇的疏鑿手，以舉正體，裁偽體的方式，清除詩壇清濁合流的現象，使它們能涇渭分明，以指示後學遵循的正路。從《論詩絕句三十首》中可知，他從建安時期我國五言詩的創始論評，他最欣賞的有曹劉的慷慨氣骨，阮籍的沈鬱蒼涼，淵明的天然坦淳，及北方敕勒歌的豪放雄渾。這些不論是內容情志的誠正，風力氣骨的雅健，品味格調的高雅，都是他認為正體的最高標準。

二、秦觀的詩作特色

　　秦觀詩作今存於《淮海集》四十卷中共四百零七首，〔註106〕各體兼備，其中五古近百首，七古約七十餘首，五律四十五首，七律八十二首，又五絕七絕共近百首。內容題材方面，與一般文人才士之作大致相同，或表現其積極用世的豪儁立志，或抒發其壯志飄零、才人落魄的憂憤之情，亦有相當數量的山水登臨和寫景詠物之作，以及一小部分記述風土人情之篇什。此外值得注意的是在他的詩作中，和韻次韻之詩竟多達一百二十五首，佔其詩篇的四分之一強，若連同一些贈答之詩一起計入的話，則更超過二百首，亦即過其作品半數之多。雖說宋詩盛行以「次韻」方式做為朋友之間贈答的重要形式，但秦觀詩集中次韻贈答之作的數量卻有超乎一般，幾達其詩作數量的二分之一，結吟唱和，題詠贈別，感懷人事，洋溢著真摯深切的情誼。據王偉康統計，〔註107〕秦觀與蘇軾唱酬題贈詩約有十六首之多，足見其情誼深厚。孫覺（字莘老）是秦

────────────

〔註106〕據《景印文淵閣四庫全書》本。另中華書局四部備要本《淮海集》中，略有出入，數目則三百九十餘首。

〔註107〕見王偉康：〈秦觀詩初探〉，《江蘇廣播電視大學學報》第13卷第2期（2002年4月），頁56。

觀的高郵老鄉，年長二十一歲，兩人志趣相投，爲忘年之交，秦觀和孫
覺唱和題寄詩現存約八首。在孫覺逝後，秦觀滿懷悼念和敬重之情撰寫
〈孫莘老挽詞〉四首。秦觀和其他友人酬唱贈答詩也不少見，如與蘇轍
存詩約十首，與釋道潛（參寥）存詩約九首等。

　　秦觀詩作的特色，據鍾屛蘭的歸納，〔註108〕大致有以下幾項：

　　第一，他的心思敏銳纖細，情思細緻幽微，所以能對瑣碎細微的
事物加意描寫。如「螢流花苑飛星亂，蕪滿春城綠髮齊」（〈次韻子由
摘星亭〉），「池光引月來簷廡，竹影疏風到客衣」（〈題閣求仁虛樂
亭〉），「蛛網留晴絮，蜂房受晚香」（〈睡起〉）等，都能使人體會到他
體物微妙的特長。

　　第二，他寫景記遊的詩很講究聲色之美，精於鍊字，且善取自然
界細緻明麗之景摹寫，文字清新婉麗。這些在他筆下綺麗清新的景物
境界，不但揭示了深藏的事物本身固有的美，也用這些意境表達了他
細緻深微的情思。而他的詩除了視覺上的美感外，他還善用疊音詞和
雙聲疊韻詞造成音律美，這些語言文字上的韻律之美，使他的詩顯得
從容流轉，情韻悠長。

　　第三，部分艷冶的小詩，口吻神情上，遠於詩而近於詞。所以宋
人陳師道說他的「詩如詞」，〔註109〕元人方回說「少游詩文自謂秤停
輕重，銖兩不差。故其古詩多學三謝，而流麗之中有澹泊。律詩亦敲
點勻淨，無偏枯突兀生澀之態。然以其善作詞也，多有句近乎詞」。
〔註110〕

　　第四，貶謫後南遷諸作，多寫自憐自傷的深悲極愁。缺乏氣骨勁

〔註108〕詳參鍾屛蘭：〈元遺山《論詩絕句》第二十四首——秦觀女郎詩析
　　　　　論〉，《屛東師院學院學報》第 9 期（1996 年），頁 380～381。
〔註109〕見陳師道：《後山詩話》，收於〔清〕何文煥輯：《歷代詩話》（台北：
　　　　　漢京文化事業有限公司，1983 年 1 月），頁 312。
〔註110〕見〔元〕方回：〈九月八日夜大風雨寄王定國〉，《瀛奎律髓》（台北：
　　　　　台灣商務印書館，1984 年《景印文淵閣四庫全書》本），冊 1366，
　　　　　卷 12，頁 134。

健，沈鬱頓挫之風。

　　第五，部份強志盛氣之作，理智開悟之語，多見於次韻酬唱之篇什中。

三、元好問認爲秦觀爲「女郎詩」的理由

　　元好問的論詩宗旨在舉正裁僞，其論詩標準受其個人背景影響，以有氣骨的、天然的、雄渾的、雅健的眞性情之作爲「正體」。相對的，纖弱、晦澀、窮苦、冗蕪、僞襲、鄙俗，即爲「僞體」。而他以「女郎詩」評秦觀之作，即以爲秦觀之作有纖弱之病。以下則再進一步探討元好問以「女郎詩」概括秦觀作品的微旨何在，以考察他的評論是否公允。

（一）從本色著眼

　　「本色」是由「當行」的觀念延伸而成的批評術語，〔註 111〕這術語運用到文學批評，即成爲一種體類批評，亦即分辨文學體製的標準，這是宋代很流行的「辨體」。評論者通過文學作品形式、內容、與美感要求的分析，釐定各種文體的風格特質，而且認爲某一種文體有其特定的風格與作法，不能逾越或改變，否則雖然寫的好，也不足取。尤其宋詞興盛之後，詩詞更有界限，「詩莊詞媚」便是一種最普遍的說法，若詩詞界限混淆，即非本色。詳細內容在上一節已有著墨，此處不再贅述。

　　元好問在詩詞兩方面的造詣都是金元第一大家，受宋代辨體的影響，自然不會不知「本色」的意蘊內涵。而從詩體本色來衡量秦觀之詩，則有幾點可以注意。

　　首先，秦觀詩中一些輕側柔媚的字句，或細緻瑣碎之景物描寫，不論作法上，口吻神情上，都近於詞而遠於詩。《王直方詩話》載：「元祐中，祕閣上巳日會西池。王仲至有詩，張文潛和之最工，云『翠浪

〔註 111〕關於「本色」、「當行」的意義由來及其演變，請參見龔鵬程：《文學批評的視野》（台北：大安出版社，1990 年）。

有聲黃傘動，春風無力彩旌垂』。至秦觀即云『簾幕千家錦繡垂』。仲至讀之笑曰：『此語又待入小石調也。』」〔註112〕而南宋《敖陶孫詩話》亦謂秦觀詩「如時女步春，終傷婉弱」，〔註113〕都是在說秦觀詩的風格婉媚。故元好問從「本色」此一藝術角度來品評，即是認為秦觀詩中旖旎嫵媚的風調，正如一些「綺筵公子」在「葉葉花箋」上寫下來，交給那些「繡幌佳人」們「舉纖纖之玉手拍按香檀」去演唱的歌辭之詞，不合詩之「本色」。尤其元好問論詩，向來嚴雅俗之辨，如此鬥靡騁艷之詩，既非詩之本色，更遑論詩之正體，故元好問以「女郎詩」概之，正謂其口吻神情已類女郎，難登大雅之堂矣。

　　接著，若再就秦觀南遷諸作觀之，其中除記敘當地特殊民情風物之詩外，其它抒情之篇，則多寫深悲極愁，憂傷不能自已之情，這尤其不合於元好問論詩所倡的風雅之旨。元好問本著儒家「詩言志」的一貫傳統，以溫柔敦厚，藹然仁義之言為作詩極致，其《論詩絕句》第二十三首所謂「雅言」，〔註114〕其《詩文自警》數十條，義正相類。亦即不僅僅在詩歌的文字上，用語上，求其風雅似古人，更要求其詩歌的意境上，本質上，用心上，力追古人之純正高雅。故以此標準衡評秦觀之作，雖其文字已「嚴重高古，自成一家，與舊作不同」，〔註115〕實則其本心素志上，卻是幽憂憔悴，不能自已。故元好問以「女郎詩」概之，可說不僅從表面的文字論斷，更直透其詩之本心。

（二）從主體風格品評

〔註112〕見〔宋〕王直方：《王直方詩話》，收於吳文治主編：《宋詩話全編》（南京：江蘇古籍出版社，1998年12月），冊2，頁1141。

〔註113〕見〔宋〕敖陶孫：《敖陶孫詩話》，收於吳文治主編：《宋詩話全編》（南京：江蘇古籍出版社，1998年12月），冊7，頁7541。

〔註114〕《論詩絕句三十首》第二十三首：「曲學虛荒小說欺，徘諧怒罵豈詩宜？今人合笑古人拙，除卻雅言都不知。」

〔註115〕見〔宋〕胡仔：《漁隱叢話》（台北：台灣商務印書館，1984年《景印文淵閣四庫全書》本），冊1480，前集，卷50引呂本中《童蒙詩訓》，頁325。

　　一個作家，尤其是稍有名氣的作家，不論其內心情志，或發而為外在作品，必定有其多樣性，複雜性，一般人很難以一二語加以概括或界定。雖然如此，每一位作家在複雜多樣的面貌下，還是有其風格多元統一的地方，此即其主流作品呈現的主體風格。而這種主流作品形成的主體風格，必然包含了創作者的才情性分、志意理念、行事遭際、創作觀點、表現手法等，故主體風格亦正是作家與作家辨別、歸類、比較的主要憑藉，也是評定一個作家作品特色與成就的必要依據。

　　秦觀詩作，如前所述，的確不乏豪儁飄逸之作，疏朗明快、嚴重高古的詩也各呈異采。但如果就其作品的質與量兩方面來看，「清新婉麗」卻是他主流作品所呈現的主體風格，更是他專擅之美，故元好問以「女郎詩」喻之，正是以其整體做全面的觀察而得到的結論。鍾屏蘭就站在元好問論詩標準的立場，認為「有些人以為『女郎詩』不足以括秦觀詩之全貌，即緣於不瞭解論詩詩這種精絕的詩學批評，必須從其主體風格著眼，而不能一一論其枝節之故」。〔註116〕

（三）與韓愈〈山石〉詩對照

　　元好問論詩體例，為了凸顯詩家特色，往往採用互見明短長的方式，如舉正體與僞體相形，使人易見僞體之失。《論詩絕句》第三十首即以秦觀之纖弱而與韓愈之質樸相形。韓愈〈山石〉詩，是一首七古，茲引全詩如下：

> 山石犖确行徑微，黃昏到寺蝙蝠飛。昇堂坐階新雨足，芭蕉葉大梔子肥。僧言古壁佛畫好，以火來照所見稀。鋪床拂席置羹飯，疏糲亦足飽我飢。夜深靜臥百蟲絕，清月出嶺光入扉。天明獨去無道路，出入高下窮煙霏。山紅澗碧紛爛漫，時見松櫪皆十圍。當流赤足踏澗石，水聲激激風吹衣。人生如此自可樂，豈必局束為人鞿。嗟哉吾黨二三

〔註116〕見鍾屏蘭：〈元遺山《論詩絕句》第二十四首——秦觀女郎詩析論〉，《屏東師院學院學報》第 9 期（1996 年），頁 387。

子，安得至老不更歸。〔註117〕

這首詩層次井然。詩語明快，直寫眼前所見眞景。若與秦觀詩作特色來比，就神情口吻而言，這首詩直寫眼前眞景，直抒胸襟，是近乎賦體寫法，坦坦蕩蕩，堂堂正正，毫不忸怩作態。就取境大小而言，說到所見景物是「芭蕉葉大梔子肥」、「時見松櫪皆十圍」；說到行動是「天明獨去無道路，出入高下窮煙霏」、「當流赤足踏澗石，水聲激激風吹衣」。即使有極鮮麗的寫景之句，如「山紅澗碧紛爛漫」也是景象闊大，生意盎然。再從心思的敏銳寬宏來看，這首據考是韓愈五十三歲時甫遷嶺外之作，年齡、際遇，正與秦觀相似。而〈山石〉詩中，只有豪放不羈的感情，雄壯闊大的氣魄，其中「夜深靜臥百蟲絕，清月出嶺光入扉」的清幽絕塵，好似照見了他雄偉高潔的人格。結束句的「人生如此自可樂，豈必局束爲人鞿。嗟哉吾黨二三子，安得至老不更歸」，也嗅不出絲毫被貶的自憐或傷感，從詩品即人品的觀點看，韓愈這首南遷途中詩，正是他雄偉氣骨的顯見。這相對於秦觀詩作的纖細婉弱，元好問以「女郎詩」喻之，正符合了秦觀特有的生命品格與藝術氣質。

四、元好問之論是否公允

元好問此語引起了明代瞿佑的反對。瞿佑在《歸田詩話》卷上說：

遺山固爲此論；然詩亦相題而作，又不可拘於一律。如老杜云：「香霧雲鬟濕，清輝玉臂寒」、「俱飛蛺蝶元相逐，並蒂芙蓉本自雙」，亦可謂女郎詩耶？〔註118〕

清代薛雪也不同意元好問的看法，他引申瞿佑的看法，寫了一首詩來戲詠：

先生休訕女郎詩，〈山石〉拈來壓晚枝。千古杜陵佳句在，

〔註117〕見〔唐〕韓愈著，錢仲聯集釋：《韓昌黎詩繫年集釋》（上海：上海古籍出版社，1998 年 3 月），上冊，頁 145。

〔註118〕見〔明〕瞿佑：《歸田詩話》卷上，收於《詩話叢刊》（台北：弘道文化事業公司，1971 年 3 月），頁 154。

「雲鬟」「玉臂」也堪師。〔註119〕

瞿佑和薛雪都認為「詩聖」杜甫也有婉約風格的詩句，難不成元好問也要說杜詩是「女郎詩」嗎？馬良信也認為，「元好問〈論詩〉絕句三十首，雖有一些卓越見解，但他對秦觀〈春日〉詩的評論，卻是十分片面應當予以否定」，他的論點在於，藝苑只有百花齊放，才能萬紫千紅總是春，如果一花獨放，那就孤芳自賞不成春了。在詞壇上，有關西大漢執鐵綽板，唱「大江東去」，也有十七、八女郎按紅牙板，歌「曉風殘月」，這樣才能剛柔並濟，多姿多彩，成為大觀，滿足人們的需要。如果只唱「大江東去」，或只歌「曉風殘月」，那就十分單調，索然寡味了。「秦觀此詩清新婉美，情辭兼勝，而且詩中有畫，形象生動，風致佳妙，極陰柔之美，一幅春天夜雨新晴的景色，很細緻逼真地呈現在讀者的眼前。所謂詩中有畫，如『有情芍藥含春淚』，不正是崔鶯鶯長亭送別圖嗎？『無力薔薇臥晚枝』，則又讓我們想到楊貴妃華清池出浴圖。」〔註120〕秦觀這樣的寫景佳句，確實令人百讀不厭，以「女郎詩」來譏論其詩失格，似乎太過嚴厲。

然而，贊同元好問之言者也有不少。如前述所引的南宋《敖陶孫詩話》即謂秦觀詩「如時女步春，終傷婉弱」，宋人陳師道說他的「詩如詞」，元人方回說「以其善作詞也，多有句近乎詞」，都是相近的論調。鍾屏蘭則認為，由於論詩詩是以一種最精純的文字從事詩歌的品評，所以貴在能將批評對象做全面整體的掌握，再以一語中的之形象化語言下其評論，使讀者能夠馬上掌握核心概念。故讀者在運用批評資料時，若能先瞭解作者批評的宗旨，認清其批評體例，便不致徒生疑竇，或導致誤解誤用。即如元好問的論詩絕句，其宗旨在舉正裁偽，指示後學入門正途，故品評優劣，嚴於去取，是必要且應有的作法，

〔註119〕　見薛雪：《一瓢詩話》，收於王夫之等撰：《清詩話》（上海：上海古籍出版社，1982年2月），頁705。

〔註120〕　本段引馬良信之語，見其文：〈有情芍藥含春淚，無力薔薇臥晚枝——試論秦觀詩詞中的春景春情〉，《中國文學研究》第1期（2001年），頁43～44。

他以「女郎詩」品評秦觀,正是掌握了秦觀全面整體的詩歌風貌後再給予的品評,尤其秦觀作品的柔弱無骨,是學詩當戒之「病」。鍾氏說:「其論少游詩作爲『女郎詩』,更是具備了審美藝術的特識,與獨探詩心的深刻眼光。」〔註121〕

　　筆者認爲,元好問用「詩心」的標準來衡量秦觀的「詩」,無可厚非,在本文上一節也已指出秦觀的內在本質即是不折不扣、純然無雜的「詞心」;以「詞心」寫「詩」,難怪元好問會有「女郎詩」之評。

　　只是,以「詞心」來寫「詩」,難道就一定是「僞」,是不可取的嗎?我們看後人對蘇軾「以詩寫詞」,也有讚美的評論,因此秦觀「以詞寫詩」,或許也有對「詩體」有所貢獻之處。以下就來討論秦觀「以詞寫詩」,是否也有可取的地方。

五、秦觀「以詞寫詩」的作用

　　在中國傳統的詩歌觀念中,歷來以雄渾闊大、風骨強健的壯語爲詩之高格,而以風格靡麗、纖細柔軟的弱句爲詩之下乘,故李白的〈蜀道難〉、〈塞下曲〉,杜甫的〈秋興〉、〈登高〉等就爲詩家推崇;有些詩人儘管在詠花言情方面有所巧思,終被視爲微不足道的小家,與秦觀同門的黃庭堅就曾提出過「寧使句拗,勿使句弱」的作詩主張。在這種情況下,秦觀的詩歌風格就明顯被打入負面例子。

　　中國古代對詩和詞提出不同的創作準則和本色要求,無疑有其根本的合理性,不過若以歷史發展的角度來看,應該在標準原則之下,也容許有「變體」的彈性。例如蘇軾「以詩爲詞」,擴大了詞的境界;繼起的辛棄疾、陸游、陳亮也都能以詞寫報國情懷,慷慨悲歌,素有「豪放派」或「壯詞」之稱,受到後人讚賞;而現在秦觀「以詞爲詩」,打破了「詩莊詞媚」的界限,擴大了詩的風格,又何以不可?孫琴安

〔註121〕見鍾屏蘭:〈元遺山《論詩絕句》第二十四首——秦觀女郎詩析論〉,《屏東師院學院學報》第 9 期(1996 年),頁 390。

就認為秦觀「以詞寫詩」，至少有以下兩個意義：〔註122〕

第一，增添了宋詩的色彩和豐富的情感世界

　　自從詞在宋代全面興盛以後，人們每近傷春悲秋、男女情思或離別之作，都喜在詞的形式中加以渲洩，這無疑是對詩的內容的一種分化，像元稹的豔情詩、杜牧的狎妓詩、李商隱的無題詩、韓偓的香奩詩，在宋詩中再也難以找到。因為這類題材、這份情感多被詞所佔去了，人們也多喜歡在詞中而不思在詩中表達這類題材和情感，所以宋人表現愛情的詩篇極為罕見，而在詞中卻比比皆是。由於宋人喜歡以文為詩，像散文那樣在詩中說理、議論，因而比興之作不多，形象和色彩均不如唐詩那樣豐富絢麗，而詞中的比興之作卻俯拾皆是；形象和色彩幾乎都到詞中去了，至少詞中的絢麗色彩和鮮明形象要遠遠超過詩，只有等陸游、楊萬里等人的詩出來方有所改觀，也難怪嚴羽要發出「夫詩有別材，非關書也，詩有別趣，非關理也」〔註123〕的呼聲，這實際上都是針對宋詩中欠形象和比興而多議論和用典的弊端而發的。而秦觀的絕句卻色彩清麗，形象豐富，多以比興手法寫景抒情，毫無議論和說理的弊病，這正是他的長處和優點，我們沒有理由去加以非難和指責。

第二，為宋人的絕句另開一境

　　中國詩歌由唐入宋，為一大變，絕句亦復如此。細視北宋王禹偁、梅堯臣、蘇舜欽，乃至晁補之、張耒等人的絕句，總覺語言樸實有餘，而光彩亮麗不足，較之唐人的豪邁氣勢或瑰麗流動的色彩，顯然差之甚遠。歐陽修、王安石、蘇軾三家的絕句成就較為突出，其中雖有形象鮮明而接近於唐音者，然自是宋調，仍免不了許多議論和說理的成分。秦觀的絕句成就雖然不及以上三家，亦非唐音，如「家貧食粥已

〔註122〕見孫琴安：〈關於秦觀絕句的評價〉，《江南學院學報》第16卷第1
　　　　期（2001年3月），頁20～21。
〔註123〕見嚴羽著，郭紹虞校釋：《滄浪詩話校釋》（台北：里仁書局，1987
　　　　年4月），頁26。

多時」(〈春日偶題呈錢尚書〉),「誰把此花爲刻漏?修行不放一時閑」
(〈圓通院白衣閣〉)等純爲宋調,但相比較起來,其絕句中的議論最
少,比興的手法甚多,且形象繁密,富有色彩,也暗含趣味。南宋楊
萬里的絕句清新含蓄而饒機趣,這一方面受有蘇軾的影響,另一方面
也可說是由秦觀等這一路絕句風格承襲而來。所以秦觀,陸游、楊萬
里等人身在宋時,卻能在宋詩風氣的影響之外另開一境,實在不是一
樁容易的事。

六、從「女郎詩」側見秦觀的女性特質

關於秦觀心性的女性特質,上節所論的「詞心」之說,已指出能
夠蘊含詞中特有的婉約、纖細、柔媚的質素,才是有詞心。而秦觀的
獨有詞心,即證明他的感受是超乎一般詩詞作家的敏銳、纖細、柔婉,
已具備「女郎」特質。若再從秦觀的意志理念、行事遭際來看,不可
否認的秦觀內心是有先天的詞人氣質,亦即具有「詞心」;然而外表
上,他受後天教育環境,及士大夫知識份子治國平天下思想的籠罩,
往往有積極用世,希冀建功立業的詩篇,而且多表現在他與人次韻唱
和的作品中,這些多達全部詩作二分之一篇幅的應和贈答之詩,或豪
雋疏朗,或理性圓融,可說是他較外在的、應世的、被動的一種表面。
而在他其它的二分之一詩作中,較多抒情寫物之作,就流露了他較多
內心眞正的情志。秦觀心性多愁善感,無論是良辰美景,還是窮困潦
倒,都毫無假借地用其敏感而細膩的心去做單純的感動和承受,只是
他更自在於感受風花雪月,在樽前月下淺唱低吟,承受人世的挫傷苦
難時則顯得有些不堪重負。

而這些抒寫情志,感嘆遭遇的作品,其內在的、幽微的情志品格
就比較能夠解讀出來。例如他在被貶雷州後的作品中,有云「層巢俯
雲木,信美非吾土」,又云「鷦鷯一枝足,所恨非故林」〔註124〕之句。
若與同屬被貶的東坡詩相對照,則東坡在惠州即云:「日啖荔枝三百

〔註124〕 此四句見秦觀:〈海康書事十首〉,《淮海集》卷6。

顆，不辭長做嶺南人。」〔註125〕後來被貶窮荒的海南島，更云：「天
其以我爲箕子，要使此意留要荒。他日誰作輿地志，海南萬里眞吾鄉。」
〔註126〕他不但隨遇而安，且自比箕子，以至蠻荒教化當地百姓自期。
若不是有堅貞的志行品格，擺得下、放得開的不凡胸襟，何以能夠至
此境界！尤其少游在橫州有詩云：「縱復玉關生入，何殊死葬蠻夷。」
〔註127〕反觀東坡在海南島則云：「九死南荒吾不恨，茲遊奇絕冠平
生。」〔註128〕兩相對照，兩人的志行品格、生命情調，良有絕大的
不同。東坡死前兩個月，曾作詩云「若問平生功業，黃州惠州儋州。」
〔註129〕黃州惠州儋州正是東坡一生被貶謫，際遇最艱困的時刻，東
坡此語雖極沈痛，但毫無自憐之態，顯現了他過人的節操。再與秦觀
自作的〈挽詞〉相形之下，秦觀內心情志的荏弱，眞如無力自持的「女
郎」，所以元好問以「女郎詩」評定，可謂眞正掌握了秦觀內在的情
志品格。

　　固然，秦觀詩的婉美間有柔弱之失，但對此不必苛求。我們應該
看到正是由於秦觀「詞心」纖婉柔細的靈慧，在它體驗和感受客觀外
物時便富有不同於一般的精細感，對生命的愁、恨、悲、怨一類感性
情緒，也就更具有超出他人的感知力，由此，成就了秦觀詩獨具特色
的婉美；或者說，正是因爲秦觀以婉美見長，才恰當地承擔和負載了
他的情感心態———一種幽窈柔美的對外物的感受和感悟。秦觀詩氣格
雖弱，辭意雖婉，骨力見纖，但其情韻高雅，而這正是他詩作之婉美

〔註125〕見蘇軾：〈食荔枝二首〉之一，〔清〕王文誥輯注；孔凡禮點校：《蘇
　　　　軾詩集》（北京：中華書局，1982年出版），卷40，頁2192。

〔註126〕見蘇軾：〈吾謫海南，子由雷州，被命即行，了不相知，至梧乃聞其
　　　　尚在藤也，旦夕當追及，作此詩示之〉，〔清〕王文誥輯注；孔凡禮點
　　　　校：《蘇軾詩集》（北京：中華書局，1982年出版），卷41，頁2243。

〔註127〕見秦觀：〈寧浦書事六首〉之一，《淮海集》卷11。

〔註128〕見蘇軾：〈六月二十日夜渡海〉，〔清〕王文誥輯注；孔凡禮點校：《蘇
　　　　軾詩集》（北京：中華書局，1982年出版），卷43，頁2366，

〔註129〕見蘇軾：〈自題金山畫像〉，〔清〕王文誥輯注；孔凡禮點校：《蘇軾
　　　　詩集》（北京：中華書局，1982年出版），卷48，頁2641。

悠長與缺憾並存的兩面。

　　上承第二節所述，秦觀的心就是詞人的心，他能充分掌握詞的特質，他的思考模式就是「詞」的模式，所以不論他寫詩或詞，都具有「詞」的情調。從秦觀連「詩」都寫得像「詞」來看，秦觀表現「詞」中的女性特質確實已經到達「本色」、「正宗」的地步，不是如「教坊雷大使之舞」〔註130〕，而是如「時女步春」，天賦本質就該是爲了寫「詞」而生的，這更使得秦觀詞的女性敍寫具有詞史上的研究價值。

　　所以我們接下來要研討的是：秦觀如何掌握「詞」「要眇宜修」的特質，達到「使人感發」的效果？他的「詞心」是否可用一些具體的標準來觀察？具體言之即是：使用什麼樣的意象、什麼樣的詞境、什麼樣的思考模式，才是詞的表現？秦觀如何表現詞的女性特質，亦可視爲「詞之本色」這一廣泛的詞學研究主題底下的一個觀察方式。

―――――――――――――

〔註130〕　此處爲陳師道評蘇軾以詩爲詞。見〔宋〕陳師道：《後山詩話》收　　　　　　於〔清〕何文煥輯：《歷代詩話》（台北：漢京文化事業公司，1983　　　　　　年1月），頁309。

第四章　秦觀詞女性敘寫的主題探討

　　我們在第二章第二節已經談過，「詞」的起源本來只是配合隋唐一種新興樂曲而歌唱的歌辭，為了依樂填詞的緣故，因此在形式方面形成一種具備「字句之長短錯落」與「聲調之抑揚宛轉」的特殊美感。再就早期的寫作環境而言，除了最早的一部分民間詞以外，自從詩人文士插手為這種新興的曲調填寫歌辭之後，其所寫的作品乃大多為歌筵酒席間遣興娛賓之場合下的產物。在這種場合中，寫作歌詞者既多是「西園英哲」、「綺筵公子」，演唱歌詞者更多是「南國嬋娟」、「繡幌佳人」，因此在內容情意方面遂形成了一種以寫美女與愛情為主的女性化特點。這兩種由形式與環境所形成的特美相結合，使得詞這種文學體式具有了一種要眇宜修的婉轉纖柔之特質。這種特質落實於具體的作品之中，則又因每位作者的性格與身世之異，表現為多種不同的內容與風格。

　　然而，詞的主題劃分是一個十分困難和勉強的工作。王國維從詩歌之歷史與審美心理的角度對之進行了批判：「詩之《三百篇》、《十九首》，詞之五代、北宋，皆無題也。非無題也，詩詞中之意，不能以題盡之也。自《花庵》、《草堂》每調立題，並古人無題之詞亦為之作題，如觀一幅佳山水，而即曰此某山某河，可乎？詩有題而詩亡，詞有題

而詞亡。然中材之士鮮能知此而自振拔者矣。」〔註1〕如上所述,《草堂》、《花庵》基本上是按詞中所詠的具體主題爲之擬出標題的,而詞又往往以詞人記憶中或眼前的人、事、物、景爲起點,按詞人捉摸不定的情感流向爲經緯編織成篇的,其所歌詠的物件不過是一鱗半爪的碎片,很難用兩個字甚至幾個字來說清楚。美國文學理論家雷‧韋勒克(Wellek René)和奧‧沃倫(Warren Austin)在所撰《文學理論》一書中就批評那種「似乎僅根據主題的不同」的社會學分類法,且認爲「循此方法去分類,我們必然會分出數不清的類型」。〔註2〕無論是王國維對《草堂》、《花庵》以標題立出主題類型的批評,還是韋勒克和沃倫對按社會學的主題分類的批評,都是值得我們在分類時應予以注意的。

依徐培均《淮海居士長短句》的《卷上》、《卷下》和《補遺》等三部分,秦觀詞共有一百一十一首,其中可繫年者共有六十七首。〔註3〕由於主題畫分不易,筆者利用可繫年者,配合秦觀生平一起來看,儘量求一客觀清楚的分類。至於其他難以推測創作時間的詞作,雖亦有女性敘寫,但因無法與秦觀生平配合來看,剖析上難免流於表面,不易深入尋繹幽眇的弦外之音,故本章暫不列入討論範圍。

在這些可繫年的詞作中,描寫戀情者有二十九首(包含「純粹歌詠戀情」十四首和「將身世之感打并入艷情」十五首),明顯寫遷謫之意的有九首,贈妓有七首,歌詠女子有十首〈調笑令〉和一首題畫詞,懷古有二首,詠物有三首,紀夢有三首,寫紀游和閒適生活各有二首。然而秦觀的兩首紀遊之作均被放在徐培均《淮海居士長短句》的《補

〔註1〕 王國維:《人間詞話》,收於唐圭璋編:《詞話叢編》(北京:中華書局,1996 年 6 月),冊 5,頁 4252。

〔註2〕 見〔美〕韋勒克(Wellek René)、沃倫(Warren Austin):《文學理論》(北京:三聯書店,1984 年),頁 265。

〔註3〕 見秦觀著,徐培均校註:《淮海居士長短句》(上海:上海古籍出版社,1985 年 8 月)〈附錄二‧秦觀詞年表〉,頁 251~261。

遺》之中，《全宋詞》也懷疑非秦觀作，故本章不予討論。〔註4〕而兩首閒適之作沒有女性形象的描繪，也沒有女性情感的抒發，故本章亦不予討論。〔註5〕

　　戀情詞約占秦觀詞的百分之四十三；〔註6〕若把「贈妓」、「詠女子」等明顯與女性有關的詞作併入計算，則秦詞「顯性」的女性敘寫更高達百分之七十，〔註7〕可見戀情類是秦觀詞作的大宗。但其戀情詞又不是那麼單純，依照其生命歷程，詞作深層蘊含的情感也有所不同，故還可分爲「純粹歌詠戀情」和「打幷身世之感」等兩種，筆者將在第一節討論這類詞。而「贈妓」和「歌詠女子」都是明顯爲女性敘寫的文本，故分到第二節論之。其他類別在比例上就和戀情類、純詠女性類相差較多，故一併歸到第三節分類論之。爲方便討論，各類詞都會列詞目表，以第三章第一節的表一、表二、表三爲本章詞目表的基礎。

　　此外，本文的研究重心在於「女性敘寫」，所以分析詞作時將著重在詞中的女性形象和情感形態上，來觀察秦觀詞中「浮於外」（女性形象）和「潛於內」（情感形態）的女性有何特色，並借助敘事觀點的理論，更深一層地剖析秦觀潛於內的女性心理。

　　敘事學本是西方學界在研究小說理論與創作技巧的基礎上發展出來的一套文學理論，不同的派別有不同的理論系統與術語觀念，此處只借用其部分適用於詩歌探討的觀念，借以釐清詩歌文本中男、女敘述觀點的問題。所謂敘述觀點就是故事中是「由誰來敘述？」「由誰來感知？」的問題，又可細分爲「敘述者」與「視角人物」：敘述

〔註4〕　這兩首是〈念奴嬌〉（長江滾滾東流去）、〈金明池〉（瓊苑金池）。
〔註5〕　這兩首是〈行香子〉（樹繞村莊）、〈滿庭芳〉（紅蓼花繁）。
〔註6〕　此指秦觀可繫年的二十九首戀情詞，在其可繫年的六十七首詞中的比例。
〔註7〕　懷古、詠物、紀夢、紀游、生活等類，內容不一定有描寫女性，但情感可能是女性化的，只是需細繹玩味，故把那些類稱爲「隱性」的女性敘寫詞作，則其他有明顯描寫女性的詞作就稱爲「顯性」的女性敘寫詞作。

者即文本中那個講故事的人，他與現實生活中眞實的作者並不處在同一層次，儘管在部分文本中「敘述者」隱藏在故事中人物和事件的背後，使讀者幾乎無法察覺，但他總是存在的；「視角人物」即文本中擔任「觀看」與「感知」等功能的人物。「視角」（perspective）一詞爲德國接受美學家沃爾夫岡·伊瑟爾（Wolfgang Isar,1926～）的觀點，簡單的說，就是一個觀察點，〔註8〕按《當代敘事學》作者華萊士·馬丁（Wallace Martin）的說法是「誰看見的」。〔註9〕由於視角多用在小說的敘事分析中，小說人物通常以名字顯示，界限非常清楚。但是詞體語言太過濃縮，幾乎不提人物的名字，而「人」的形象亦非常隱約，必須要經過讀者的轉換思考才能產生。如「長記誤隨車」一句中的人是在「長記」一詞中得來，是誰長記？這個提問帶出了長記者的人物形象；又如「風流寸心易感」，「寸心」導出了一個易於感傷的人物的主體；再如「銷魂」、「傷懷」，必定是「人」才能夠達到的精神狀態。在抒情詞中，敘述者與視角人物往往是同一人，在此種情境中，敘述者是參與這個虛構的藝術世界的一個人物，這個「敘述」的我同時也就是「經驗」的我，而以第一人稱的角度來敘述。〔註10〕

　　男性作者分別以男性或女性的觀點述說，往往使得文學作品有不同的內涵與風貌，如葉嘉瑩曾舉歐陽炯的〈南鄉子〉〔註11〕與溫庭筠

〔註8〕 「視角」一詞的概念，見沃爾夫岡·伊瑟爾（Wolfgang Isar）著，金元浦、周寧譯：《閱讀活動——審美反應理論》（The Act of Reading：A Theory of A Esthetic Response）（北京：中國社會科學出版社，1991年），頁 116。

〔註9〕 華萊士·馬丁（Wallace Martin）著、伍曉明譯：《當代敘事學》（Recent Theories of Narrative）（北京：北京大學出版社，1991 年），頁 160。相關資料可參王健紅：〈小說敘述視角淺探〉，《貴州大學學報》（社會科學版）18 卷 2 期（2000 年 3 月），頁 60～65。

〔註10〕 以上關於「敘述者」、「人稱」以及「敘述情境」之相關論述，參見羅鋼：《敘事學導論》（昆明：雲南人民出版社，1999 年 7 月），頁 163～170、216。

〔註11〕 全詞爲：「二八花鈿，胸前如雪臉如蓮。耳墜金環穿瑟瑟。霞衣窄。笑倚江頭招遠客。」

的〈南歌子〉〔註12〕二詞相比，前者出於男子之口吻，描述「一個他
眼中所見的容飾美麗的女子」，後者則出於女子之口吻，是「對自己之
容飾及情思的自敘」，看似同樣描述女子之美色，葉氏在以西方女性主
義論點爲評說依據，比較其男、女不同之發聲口吻後，發現歐詞中的
女子是男子目光下「一個既可以觀賞也可以欲求的他者」，所採的即是
「旁觀者視角」；而溫詞則使用女性口吻來敘寫女性心態，由於其所敘
寫的堅貞之情感品質，不僅少了前者的輕狂之態，且易於引發讀者產
生一種言外的聯想，〔註13〕所採的即是「爲女子代言」的方式。

　　以下之探討即根據此一參與詞作中之人物的性別，區分爲「爲女
子代言」、「男子自抒情感」和「旁觀者視角」等三個敘事觀點，前兩
者都是第一人稱的口吻，但性別不同；「旁觀者視角」則是以第三人
稱的方式在旁觀看，並不加入作者自己的感情。至於敘述觀點的判斷
依據如下：〔註14〕

一、在「爲女子代言」方面

　　敘述者呈現出明顯的女性動作或心態者，就歸爲此類。如〈虞
美人影〉：「碧紗影弄東風曉，一夜海棠開了。枝上數聲啼鳥，妝點
知多少。　　妒雲恨雨腰肢裊，眉黛不堪重掃。薄倖不來春老，羞
帶宜男草。」「宜男草」即萱草，民間認爲懷孕婦人佩帶就容易生
男孩，故名「宜男」。「薄倖不來春老」有怪罪男子不來探視女子、

〔註12〕全詞爲：「倭墮低梳髻，連娟細掃眉。終日兩相思。爲君憔悴盡，百
　　　　花時。」
〔註13〕見葉嘉瑩：〈論詞學中之困惑與《花間》詞之女性敘寫及其影響
　　　　（下）〉，收錄於繆鉞、葉嘉瑩：《詞學古今談》（台北：萬卷樓圖書
　　　　公司，1992年10月），頁483～484。
〔註14〕此處男、女之敘述觀點的判斷依據，部分參考李宜學：《李商隱詩與
　　　　《花間集》詞關係之研究——以「女性敘述者」爲主的考察》（高雄：
　　　　國立中山大學中國文學研究所碩士論文，2000年），頁24～46；及
　　　　吳品萱：《李商隱詩歌「女性敘寫」之研究》（台北：國立台灣師大
　　　　中國文學研究所碩士論文，2002年），頁163～165。

使女子年華如春逝去的怨嗟,而「羞帶宜男草」即是女子的口吻。
又如〈南歌子〉:「愁鬢香雲墜,嬌眸水玉裁。月嶄風幌為誰開?天
外不知音耗百般猜。 玉露沾庭砌,金風動琯灰。相看有似夢初
回,只恐又拋人去幾時來。」最末「只恐又拋人去幾時來」,怕被
拋棄的心情即明顯為女性心態,故此為代言之例。

二、在「男子自抒情感」方面

敘述者明顯是在寫秦觀自己處境的,就歸為此類。如〈如夢令〉:
「遙夜沈沈如水,風緊驛亭深閉。夢破鼠窺燈,霜送曉寒侵被。無寐,
無寐,門外馬嘶人起。」由創作時間紹聖三年(1096),可知當時秦
觀正處被「削秩,徙郴州」的時候,詞中的「驛亭」就明顯點出他所
處的地點是在遷謫路上,「夢破鼠窺燈,霜送曉寒侵被」是他在驛亭
的淒涼處境,「無寐」寫其愁深難眠,這些都是秦觀在抒發其個人心
情。又如懷古詞〈望海潮〉:「星分牛斗,疆連淮海,揚州萬井提封。
花發路香,鶯啼人起,珠簾十里東風。豪俊氣如虹。曳照春金紫,飛
蓋相從。巷入垂楊,畫橋南北翠煙中。 追思故國繁雄。有迷樓挂
斗,月觀橫空。紋錦制帆,明珠濺雨,甯論爵馬魚龍?往事逐孤鴻。
但亂雲流水,縈帶離宮。最好揮毫萬字,一飲拚千鍾。」全詞情調豪
放,尤以末兩句「最好揮毫萬字,一飲拚千鍾」,明顯即男子口吻。

三、在「旁觀者視角」方面

這部分的「旁觀者」是指作者並無在詞中描述自己的、或是詞中
主人公的心情,只是從一個旁觀者的角度,看詞中的主人公在做什麼,
處在什麼樣的時空。而這個「旁觀者」經常是男性。如〈眼兒媚〉:「樓
上黃昏杏花寒,斜月小闌干。一雙燕子,兩行歸雁,畫角聲殘。 綺
窗人在東風裏,無語對春閒。也應似舊,盈盈秋水,淡淡春山。」全詞
並無內心情感的描摹,「綺窗人在東風裏」是主人公所處的時空,「無語
對春閒」是她的姿態。又如〈調笑令〉詠崔徽:「翡翠,好容止,誰使

庸奴輕點綴。裴郎一見心如醉，笑裏偷傳深意。羅衣中夜與門吏，暗結城西幽會。」前三句形容崔徽的美貌，次兩句寫裴郎對她的傾心，末兩句寫兩人幽會一事，明顯是從旁陳述故事的觀點。

　　以上爲大致判斷標準，然而判斷時仍需細心揣摩詞中的敘事口吻。敘事學理論將「敘述者」與「作者」分離，並不考慮文本外眞實作者的問題，但中國詩歌往往講究「知人論世」，詞人也常借人物爲己代言，而有了寄託與否的問題，因此自不能把眞實作者看得無足輕重，然「文本分析自然允許暫時拋開作者，以便專心致志地進入文本深層」，〔註15〕因此本節著重的是秦觀詞中流露的女性情感，是否流露秦觀深層的心理意識。

第一節　戀情類

一、純粹歌詠戀情

　　依據第三章第一節的秦觀詞作年表，筆者依內容主題歸納出屬於純粹歌詠戀情的詞作如下：

表　四

編號	創作時間	年齡	人生階段	篇　名	敘事口吻
1	熙寧九年（1076）	28歲	家居	〈虞美人影〉（碧紗影弄東風曉）	代言
2	同上			〈品令〉（幸自得）	自抒
3	同上			〈品令〉（掉又懼）	自抒
4	熙寧十年（1077）	29歲		〈沁園春〉（宿靄迷空）	自抒
5	元豐二年（1079）	31歲	落榜後，家居、四處遊歷	〈眼兒媚〉（樓上黃昏杏花寒）	旁觀視角

〔註15〕見楊義：《中國敘事學》（嘉義：南華管理學院，1998年6月），頁217。

6	同上			〈夢揚州〉（曉雲收）	自抒
7	同上			〈南歌子〉（夕露霑芳草）	自抒
8	同上			〈虞美人〉（行行信馬橫塘畔）	自抒
9	同上			〈滿江紅〉（越艷風流）	自抒
10	元豐三年（1080）	32 歲	家居	〈八六子〉（倚危亭）	自抒或代言
11	同上			〈滿庭芳〉（曉色雲開）	自抒，上片敍事，下片追憶
12	元豐六年（1083）	35 歲	家居	〈阮郎歸〉（宮腰裊裊翠鬟鬆）	代言
13	元祐四年（1089）	41 歲	在蔡州	〈南歌子〉（愁鬢香雲墜）	代言
14	元祐六年（1091）	43 歲	在京師，時受小人詆毀	〈滿園花〉（一向沈吟久）	代言

（一）女性形象

秦觀這類的大多數詞作，對女性外形都是簡單的幾筆素描而已，例如：

　　宮腰裊裊翠鬟鬆。（〈阮郎歸‧宮腰裊裊翠鬟鬆〉）

　　愁鬢香雲墜，嬌眸水玉裁。（〈南歌子‧愁鬢香雲墜〉）

　　妒雲恨雨腰肢裊，眉黛不堪重掃。（〈虞美人影‧碧紗影弄東風曉〉）

　　盈盈秋水，淡淡春山。（〈眼兒媚‧樓上黃昏杏花寒〉）

這些句子多是寫女子的纖腰嫋嫋、髮髻鬆垂、眼如秋水、眉如遠山，形象偏向柔弱、空靈。而其更多的篇幅，則根本沒有形容女子的外表，而是著眼在她的肢體語言或服飾：

　　衠依賴、臉兒得人惜，放軟頑、道不得。（〈品令‧幸自得〉）

　　簾兒下、時把鞋兒踢，語低低、笑咭咭。……把不定、臉兒赤。（〈品令‧掉又懼〉）

　　念小奩瑤鑒，重勻絳蠟；玉籠金斗，時熨沈香。（〈沁園春‧宿靄迷空〉）

　　綺窗人在東風裡，無語對春閒。（〈眼兒媚‧樓上黃昏杏花寒〉）

淚珠盈襟袖。(〈滿園花·一向沈吟久〉)

多情，行樂處，珠鈿翠蓋，玉轡紅纓。(〈滿庭芳·曉色雲開〉)

在以地方俗語寫成的詞中(如〈品令〉、〈滿園花〉)，女子形象是嬌俏、活潑、感情表現直接分明的，又笑又哭，連鞋子都踢出去了。但在用語比較典雅的詞中，這些女子就成了傳統禮教下的「淑女」，或端坐，或佇立，靜靜看著窗外的春景。即使對情人生氣，也只是「無語」；如果戀心是喜，她們的表情多半也只有含蓄的「羞」。甚至在〈滿庭芳·曉色雲開〉中，只用「珠鈿」一項女性飾物來借代女性，根本沒有寫到女子的形貌，更是含蓄到極致。

秦觀鮮少在具體描摹女子的容貌體態，只有〈滿江紅·越艷風流〉用了一半以上的篇幅來寫一位美女的模樣，比較偏於晚唐五代艷詞的風格：

越艷風流，占天上、人間第一。須信道、絕塵標致，傾城顏色。翠綰垂螺雙髻小，柳柔花媚嬌無力。笑從來、到處只聞名，今相識。　　臉兒美，鞋兒窄。玉纖嫩，酥胸白。自覺愁腸攪亂，坐中狂客。金縷和杯曾有分，寶釵落枕知何日？謾從今、一點在心頭，空成憶。

這首詞用非常露骨的文字描寫女子的外形：「翠綰垂螺雙髻小，柳柔花媚嬌無力」、「臉兒美，鞋兒窄。玉纖嫩，酥胸白」，髮型、臉蛋、小腳、玉手、酥胸，無一不寫，嬌弱無力的模樣是「天上、人間第一」、「絕塵標致，傾城顏色」，儼然集男性對女體理想形象之大成，實不似秦觀其他大多數的女性描寫，所以《草堂詩餘續集》卷下和《全宋詞》雖然有錄此詞，《全宋詞》卻懷疑不是秦觀所作。〔註16〕

(二) 情感形態

1、相思怨別

相思怨別仍是這類詞最常見的主題，例如：

〔註16〕見秦觀著，徐培均校註：《淮海居士長短句》(上海：上海古籍出版社，1985年8月)，頁168。

薄倖不來春老，羞帶宜男草。(〈虞美人影・碧紗影弄東風曉〉)

天共高城遠，香餘繡被溫。客程常是可銷魂，怎向心頭橫著個人人。(〈南歌子・夕露沾芳草〉)

倚危亭，恨如芳草，萋萋剗盡還生。念柳外青驄別後，水邊紅袂分時，愴然暗驚。(〈八六子・倚危亭〉)

身有恨，恨無窮，星河沈曉空。隴頭流水各西東，佳期如夢中。(〈阮郎歸・宮腰裊裊翠鬟鬆〉)

月幔風幌爲誰開？天外不知音耗百般猜。(〈南歌子・愁鬢香雲墜〉)

這其中不只是女子思念男子，也有男子思念女子的。一般閨怨詩中，丈夫或情人雖身影模糊或未出現，然卻是思婦存在的中心，一切相思情愁皆因那缺席的情人而引發，思婦所能做的就是被動地等待、流淚、傷心，並不斷地相思，而所表現的也是男性所期待的行爲。秦觀打破以往多半是「女思男」的慣例，寫出了男性心中也有對女性情人的思念，顯現男性也是有情有義的，在女性情人痴痴等待的時候，他也同樣追憶過去，魂夢相牽。男女共同的心緒除了「愁」，有時甚至是強烈的「恨」，愁對方是否變心，恨時空阻隔之遙。

此外，秦觀的相思之情還有一個特色，就是好用「回憶過去、對比現在」的今昔交錯手法，來凸顯過往之歡樂，和今日之孤寂。如〈沁園春〉(宿靄迷空)下片回想當年女性情人：「念小奩瑤鑒，重勻絳蠟；玉籠金斗，時熨沈香」，轉眼間，「便回首、青樓成異鄉」，即使作者如何思念情人，「相憶事，縱蠻牋萬疊，難寫微茫」，千言萬語也難寫盡心中要眇的情思。再如〈夢揚州〉(曉雲收)下片回憶以前情人歌舞相伴的歡樂：「長記曾陪燕遊。酬妙舞清歌，麗錦纏頭」，後來無法相見，只能空嘆「佳會阻，離情正亂，頻夢揚州」。「揚州」在今江蘇省揚州市，是古代歌樓楚館聚集之所，從熙寧七年（1074）到元豐八年（1085）登第爲止，這十年的流光正好是秦觀最常遊走揚州的時期，他常以杜牧〈遣懷〉中「十年一覺揚州夢，贏得青樓薄倖名」兩句，

來比擬自己此時期的生活。此詞為秦觀之創調，詞牌即語末「夢揚州」三字。何以頻夢揚州？想來秦觀在此必定有過一段刻骨銘心的日子。宋代狎妓風氣盛行，加上文人個性原本就浪漫多情，秦觀留連在歌樓舞榭之間，更易結交不少紅粉知己。詞中云「陪燕遊，酬妙舞清歌，麗錦纏頭」，顯然地，青樓畫閣的戀情歡欣而美好，令人魂牽夢縈，不得不「頻」夢矣。然而縱使相思再濃，也只能在夢中與歌樓的情人相見，呈現出男子也有多情、專情的一面，並非只是「拋人去」（〈南歌子·愁鬢香雲墜〉）就不聞不問的負心漢。

2、情人相會

　　戀愛時相思縱然愁苦，但也襯托出相會的歡樂難得。秦觀這裡有兩首詞作就點出相會的愉快：

> 宮腰裊裊翠鬟鬆，夜堂深處逢。無端銀燭殞秋風，靈犀得暗通。　　身有恨，恨無窮，星河沈曉空。隴頭流水各西東，佳期如夢中。（〈阮郎歸〉）

> 愁鬢香雲墜，嬌眸水玉裁。月幌風幌為誰開？天外不知音耗百般猜。　　玉露沾庭砌，金風動琯灰。相看有似夢初回，只恐又拋人去幾時來。（〈南歌子〉）

關於第一首，從「夜堂深處逢」，就點出兩人幽會的地點在「堂內」，時間是「深夜」，情人當時是纖腰裊裊，髮髻慵整，一副楚楚可人的模樣。「靈犀得暗通」化用李商隱〈無題〉詩：「身無彩鳳雙飛翼，心有靈犀一點通」，顯出男女雙方的心靈相契，非是一般逢場作戲的虛情。只是會後仍免不了要如「隴頭流水」各奔西東，使得這樣相會的「佳期」恍如夢境，或許以後相見不知何時，也只能在夢中回憶今夜。

　　第二首則從女性觀點出發，從「月幌風幌為誰開？天外不知音耗百般猜」，可知她殷殷地期待情人的消息，盼而不得時只好胡亂猜測，百般念頭翻轉。由「相看有似夢初回」，則知女子盼到了她的情人，相對恍如夢中。只是雖然相見，女子仍然擔心他下次不知何時才來。

怕被拋棄的心緒，是古代所有女子共同的潛意識。

3、猶疑兩難

不知是否要繼續和這個情人交往下去，或是和情人鬧彆扭，是秦觀在使用俚語寫戀情詞時極爲特殊的情感表現，〔註17〕不僅使用的語言偏向口語，感情表達也比較直接。例如〈品令〉：

> 掉又懼，天然個品格，於中壓一。簾兒下、時把鞋兒踢，
> 語低低、笑咭咭。　　每每秦樓相見，見了無門憐惜。人
> 前強、不欲相沾識，把不定、臉兒赤。

男子形容情人的美貌是「天然個品格，於中壓一」，也就是眾芳中的「第一」。「情人眼裡出西施」的心態，使這情人踢鞋或是低笑，在他眼中都是美好可愛的，每次相見都起無限憐愛之心。而這個女孩有時故意不接近他，但又欲拒還迎，猶疑不定的心思反映在臉上，雙頰也羞得緋紅。秦觀借民間小兒女的口吻，寫出戀情正在進行中的情態，活靈活現。又如〈滿園花〉（一向沈吟久），情感表現也十分獨特：

> 一向沈吟久，淚珠盈襟袖。我當初不合苦攔就，慣縱得軟
> 頑，見底心先有。行待癡心守。甚捻著脈子，倒把人來僝
> 僽。　　近日來非常羅皂醜。佛也須眉皺。怎掩得眾人口？
> 待收了孛羅，罷了從來斗。從今後，休道共我，夢見也、
> 不能得勾。

這首詞一樣使用俚語，寫情人之間的嘔氣。「苦攔就」，宋時方言，太遷就之意；「軟頑」，撒嬌之意；「見底」，見什麼之意；「捻著脈子」，握著手臂之意；「僝僽」，嘔氣之意；「羅皂」，糾纏不休之意；「孛羅」，宋時口語，從此罷休之意；「不能得勾」，不能夠之意。〔註18〕詞中的女子和情人生氣，不想再見他的面，還覺得對方糾纏不清，連佛都皺

〔註17〕徐培均認爲秦觀兩首〈品令〉都是以高郵方言所作。見秦觀著，徐
　　　培均校註：《淮海居士長短句》（上海：上海古籍出版社，1985 年 8
　　　月），頁 137。
〔註18〕以上各詞注釋見秦觀著，徐培均校註：《淮海居士長短句》（上海：
　　　上海古籍出版社，1985 年 8 月），頁 50～51。

眉稱煩,如此想像實在新奇有趣。此詞情調和一般宋詞中的靜默怨女大不相同,反而接近元人雜劇口吻,徐培均認為「似受汴京勾欄藝人影響」,﹝註19﹞可見秦觀也注意民間流行,會為普羅大眾譜寫他們所喜愛接受的歌詞,並不一味只走陽春白雪的路線。這樣的創作心態,應該也是他的詞作能夠獲得「都下盛唱」的重要因素。

(三)敘事口吻

在「為女子代言」方面,秦觀以女性敘述觀點呈現的詩歌,部分類似於唐代一般閨怨詩,如〈虞美人影〉(碧紗影弄東風曉),用「碧紗影弄東風曉,一夜海棠開了。枝上數聲啼鳥,妝點知多少」來刻畫思婦的情境,及其對此情境的感知;後面再用「妒雲恨雨腰肢裊,眉黛不堪重掃。薄倖不來春老,羞帶宜男草」,著重於純粹抒情性的表現,呈現女子怨懟之心,少了對思婦應貞順、賢淑等行為的反覆強調。但他也有詞作是明顯地突出女性的主體意識的,如前述〈滿園花〉(一向沈吟久),寫女子在一段難以割捨的感情中煎熬、翻滾,歷經愛怨嗔痴,最終忍痛斬斷情絲,並希望此後再也不要連絡。這樣強烈的女性自主,在其他「只恐又拋人去幾時來」的柔弱思婦群中真是少見!但秦觀也只在借民間俚語寫作時,才有如此瀟洒奔放的女性聲口;在其大多數的代言作中,女性仍是傳統的思婦形象。

在「男子自抒情感」方面,原本應雙向交流的愛情,在文人詩詞中多只是女子的單相思,在一般閨怨詩中只見癡情女子哀怨萬分,而男性形象則往往是模糊的,「他們只是未出場的影子,飄飄渺渺地懸浮於抒情女主人公的相思夢」。﹝註20﹞而以男性觀點所寫成的艷情詩又極力迴避情感交流,只見男性慾望投射下風情嫵媚的女性形象,抒發的與其說是「情」,不如說是「欲」。但秦觀卻不是如此,在他可繫

﹝註19﹞見秦觀著,徐培均校註:《淮海居士長短句》(上海:上海古籍出版社,1985 年 8 月),頁 50。
﹝註20﹞見王曉驪、劉靖淵:《解語花──傳統男性文學中的女性形象》(石家莊:河北人民出版社,2001 年 8 月),頁 193。

年的十四首純粹歌詠戀情的詞作中,有三分之二以上都是男子自抒情
感的口吻,顯現秦觀的愛情觀是進步平等的,並不會只私心地期待女
方思念他,或是故作瀟灑地不說自己惦念兒女情長,而是用與女子思
君相等的深情口吻,訴說出他對女性情人的思念。法國學者羅蘭巴特
(Roland Barthes)說:「一個男子若要傾訴對遠方情人的思念便會顯
出某種女子氣:這個處於等待和痛苦中的男子奇蹟般地女性化了。」
〔註21〕此言正是秦觀利用詞體的女性特質、把他內心深處的豐富情感
吐露無遺的最佳例證。

　　在「旁觀者視角」方面,中國傳統以男性觀點觸及兩性主題的詩
作,則以艷情詩詞佔絕大多數,在這類詩詞中,男性作者可盡情地描
繪女子的容貌、形體、衣飾,乃至閨房擺設,極盡感官化之能事,就
是不涉及自己的傾慕之情,完全迴避情感交流,從南朝宮體到中晚唐
艷情詩莫不如此。試看此類詩所呈現的男性眼中之女性形象:

> 北窗向朝鏡,錦帳復斜縈。嬌羞不肯出,猶言妝未成。散
> 黛隨眉廣,燕脂逐臉生。試將持出眾,定得可憐名。(梁簡
> 文帝〈美人晨妝〉)〔註22〕

> 直緣多藝用心勞,心路玲瓏格調高。舞袖低徊真蛺蝶,朱
> 唇深淺假櫻桃。粉胸半掩疑晴雪,醉眼斜迴小樣刀。(方干
> 〈贈美人四首〉其一)

> 矜嚴標格絕嫌猜,嗔怒雖逢笑靨開。小雁斜侵眉柳去,媚
> 霞橫接眼波來。鬢垂香頸雲遮藕,粉著蘭胸雪壓梅。莫道
> 風流無宋玉,好將心力事妝臺。(韓偓〈席上有贈〉)

從諸詩中之「黛」、「眉」、「燕脂」、「舞袖」、「朱唇」、「粉胸」、「醉眼」、
「笑靨」、「媚霞」、「鬢垂」、「香頸」等等詞語觀之,這些對女子之容
貌、妝飾之大量描寫,可以窺見詩人們是如何醉心於感官與情欲的女

〔註21〕見羅蘭巴特(Roland Barthes)著,汪耀進、武佩榮譯:《戀人絮語——
　　　　一本解構主義的文本》(台北:桂冠圖書公司,2001 年 1 月),頁7。
〔註22〕見徐陵編,吳兆宜注:《玉臺新詠》(台北:世界書局,2001 年 8 月),
　　　　頁 251。

性世界之中。此類詩中的女性形象是被「消音」的，鄭毓瑜論宮體詩云：「一個沉默不語的女人」，「直接以那即刻可看、可聽、可嗅、可觸的身體，最引人注意」，因此「作者不但毋須浪費筆墨讓女人開口表達，甚至連幻遊心想的可能也一併予以剝奪；來去之間，只是默默地成妝、顧笑」，〔註23〕即如同前述葉嘉瑩所言，是男子目光下「一個既可以觀賞也可以欲求的他者」，這類詩用「物色的眼光」使女性的艷美成為刻畫的中心，對「情感交流」的閃躲，與欣賞、描繪「女性艷麗美色」的放肆，使得這類詩與其說是「愛情詩」，不如說是通過對女性色情容貌的放肆刻畫來迴避「直接表現男人的慾望」之作品。〔註24〕秦觀詩中並非全無類似作品，如前面舉〈滿江紅〉（越艷風流）即是用大膽的文字描寫美女的形貌，但那首詞與秦觀多數的女性敘寫都不相同，被《全宋詞》懷疑不是秦觀所作。而秦觀其他採用「旁觀視角」的部分，如「綺窗人在東風裡，無語對春閒」（〈眼兒媚‧樓上黃昏杏花寒〉），或「香墨彎彎畫，燕脂淡淡勻。揉藍衫子杏黃裙，獨倚玉欄無語點檀唇」（〈南歌子‧香墨彎彎畫〉），則偏向傳統的閨怨。所以即使看似一「中立」、「中性」的旁觀者視角，實則仍是從作者本位的「男性」視角看出去的。女子空閨獨守、自傷自憐，幾乎只是以默默流淚、照鏡、憑欄、倚樓等幾個動作表現其被動等待的情思，不僅情調單一，且思婦即使哀怨萬分，卻又恪守禮教、怨而不怒。此種對思婦不幸處境的描寫儘管可能出於悲憫、同情的善意，但思婦嬌弱貞潔的單一情態所表現的仍是男性本位及其審美意識所認可的女性形象，「應然」理想多於「實然」面貌，因此女性所可能有的豐富複雜的情感皆被男性理念過濾掉了，剩下的是投合男性審美意識的滿腔怨情愁緒與貞節情態。

〔註23〕見鄭毓瑜：〈由話語建構權論宮體詩的寫作意圖與社會成因〉，收於洪淑苓等著：《古典文學與性別研究》（台北：里仁書局，1997 年 9 月），頁 172。

〔註24〕見陳向春、丁戈：〈躲閃與放肆——傳統艷情文學的心態特徵〉，《社會科學輯刊》1994 年 3 期，頁 137。

二、打并身世之感

　　秦觀在未仕不遇期可能有寄託不遇之感者，以及貶謫期所有看起來是戀情詞者，都歸到這裡。貶謫期中不是寫戀情、明顯可看出是寫自己的遷謫之愁者，就歸到第三節的「純粹抒發謫意」去。下列就是筆者依秦觀可繫年的作品中，認爲是含有「身世之感」的戀情詞：

表　五

編號	創作時間	年齡	人生階段	篇　名	敘事口吻
1	元豐二年（1079）	31 歲	落榜後，家居、四處遊歷	〈滿庭芳〉（山抹微雲）	自抒
2	元豐五年（1082）	34 歲	又落第	〈畫堂春〉（落紅鋪徑水平池）	代言
3	元豐六年（1083）	35 歲	家居	〈長相思〉（鐵甕城高）	自抒
4	紹聖元年（1094）	46 歲	坐黨籍，貶杭州，又貶處州	〈江城子〉（西城楊柳弄春柔）	自抒
5	同上			〈虞美人〉（高城望斷塵如霧）	代言
6	同上			〈風流子〉（東風吹碧草）	自抒
7	同上			〈臨江仙〉（髻子偎人嬌不整）	自抒
8	紹聖二年（1095）	47 歲	在處州	〈點絳唇〉（醉漾輕舟）	自抒
9	紹聖三年（1096）	48 歲	削秩，徙郴州	〈河傳〉（亂花飛絮）	代言
10	同上			〈阮郎歸〉（瀟湘門外水平鋪）	代言
11	同上			〈木蘭花〉（秋容老盡芙蓉院）	代言
12	同上			〈減字木蘭花〉（天涯舊恨）	代言
13	紹聖四年（1097）	49 歲	編管橫州	〈鼓笛慢〉（亂花叢裡曾攜手）	自抒
14	同上			〈滿庭芳〉（碧水驚秋）	代言
15	元符元年（1098）	50 歲		〈青門飲〉（風起雲間）	自抒

（一）女性形象

這類「打并身世之感」詞中的女性，形象比起「純粹歌詠戀情」類更不具體，多半是採用「遺貌取神」的手法，只描摹女子的眼神、表情或肢體語言：

> 香囊暗解，羅帶輕分。（〈滿庭芳・山抹微雲〉）

> 柳外畫樓獨上，憑欄手撚花枝。放花無語對斜暉。（〈畫堂春・落紅鋪徑水平池〉）

> 髻子偎人嬌不整，眼兒失睡微重。尋思模樣早心忪。（〈臨江仙・髻子偎人嬌不整〉）

> 紅妝飲罷少踟躕，有人偷向隅。……揮玉箸，灑眞珠，梨花春雨餘。（〈阮郎歸・瀟湘門外水平鋪〉）

> 玉纖慵整銀箏雁，紅袖時籠金鴨暖。歲華一任委西風，獨有春紅留醉臉。（〈木蘭花・秋容老盡芙蓉院〉）

> 黛蛾長斂，任是東風吹不展。（〈減字木蘭花・天涯舊恨〉）

這裡的女子，形象依然慵懶，不是懶得彈箏——「玉纖慵整銀箏雁」，就是愁思太多而沒有安眠——「髻子偎人嬌不整，眼兒失睡微重」；百無聊賴時，女子「獨上」、「憑欄」而又「手撚花枝」，這幾個細微的動作，細細地表現出對春光一種深切的情意；「放花無語對斜暉」則顯現女子想到花開花落，紅顏易逝，因而她不想、也不願看這花枝的美麗。這「放花」細節，表現出一種很微妙的思想感情，帶有惜花，但又無法使花常豔的無奈之情，也許還帶有主人公感歎紅顏易老，年華易去的哀歎，有一種極深的哀怨襲人而來。故女子憂愁時的表情是「黛蛾長斂」，愁眉深鎖，連和暖的東風也無法使她展開笑靨。面對分離時，依然多情，會把身上的飾物送予情人當作紀念——羅帶輕分；相思深重時，則「揮玉箸，灑眞珠」，哭得「一枝梨花春帶雨」般的淒美。

女子的形象在這裡並沒有偏離傳統，可見秦觀的女性審美觀在此與時代趣味相同。但因爲這些作品是落第或貶謫時所作，故這裡的女

性該是有象喻性的：她們的慵懶，也就是他對仕途的心灰意懶；她們的憂愁，也就是他落第或貶謫時的苦悶鬱結；她們的眼淚，更是爲秦觀流出了男兒無法輕彈的心底之淚。

（二）情感形態

這類詞表面上全是以「相思怨別」的情感形態爲主，但內在的「身世之感」卻可分爲下列兩種：

1、未仕不遇

以這時期的代表作〈滿庭芳〉爲例：

> 山抹微雲，天連衰草，畫角聲斷譙門。暫停征棹，聊共引離尊。多少蓬萊舊事，空回首、煙靄紛紛。斜陽外，寒鴉萬點，流水繞孤村。　銷魂，當此際：香囊暗解，羅帶輕分。謾贏得青樓，薄倖名存。此去何時見也？襟袖上、空惹啼痕。傷情處，高城望斷，燈火已黃昏。

清人周濟評秦觀爲「將身世之感打并入艷情」，[註25] 就是爲此詞所下的眉批。此詞爲秦觀於元豐二年（1079）歲暮作，「山抹微雲，天連衰草，畫角聲斷譙門」，這富於層次的景象不僅帶有傷離氣氛，且尚有李商隱「夕陽無限好，只是近黃昏」的那種時代衰微氣息。詞中描寫離情別緒時，不在正面強調難捨難分的情狀，而是不斷穿插回憶對比，穿插景物描寫，既而從側面襯托離別之痛，含蓄地交代出離別的原因。黃文吉以爲詞中「謾贏得、青樓薄倖名存」之句，即化用杜牧〈遣懷〉「贏得青樓薄倖名」詩句，寓有政治失意的感慨。[註26] 故在這首詞中，我們不僅能感到那相悅相戀之人離別時的銷魂愁緒，更可以從「謾贏得、青樓薄倖名存」的自嘲中，看到秦觀那一顆傷痛苦澀的心。其實秦觀和杜牧有許多相似之處，他們都與揚州有很深的

〔註25〕見周濟：《宋四家詞選》，收於唐圭璋編：《詞話叢編》（北京：中華書局，1996 年 6 月），冊 2，頁 1652。

〔註26〕見黃文吉：《北宋十大詞家研究》（台北：文史哲出版社，1996 年 3 月），頁 247。

淵源（杜牧長住揚州，秦觀故鄉舊屬揚州），而且同為有學識有抱負之人：杜牧善於論兵，明於治亂，具將帥之才；秦觀被蘇軾稱之為有屈、宋之才，王安石認為可比鮑、謝，也是位以天下為己任的傑士。此外，他們同為終身追求、終身失望、終身落魄的人：杜牧先是十載揚州，「落魄江湖載酒行」，回到京師，壯年又受宰相排擠而遠出京華；秦觀紹聖初期運交華蓋，豈料之後一貶再貶，坐黨籍削秩，監處州酒稅，徙郴州，編管橫州，又徙雷州，死於放還之途。秦觀借離情以寫風雲，借杜牧以照身世，正是這首詞的精妙之處。

又如其〈畫堂春〉云：

> 落紅鋪徑水平池，弄晴小雨霏霏。杏園憔悴杜鵑啼，無奈
> 春歸。　　柳外畫樓獨上，憑闌手捻花枝。放花無語對斜
> 暉，此恨誰知？

秦觀所要表現的原是一種面對花落春歸的無可奈何之情，然而在詞中所敘寫的「落紅」卻只是「鋪徑」，所寫的「水」也只是「平池」，所寫的「雨」也不似李煜詞之「朝來寒雨晚來風」〔註27〕的勁屬摧殘，而只是「小雨霏霏」，而且還有「弄晴」之意。雖然眼中所見之「杏園」已經「憔悴」，耳中聽聞的也已是一片「鵑啼」，但最後結尾之處，也只不過對如此「春歸」之景物用了「無奈」兩字而已。至於此詞之下半闋，則由寫景而轉為寫人，換頭之處「柳外畫樓獨上，憑闌手捻花枝」兩句，情致更是柔婉動人。試想「柳外畫樓」是何等精微美麗的所在，「獨上」「憑闌」而更「手捻花枝」，又是何等幽微深婉的情意。葉嘉瑩認為如果是一般《花間》詞風的作者，則「柳外畫樓獨上」的精微美麗之句，他們或許寫得出來，但「憑闌手燃花枝」的幽微深婉的情意，就不是一般作者所可以寫得出來的了。秦觀這首詞所寫的從「手捻花枝」到「放花無語」，寫得如此自然、如此無意、如此不自覺，更如此不自禁，就由於出自其「詞

〔註27〕李煜〈相見歡〉：「林花謝了春紅，太匆匆！無奈朝來寒雨晚來風。　　胭脂淚，相留醉，幾時重？自是人生長恨水長東。」

心」的敏銳深微。〔註28〕在這種對花之多情深惜的情意之下，我們就可以看出一般人所常常吟味的「花開堪折直須折」是何等庸俗而魯莽。而秦觀繼之以「對斜暉」三個字，更增加了一種傷春無奈之情。然而春將歸，人也將歸，卻非衣錦還鄉，而是應試不第的無奈失意，怎能不恨？詞中「杏園」位於陝西西安，唐時為新進士游宴之地，唐代詩人徐寅有〈杏園〉詩云：「杏苑簫聲好醉鄉，春風嘉宴更無雙。憑誰為諗穆天子，莫把瑤池並曲江。」詞中「杏園憔悴誰知」，可說影射了落第窘況。

再如其〈長相思〉：

> 鐵甕城高，蒜山江闊，干雲十二層樓。開尊待月，掩箔披風，依然燈火揚州。綺陌南頭。記歌名宛轉，鄉號溫柔。曲檻俯清流。想花陰、誰繫蘭舟？　　念淒絕秦弦，感深荊賦，相望幾許凝愁。勤勤裁尺素，奈雙魚、難渡瓜洲。曉鑒堪羞，潘鬢點、吳霜漸稠。幸于飛、鴛鴦未老，不應同是悲秋。

此詞作於元豐六年（1083）秋天，「鐵甕」乃鎮江古城，為三國時東吳孫權在所築；「蒜山」位於鎮江府治西三里西津渡口，因盛產澤蒜而得名；鎮江即京口，又稱潤州，與揚州隔江相望，距高郵不遠，亦為秦觀少時常遊之地。上片寫懷念以往在「揚州」、「溫柔鄉」「開尊待月，掩箔披風」的旖旎生活，記憶猶新，歷歷在目。然而聚散有時，無論多麼令人留戀，蘭舟仍要催發。下片「感深荊賦」，託諷〈九辯〉，相思之情難以書信傳遞，然此時秦觀畢竟正值盛年（35歲），也還只是屢困場屋、仕途不順罷了，理想終究沒有破滅，因而又說「想花陰，誰繫蘭舟」，「鴛鴦未老，不應同是悲秋」。詞中「感深荊賦」聯繫末句「悲秋」，頗有宋玉〈九辯〉：「坎壈兮貧士失職而志不平，廓落兮羈旅而無友」的感慨，與秦觀的坎坷不遇相合。〔註29〕

〔註28〕見繆鉞、葉嘉瑩：《靈谿詞說》（台北：正中書局，1993年8月），頁244。

〔註29〕見秦觀著，徐培均校註：《淮海居士長短句》（上海：上海古籍出版社，1985年8月），頁35。

2、遷謫之愁

元豐八年（1085），秦觀考中進士，授蔡州教授。元祐元年
（1086），適值舊派人物當權，次年蘇軾以「賢良方正」薦秦觀於
朝，不幸爲忌者所中，只得引疾回到蔡州。直到元祐五年（1090），
他才再次被召到京師，除太學博士，校正祕書省書籍。次年又由博
士遷正字，但在洛蜀兩黨的鬥爭中，依附蜀黨的秦觀遭到洛黨賈易
的攻擊，以行爲「不檢」罷去正字。過了兩年，方才遷爲國史院編
修，授宣德郎。在京三年，是秦觀一生中最爲得意的時期。紹聖元
年（1094），政局有變，新黨重新上臺，舊黨遇到打擊。蘇軾被貶
惠州，再貶瓊州。秦觀也受到牽連，貶爲杭州通判。既行，賦〈虞
美人〉抒寫眷戀惜別之情：

> 高城望斷塵如霧，不見聯驂處。夕陽村外小灣頭，只有柳
> 花無數送歸舟。　　瓊枝玉樹頻相見，只恨離人遠。欲將
> 幽恨寄青樓，爭奈無情江水不西流。

欲寄青樓解恨，爭奈青春已過——「瓊枝玉樹頻相見，只恨離人遠」；
政治上屢遭打擊，希望時光倒流，重溫舊夢，但現實無情——「高城
望斷」，「不見聯驂處」，「只有柳花無數送歸舟」。

另外，膾炙人口的〈江城子〉亦表現了此種寓意深遠的相思愁緒：

> 西城楊柳弄春柔。動離憂，淚難收。猶記多情曾爲繫歸舟。
> 碧野朱橋當日事，人不見，水空流。　　韶華不爲少年留。
> 恨悠悠，幾時休。飛絮落花時候一登樓。便作春江都是淚，
> 流不盡，許多愁。

此詞作於紹聖元年（1094），坐黨籍，才貶杭州，又貶處州，心情
正是鬱悶不平之際，見春柳而勾動離愁，憶起前塵往事，深感韶華
易逝、物是人非，更爲之傷心不已。上片「猶記多情曾爲繫歸舟」
一句，把離別之際的不捨完全表現出來；「碧野朱橋當日事」，則體
現了對往昔的追思；下片開頭言「韶華不爲少年留」，則對青春的
流逝，光陰難以挽回，發出深沉的感嘆。尤其結句化用李後主詞意：

「問君能有幾多愁？恰似一江春水向東流。」化用自然，詞語平易，寫出離恨之悠悠不盡。徐培均注「猶記多情曾爲繫歸舟。碧野朱橋當日事，人不見，水空流」四句，認爲可能指元祐七年西城宴集之事：「西城宴集，元祐七年三月上巳，詔賜館閣花酒，以中瀚日游金明池、瓊林苑，又會於國夫人園。會者二十有六人。」〔註30〕準此，詞中當有寄託對這件往事的追憶。秦觀表達了對青春年少無法停留的嘆惜，從離別、到對往日的追憶，再到見江水爲他流出心中之淚，使得戀情詞不再純粹地爲相思離別而作，而是深寓著對身世的抒發，產生豐富的意涵。

再舉一首貶謫期的戀情詞〈滿庭芳〉（碧水驚秋）爲例：

> 碧水驚秋，黃雲凝暮，敗葉零亂空階。洞房人靜，斜月照徘徊。又是重陽近也！幾處處、砧杵聲催。西窗下，風搖翠竹，疑是故人來。　　傷懷，增悵望，新歡易失，往事難猜。問籬邊黃菊，知爲誰開？謾道愁須殢酒，酒未醒，愁已先回。憑欄久，金波漸轉，白露點蒼苔。

這是一首以傷離懷舊爲主題的詞作，作於紹聖四年（1097），秦觀時年四十九歲，正處於編管橫州，是第四次遭貶，正處於人生最黑暗的時期。詞的開頭，就是三句精妙的景語：湖中，一泓澄碧的秋水正蕭蕭瑟瑟地反射著秋日淒冷的寒光；天上，濃重的黃雲逐漸聚攏，遮蔽了西下的斜陽，大地呈現著一片蒼茫迷濛的暮色；而眼前，久無人至的石階上，早已堆積起了許多零亂的殘枝敗葉——殘秋淒涼衰颯的景致，含蓄而又巧妙地烘托著詞中主人公那感傷、寂寞、悲愁的心境。接著，秦觀繼續採用各種具體而典型的景物描寫，進一步描摹和刻畫詞中主人公難於言傳的感傷和悲愁心境：寂靜的閨房、徘徊的斜月、忽斷忽續的砧杵聲、晚風搖曳著翠竹，使詞中主人公總是疑心是否故人重到……每件彷彿都是大自然特意爲詞中

〔註30〕見秦觀著，徐培均校註：《淮海居士長短句》（上海：上海古籍出版社，1985 年 8 月），頁 46。

主人公設置的，都是體現著詞中主人公感傷、悲愁心境的最佳意象。換頭後，秦觀雖然直接說出了「傷懷！增悵望」等數句直抒胸臆的告白，但「問籬邊黃菊，知爲誰開」以及「酒未醒，愁已先回」等欲語還遲的曲曲傾訴，都還是比較含蓄婉轉的。並且，在短暫的直抒胸臆之後，作者又再度巧妙地抓住夜漸深沈、明月流轉、寒露徹骨的秋夜景致（金波漸轉，白露點蒼苔），寫出憑欄佇立的詞中主人公那淒冷，悲涼的心境，並以此作結。此詞表面上寫「新歡易失」，似是懷念在長沙邂逅的女子，〔註 31〕但從「幾處處，砧杵聲催」，又云「問籬邊黃菊，知爲誰開」，拈出杜甫〈秋興八首〉之一：「叢菊兩開他日淚，扁舟一繫故園心」，透露出思歸情懷，造成餘音裊裊，引人黯然的藝術效果。

（三）敘事口吻

　　這部分的代言作，比起「純粹歌詠戀情」類爲多，十五首中明確爲女子口吻者就有六首，將近一半。這些女子吐出的話語是：

> 放花無語對斜暉，此恨誰知？（〈畫堂春・落紅鋪徑水平池〉）
>
> 若說相思，佛也眉兒聚。（〈河傳・亂花飛絮〉）
>
> 人人盡道斷腸初，那堪腸已無！（〈阮郎歸・瀟湘門外水平鋪〉）
>
> 困倚危樓，過盡飛鴻字字愁。（〈減字木蘭花・天涯舊恨〉）
>
> 謾道愁須殢酒，酒未醒，愁已先回。（〈滿庭芳・碧水驚秋〉）
>
> 欲見回腸，斷盡金爐小篆香。（〈減字木蘭花・天涯舊恨〉）

句句是愁，字字有恨，雖想藉酒澆愁，無奈「酒未醒，愁已先回」，徒勞無功，不僅愁腸斷如篆香，甚至連腸也無，誇飾中更見「哀莫大於心死」之悲。這裡的話語比起「純粹歌詠戀情」的女子更強烈，發出更淒厲的吶喊。

　　而在男子自抒情感方面，愛情題材向爲文人常用的內涵，且將個

〔註31〕詳參秦觀著，徐培均校註：《淮海居士長短句》（上海：上海古籍出版社，1985 年 8 月），頁 44。

人遭遇寄託於情詞當中，本來即是中國文學悠久的傳統；然而在五代、南唐，以及北宋初年的詞作裡，這樣的題材卻極爲少見，至柳永開始寫入自己，但仍主要限於豔情；至蘇軾又是一個明顯變化，從重客體的描述到實現以自我爲中心的視角，在東坡詞中，開始不斷出現第一主人公「我」，但主要仍在非豔情之作中，可以說直至秦觀，才進一步發展了情詞的內涵。秦觀此類寄寓身世之感的作品，存在著與前人不同的特質，不但在筆調上，情感較花間一派純粹發抒相思者爲重，而且在這樣的作品中，「佳人」的影子淡掉許多，反而是「作者」的影子顯而易見，所以周濟說「又是一法」。如以上這些句子，可以比較清楚地看出左遷的面貌：

> 只恨離人遠。欲將幽恨寄青樓。(〈虞美人・高城望斷塵如霧〉)
>
> 東風吹碧草，年華換、行客老滄州。(〈風流子・東風吹碧草〉)
>
> 遙憐南埭上孤篷。夕陽流水，紅滿淚痕中。(〈臨江仙・髻子偎人嬌不整〉)
>
> 亂花飛絮，又望空鬥合，離人愁苦。(〈河傳・亂花飛絮〉)
>
> 瀟湘門外水平鋪，月寒征棹孤。(〈阮郎歸・瀟湘門外水平鋪〉)
>
> 天涯舊恨，獨自淒涼人不問。(〈減字木蘭花・天涯舊恨〉)
>
> 到如今，誰把雕鞍鎖定，阻游人來往。(〈鼓笛慢・亂花叢裡曾攜手〉)

木齋認爲「秦觀『將身世之感打并入豔情』正是結合柳、蘇的突出例證，從中也體現了秦觀的自我價值，將個人的身世，以至整個時代的狀況與情愛混爲一體，往往是傳世巨作的不二法門」，〔註32〕故秦觀的突破極有意義。

　　而在旁觀者視角方面，這部分並沒有此類作品，可見秦觀已把自我情感完全融入詞作之中，難以再抽離詞外冷眼旁觀，因事事物物「皆著我之色彩」，觸目反映己心，所以這裡的詞境不論主人公是男是女，

〔註32〕見木齋：《唐宋詞流變》(北京：京華出版社，1997 年 11 月)，頁178。

都是秦觀個人「詞心」的展露，表現的是「有我之境」。〔註33〕

第二節　純詠女性類

一、贈　妓

　　在解說秦觀贈妓詞的女性敘寫之前，我們應先了解贈妓之作的產生背景。以歌妓歌舞侑酒爲特徵的宴樂方式，在唐宋社會風俗中表現突出，沈松勤認爲這其中有互爲表裏的兩層關係：一是詞與佐觴的歌妓之間的親緣關係。即沒有「傳唱四方」的詞，歌妓便失去了歌以佐觴的特定伎藝；沒有歌妓，詞曲就不可能爲人們所充分欣賞。二是唱詞的歌妓與填詞的詞人之間的天然聯繫，即歌妓需要詞人提供歌詞，否則便有礙其歌舞資歡的特殊職業；詞人需要歌妓的存在，否則便失去了染指詞事的機會和條件。所以，如果說這種宴樂風俗是詞人與歌妓結成天然聯繫，從而形成一種特定的生活樣式的紐帶，同時也是歌妓與詞人在詞壇聯姻，促使詞體的形成契機；那麼，歌妓在這種生活樣式中，則成了助長「人人歆豔」的心理和情趣上的積習的催化劑，也成了詞體賴以生存和繁榮的仲介與底色。〔註34〕

　　而明代毛晉跋汲古閣《宋六十名家詞》本秦觀《淮海詞》云：
　　　　晁氏云：「今代詞手，惟秦七、黃九。」或謂：「詞尚綺豔，山谷特瘦健，似非秦比。」朝溪子謂：「少游歌詞，當在東坡上。但少游性不耐聚稿，間有淫章醉句，輒散落青帘紅袖間。雖流播舌眼，從無的本。」〔註35〕

〔註33〕「有我之境」是王國維的理論，他認爲詞有「有我之境」與「無我之境」，「有我之境，以我觀物，故物皆著我之色彩」。詳見王國維：《人間詞話》，收於唐圭璋編：《詞話叢編》（北京：中華書局，1996年6月），冊5，頁4239。

〔註34〕見沈松勤：《唐宋詞社會文化學研究》（杭州：浙江大學出版社，2000年1月），頁20～21。

〔註35〕見徐培均校注：《淮海居士長短句》（上海：上海古籍出版社，1985年8月），頁268。

其實，不唯秦觀如此，因詞人不「聚稿」而「無的本」和「淫章醉句，輒散落青帘紅袖間」的現象，在晚唐五代和宋初以來是十分常見的。「詞尚綺豔」，在時人的心目中是「小技」、「小道」，所以文人們雖然常常染指其間，但並沒有將詞與傳統的詩文相提並論或等量齊觀，而是抱有十分明顯的輕視態度。

秦觀的詞因「語工而入律」，故「知樂者謂之作家歌，元豐間盛行于淮、楚」，〔註36〕這裡的「知樂者」，當然主要指樂工歌妓。歌妓的聲價與詞人的詞名，也在這種動態的傳播過程中，相互遞增，相互擴大。也正因為如此，儘管秦觀「性不耐聚稿」而「從無的本」，但其詞被保存了下來。

在秦觀可繫年、可考情事的詞作中，贈妓詞如下：

表　六

編號	創作時間	年齡	人生階段	篇　名	內　容	敘事口吻
1	元豐六年（1083）	35歲	家居	〈御街行〉（銀燭生花如紅豆）	贈劉太尉家姬	代言
2	元祐元年（1086）	38歲	前一年登進士，至蔡州	〈南歌子〉（玉漏迢迢盡）	贈妓陶心兒	代言
3	同上			〈水龍吟〉（小樓連遠橫空）	贈妓婁東玉	代言
4	元祐六年（1091）	43歲	在京師，時受小人詆毀	〈一叢花〉（年時今夜見師師）	詠李師師	上片旁觀，下片自抒
5	同上			〈南歌子〉（靄靄凝春態）	贈東坡侍妾朝雲	旁觀視角
6	元祐七年（1092）	44歲	詔賜館閣花酒	〈虞美人〉（碧桃天上栽和露）	贈妓	代言
7	紹聖三年	48歲	削秩，徙郴	〈木蘭花〉（秋容老	贈長沙義	旁觀視角

〔註36〕見葉夢得：《避暑錄話》（台北：台灣商務印書館，1985年《景印文淵閣四庫全書》本），冊863，卷下，頁674。

	（1096）	州	盡芙蓉院）	妓	

（一）女性形象

既是贈妓，當然免不了描寫歌妓體態，但秦觀仍然使用含蓄的手法，把這些女子寫得富有氣質與情意。例如：

> 花帶雨冰肌香透。（〈御街行·銀燭生花如紅豆〉）
>
> 臂上粧猶在，襟間淚尚盈。（〈南歌子·玉漏迢迢盡〉）
>
> 下窺繡轂雕鞍驟。朱簾半捲，單衣初試。（〈水龍吟·小樓連遠橫空〉）
>
> 雙頰酒紅滋。……簪髻亂拋，偎人不起，彈淚唱新詞。（〈一叢花·年時今夜見師師〉）
>
> 靄靄凝春態，溶溶媚曉光。（〈南歌子·靄靄凝春態〉）
>
> 玉纖慵整銀箏雁，紅袖時籠金鴨暖。歲華一任委西風，獨有春紅留醉臉。（〈木蘭花·秋容老盡芙蓉院〉）

秦觀用「朱簾半捲」，寫閨中人的居室；用「單衣初試」，說她剛剛換上單衣，接著一連七句寫清明時節的景物和變化無常的氣候，寫出女子的悠悠姿態。而這些歌妓因為經常要「侑觴」，難免時有醉紅飛上臉，秦觀也用「雙頰酒紅滋」和「春紅留醉臉」這些清麗而形象化的詞語優美地形容出來。而當恩客離去，只剩她們自己，剛才的歡樂都是逢場作戲，最終她們仍是獨守空閨，這樣的感傷當然也用淚水來抒發。而秦觀用「臂上粧猶在，襟間淚尚盈」、「簪髻亂拋，偎人不起，彈淚唱新詞」的形象，喚起男子對歌妓的疼惜，也可說在男子的心目中，女性似乎就該是這樣楚楚可憐，對男子的離去就該要這樣依依不捨，才能顯出自己的受歡迎和重要性，其中的男性優越感和獨特審美觀當然也是深藏在潛意識之中的。

然而，換個角度說，這些歡場陪笑的女子，又何嘗不像期盼君王賞識的眾臣呢？因此美人形象的背後，也可能有作者自己的影子。何寄澎教授曾提出中唐元、白等詩人在抒情表現上有一情感世界之泯除階級界線的特色，如白居易〈琵琶行〉詩中寫道：「同是天涯淪落人，

相逢何必曾相識」，將歌女與自己兩人之「階級」完全泯去，而以普遍人性之「本質」書寫感情，形成一種將「情感描繪（抒情）之去界線化」的表現方式。〔註37〕秦觀在〈虞美人〉（碧桃天上栽和露）即運用此種手法。這首詞的特點，在於秦觀不是信手拈來一兩個事物作比喻，而是用細膩的筆墨，精心刻劃出完整的形象，用仙桃比喻美人，並把美人的名字「碧桃」嵌入。在上片完整地刻劃了仙桃的形象，她的美麗，她的遭遇，她的心境，她那含愁淒淒、孤獨自開的形象，被刻劃得非常生動。在花與美人的關係上，美人是主，花是賓，以花喻美人。用上片的仙桃作比喻，我們還可以發現她美不見賞的感歎。她像天上的鮮花一樣美麗，「可惜一枝如畫爲誰開」？又有誰來賞識她呢？這位女子的形象，背後還有一個影子存在，那就是秦觀自己。他少年時期就以才情自負，然而初舉進士，不中，後經蘇軾薦舉才得登第；可惜，不久又牽於舊黨，被貶出京，我們可說他是透過詞裏所刻畫的仙桃、美人的形象，來寄託自己懷才不遇的身世感慨。憐惜美人之際，其實也在自憐，幽微的女性心態在這些贈妓詞中隱隱地流動著。

（二）情感形態

這類詞仍是不脫戀情詞的形態，以相思怨別爲主，例如〈御街行〉：

> 銀燭生花如紅豆，這好事、而今有。夜闌人靜曲屏深，借寶瑟、輕輕招手。可憐一陣白蘋風，故滅燭，教相就。　　花帶雨冰肌香透。恨啼鳥、轆轤聲曉，岸柳微風吹殘酒。斷腸時、至今依舊，鏡中消瘦。那人知後，怕你來僝僽。

這首是寫初次幽會時之豔情的詞作，相傳其中寓有一個動人的愛情故事。宋代楊湜《古今詞話》云：「秦少游在揚州，劉太尉家出姬侑觴。

〔註37〕以上參見何寄澎：〈從美學風格典範之變易論元和詩歌的文學史意義〉，收於衣若芬、劉苑如主編：《世變與創化——漢唐、唐宋轉換之期之文藝現象》（台北：中央研究院中國文哲研究所籌備處，2000年 2 月），頁 345～349。

中有一姝，善擘箜篌。此樂既古，近時罕有其傳，以爲絕藝。姝又傾
慕少游之才名，偏屬意，少游借箜篌觀之。既而主人入宅更衣，適値
狂風滅燭，姝來且相親，有倉卒之歡，且云：『今日爲學士瘦了一半。』
少游因作〈御街行〉以道一時之景。」〔註38〕少游熙寧年間（1068
～1077）常往來於揚州，是時已有才名，且年輕，故可能有此韻事。
　　再如〈虞美人〉也是有類似的情事，先賞其詞：

　　　碧桃天上栽和露，不是凡花數。亂山深處水縈回，可惜一
　　枝如畫爲誰開？　　輕寒細雨情何限！不道春難管。爲君
　　沉醉又何妨，只恨酒醒時候斷人腸。

楊湜《古今詞話》載：「秦少游寓京師，有貴官延飲，出寵姬碧桃侑
觴，勸酒惓惓。少游領其意，復舉觴勸碧桃。貴官云：『碧桃素不善
飲。』意不欲少游強之。碧桃云：『今日爲學士拚了一醉！』引巨觴
長飲。少游即席贈〈虞美人〉詞曰：『碧桃天上栽和露，……』闔座
悉恨。貴官云：『今後永不令此姬出來！』滿座大笑。」〔註39〕這位
碧桃因慕秦觀之才不惜引杯豪飲，而秦觀也因感碧桃之愛爲之作詞，
這反映出文人與歌妓常在宴席上憑藉陪酒唱詞活動而作「感情交流」
的情況。
　　秦觀一開頭就用「碧桃天上栽和露」，把「碧桃」的名字嵌入，
將她比美成原本生長在天上、而今卻栽種在人間的仙桃，形象有如仙
女一般；而且這仙桃還是「和露」而栽，寫出了仙桃的勃勃生機和光
豔的色澤，讓人想見它的枝葉上掛著晶瑩露珠，把一株水靈靈的仙桃
描繪在讀者眼前。下面用「不是凡花數」讚美她不是人世間那些凡花
俗草所能比擬的。
　　上片的後兩句寫仙桃的處境。這樣珍貴的仙桃，本來應當生長在
天上，移向人間就更是難得的珍品，理應受到人們的珍愛。現在呢？

〔註38〕收於唐圭璋編：《詞話叢編》（北京：中華書局，1996 年 6 月），冊 1，
　　　　頁 33。

〔註39〕收於唐圭璋編：《詞話叢編》（北京：中華書局，1996 年 6 月），冊 1，
　　　　頁 32～33。

「亂山深處水縈回」，這是它所處的環境。山水深處也是人們嚮往的佳境，但著一「亂」字，則景象全非，淒涼冷落之感油然而生。「一枝如畫」，寫仙桃的美麗，「可惜一枝如畫為誰開」，美固然美，但在這人迹不到的亂山深處，又有誰能瞭解它、賞識它呢？本是天上的仙品，卻被移向「地薄，種之不生」的人間，此一不得意；移向人間，本應受到人們的重視、愛護，卻又偏偏被棄擲在「亂山回水」之間，無人聞問，此又一不得意。詩人一方面強調花的高貴、芳潔，一方面又一層深入一層地強調它處境的艱困，這就造成了花與現實的矛盾，通過這種矛盾，來表現碧桃不得意的遭遇和孤獨幽淒的心境。

　　詞的下片寫美人，前兩句寫傷春。「輕寒細雨情何限」，是說春天的一切都是美好的，冰雪嚴寒已經過去，微寒料峭，所以用一個「輕」字形容；春雨滋潤，雨腳如絲，所以用一個「細」字形容。「寒」和「雨」都解人意，都有很深的感情，它們怕摧殘春光，怕給人們帶來煩惱，所以它們「輕」、「細」。下面一轉，「不道春難管」，無奈春光不由人意，不能長留。春景越是美好，就越能表現出女主人公為它的逝去而惋惜的心情。

　　詞的最後兩句寫惜別，先寫她為報所歡不惜沉醉，「為君沉醉又何妨」，就要和親愛的人分離了，這種分離的痛苦，是讓人難以忍受的；所以要用「沉醉」來消愁解憂。如果就此拼卻一醉，其感情倒也簡單，但詩人所要表現的感情是複雜的。為了他，她不惜沉醉，卻又不願沉醉、不能沉醉。為什麼？「只怕酒醒時候斷人腸。」沉醉，只能麻木一時，酒醒之後呢？愛人不見了，豈不使人腸斷！詩人寫出了女主人公的心理變化，但萬變不離其宗，就是她對他的深固不移的愛。不惜「沉醉」，是為了愛人；不願「沉醉」，還是為了愛人。相愛如此之深，怎麼能捨得分離呢？惜別之情自見。

　　在惜春與傷別的關係上，惜春是賓，傷別是主，寫惜春是為了襯托傷別。女主人公惋惜春光的短暫，也正是感歎自己的青春易逝。正因為青春易逝，她才倍感離別的痛苦，倍感團聚的可貴。

　　秦觀充分描寫碧桃的非凡、美麗，下面突然轉寫她生非其地，強調其身世悲哀；先寫春光多情，讓人愜意，然後筆墨一變，可惜不由人意，這樣，春光越好，就越讓人惋惜；寫離別也是如此，寫不妨沉醉，卻又緊接一句不能沉醉，有愁本可以借酒來消，卻又不敢借酒來消，於是只好任憑愁來折磨她了。在這種轉折變化中，造成一種情緒上的迭宕起落，可以收到萬轉千回、淒咽惻斷的藝術效果。

　　再來看秦觀一首贈送歌妓婁東玉之作〈水龍吟〉：

　　　　小樓連遠橫空，下窺繡轂雕鞍驟。朱簾半捲，單衣初試，
　　　　清明時候。破暖輕風，弄晴微雨，欲無還有。賣花聲過盡，
　　　　斜陽院落，紅成陣、飛鴛甃。　　玉佩丁東別後，悵佳期、
　　　　參差難又。名韁利鎖，天還知道，和天也瘦。花下重門，
　　　　柳邊深巷，不堪回首。念多情、但有當時皓月，向人依舊。

關於這一闋詞，宋代曾季貍《艇齋詩話》記載：「少游詞『小樓連苑橫空』，為都下一妓姓樓名琬字東玉，詞中欲藏『樓琬』二字。」〔註40〕亦是運用與上一首〈虞美人〉（碧桃天上栽和露）一樣的嵌名手法，把歌妓的名字隱入詞中，含蓄委婉又有深意。

　　上片寫閨中人的居室，又說她剛換上單衣，接著一連七句寫清明時節的景物和變化無常的氣候。用平常的景物，一點也不雕飾的語言，像絲毫也不夾雜著人的感情似地，具體表現出「清明時候」的獨特色彩和詞人敏銳的觀察力。接著寫「賣花聲過盡，斜陽院落，紅成陣、飛鴛甃」，落花如陣雨，飄灑在用兩兩對稱的磚石砌成的井臺上。時間的推移，詞中用的是暗筆。不過可以從「單衣初試」和上面所寫天氣的不斷變化看，詞的上片是寫由朝至暮這個住在小樓上的人目之所見和耳之所聞。

　　下片一反上片的完全寫景，變而為完全抒情，寫心之所感。過片首句寫「別後」，用「玉佩丁東」四字把人的離去寫得一閃而過。分

〔註40〕見曾季貍：《艇齋詩話》卷一，收於丁福保輯：《歷代詩話續編》（台北：木鐸出版社，1983 年 9 月），頁 309。

別的當時曾經懷著希望：不久能夠相見。現在卻是「悵佳期，參差難又」。是什麼阻礙佳期難又呢？秦觀一下明白道出——「名繮利鎖」。分別之後相思情深。而且這種刻骨的相思，如果上天也有人情味的話，就連上天也會為同情人而消瘦。「天還知道，和天也瘦」這兩句，極寫離情之苦，雖從李賀〈金銅仙人辭漢歌〉「天若有情天亦老」變化而來，但詞改變了詩的原意，用來歌詠愛情。這兩句緊承上面別後相思，佳期又誤，埋怨「名繮利鎖」，愁懷難解，強烈的無可奈何之情、發而為呼天搶地。這樣，一來表現出傳統社會一個女子的真實心聲，二來能夠把上蒼也寫成有人的情感，在當時是難能可貴的。明代王世貞就讚賞說：「詞內『人瘦也，比梅花，瘦幾分』，又『天還知道，和天也瘦』，『莫道不銷魂，人比黃花瘦』，三『瘦』字俱妙。」〔註41〕說出了秦觀詞「多情纖軟」之本質及用字巧妙之處。

　　最後回憶從前兩人相聚時的光景。「花下重門，柳邊深巷」，在環境清幽，有著重門疊戶的庭院裡，四圍一片花香；或者在密柳濃陰、幽悄深寂的小巷裡；有著多少「不堪回首」的往事。花下、柳邊，看似寫景，聯繫「不堪回首」句，三句一氣呵成，正是情寓景中，寫景抒情，融為一體。一切都成過去了。今天唯一使人覺得還「多情」的是「當時皓月」，像過去一樣地照著我。換言之，皓月依舊，人事已非，使人感到的豈不更是刻骨銘心的相思！陳廷焯《白雨齋詞話》卷一說：「秦少游自是作手，近開美成，導其先路；遠祖溫、韋，取其神不襲其貌，詞至是乃一變焉。」〔註42〕這首詞恰是屬於這一類的。

（三）敘事口吻

　　這七首贈妓詞，為女子代言有四首，旁觀視角有二首，男子自抒情感只有一首。代言之作會多於男子自抒，可能是因為贈妓詞多半是

〔註41〕收於唐圭璋編：《詞話叢編》（北京：中華書局，1996 年 6 月），冊 1，頁 390。
〔註42〕收於唐圭璋編：《詞話叢編》（北京：中華書局，1996 年 6 月），冊 4，頁 3785。

送給歌妓歌唱之用，故應以女子的口吻寫作，爲她們寫出心聲，比較適合演唱。採旁觀視角的兩首，一是贈蘇軾的愛妾朝雲，即〈南歌子〉（靄靄凝春態）。爲亦師亦友的蘇軾愛妾寫詞，若用代言，則多半是贈送歌樓楚館的營妓的，但朝雲是蘇軾侍妾，視爲營妓則太過無禮；若用男性身份抒發情感，則又應是送給自己情人的，故用旁觀視角來寫朝雲之美和蘇軾對朝雲的思念，是最爲客觀而又能合乎禮義的。另一首用旁觀視角的詞作，是贈長沙義妓的〈木蘭花〉（秋容老盡芙蓉院），事見宋代洪邁《夷堅志》己集云：

> 長沙義妓者，不知其姓氏，善謳，尤喜秦少游樂府，得一篇，輒手筆口哦不置。久之，少游坐鈞黨南遷，道經長沙，訪潭土風俗、妓籍中可與言者。或舉妓，遂往訪。……媼出設位，坐少游於堂。妓冠帔之堂下，北面拜。少游起且避，媼掖之坐以受拜。已，乃張筵飲，虛左席，示不敢抗。母子左右侍。觴酒一行，率歌少游詞一闋以侑之。飲卒甚歡，比夜乃罷。

徐培均認爲此詞在時間、景物、情境各方面，頗與長沙義妓事相合，故認爲此事並非虛構。〔註43〕則秦觀作這首詞，當爲紀念此一韻事，故採用旁觀視角，欲客觀地記錄，而不採用深情的男子傳情口吻，因爲這樣對一個素昧平生、又崇拜自己的女子來說，顯得太過輕浮。

　　而男子自抒情感的這首〈一叢花〉（年時今夜見師師），可能是向情人表露情意，所以用男性自己的口吻來訴說，更可表現己情之眞。

　　秦觀能視不同對象、不同場合使用不同敘事口吻，可見其心思之細，守禮之嚴，並不像一般流連歡場的男子那般輕浮，只把歌妓視爲玩物。他細細體會她們的心聲、她們的喜怒哀樂，爲她們製作出最能顯示女子婉媚柔美的歌詞，亦無怪乎會有那麼多歌妓仰慕他，爲他傳唱。

二、詠　人

〔註43〕《夷堅志》之引文，與徐培均的意見，參徐培均校註：《淮海居士長短句》（上海：上海古籍出版社，1985 年 8 月），頁 60。

　　秦觀有十首〈調笑令〉，題詠十位史上有名的女子，分別為「王昭君」、「樂昌公主」、「崔徽」、「無雙」、「灼灼」、「盼盼」、「鶯鶯」、「採蓮」、「煙中怨」、「離魂記」，詞的內容即在歌詠這些女子。每首詞都配合一首詩共同題詠，詞以詩之最後兩句為起頭，每首皆如此，詩意與詞意相同，詞句甚至有完全迻錄自詩句者，可知詩與詞之區別乃在形式作用，而不是意義。這些詞全部採用旁觀視角寫作，用客觀的角度來為這些女子下評價，故此處只論「女子形象」與「情感形態」，敘事口吻則穿插在其中補充說明。

　　另外，有一首題畫詞〈南歌子〉(妙手寫徽真)，雖不在調笑令之列，但也是以歌詠女性為主，故放到這裡來一起討論。

　　〈調笑令〉十首并詩，一詩一詞，每首皆有題名，這是宋代獨特的歌舞表演形式之一，叫做「轉踏」，在當時的都城汴京十分流行，以鼓、板、笛伴奏。在結構上，開始用一段駢文，叫「勾隊詞」(等於引子)，然後一首詩和一首詞相間(先詩後詞)，連續循環歌唱，詩為八句，四句一韻；詞調均用〈調笑令〉，有些最後用七絕詩句一首，稱為「放隊詞」。「轉踏」辭句上有一大特點，那就是詩的最後二字，和詞的最前面的二字相同，有宛轉傳遞的意境，所以叫「轉踏」。「轉踏」在敘事上有兩種方式，一種是以若干首同一曲調，分詠若干事。另一種是合若干首同一曲調，同詠一事。演唱時，係以歌者一隊，且歌且舞。「轉踏」最初為宮廷所製作，然後才為士大夫所傚效。宋代曾慥《樂府雅詞》中，曾收錄五套轉踏(無名氏〈調笑集句〉、鄭彥能〈調笑轉踏〉、晁無咎〈調笑〉、無名氏的兩套〈九張機〉)，大抵是七言詩與調笑令互迎，每循環一次，便敘述一名古代的女子。「轉踏」的部分唱詞兼有代言體特徵，能造成如見其人、如聞其聲的效果。北宋時由於社會繁榮，民間伎藝盛行，專門提供大眾休閒娛樂的「勾闌瓦舍」，則集中了各色藝人來此演出，受到極大的歡迎。《東京夢華錄》卷五即載：「崇觀以來，在京瓦肆伎藝……不可勝數，不以風雨寒暑，

諸棚看人，日日如是。」〔註44〕金末杜仁傑曾寫過一首〈莊家不識勾
欄〉的散曲，生動形象地描述了優伶「唇天口地無高下，巧語花言記
許多」的表演技藝，以及勾欄內「遲來的滿了無處坐」的熱鬧景觀。
凡此種種，不難想見當時的盛況。

　　據徐培均考證，秦觀做這十首〈調笑令〉時，當在元祐五年（1090）
至七年（1092）供職於祕書省期間所作。〔註45〕秦觀身處熱鬧繁華的首
都，自然會接收到最新、最流行的藝術形式，他創作這些詩詞極有可能
是為了適應藝人歌唱表演而作，由此可知他對民間樂曲的接受程度。

表　七

編號	創作時間	年齡	人生階段	篇　　名	敘事口吻
1	元祐七年（1092）	44歲	詔賜館閣花酒	〈調笑令〉（王昭君）	旁觀
2				〈調笑令〉（樂昌公主）	旁觀
3				〈調笑令〉（崔徽）	旁觀
4				〈調笑令〉（無雙）	旁觀
5				〈調笑令〉（灼灼）	前半代言，後半旁觀
6				〈調笑令〉（盼盼）	旁觀
7				〈調笑令〉（鶯鶯）	旁觀
8				〈調笑令〉（採蓮）	旁觀
9				〈調笑令〉（煙中怨）	旁觀
10				〈調笑令〉（離魂記）	旁觀
11				〈南歌子〉（妙手寫徽真）	自抒

（一）女性形象

〔註44〕見〔宋〕孟元老：《東京夢華錄》（台北：台灣商務印書館，1984年
　　　　《景印文淵閣四庫全書》本），冊589，卷5，頁146。
〔註45〕見秦觀著，徐培均校註：《淮海居士長短句》（上海：上海古籍出版
　　　　社，1985年8月），頁112。

　　秦觀以十位古代美女作主題，但並不完全寫盡女子的一生，有時
只有擷取一生中的某個典型片段，重點式地幾筆勾勒出這位女子的特
徵。技巧上雖可說是化繁爲簡，但也可看出秦觀內心對這些女子的價
值評判。

　　第一首詠漢代王昭君，就只寫她將被送去匈奴和親的那一刻，「回
顧，漢宮路，捍撥檀槽鸞對舞。玉容寂寞花無主，顧影偷彈玉筯」，
依依回首故宮，寂寞的玉容無助地偷偷落淚，寫出明妃的身不由己，
縱然國色天香，身負才藝，卻因小人陷害而無緣得見君王，流落至遠
離家鄉的苦難。秦觀表面上寫出古代女子沒有人身自主權，被當作談
判籌碼的淒涼處境，但明妃不遇的遭遇，又豈不是秦觀當時在朝時受
小人誣陷的心理陰影？

　　第二首詠樂昌公主，樂昌公主爲陳後主叔寶之妹，後嫁與太子舍
人徐德言，然而政局方亂，隋兵入侵，遂與公主破一鏡，各執其半，
相約他日必以正月望日賣於都市，再來相尋。亂世中一弱女子如何自
保？公主遂入越公楊素之家爲其寵嬖。後來經過一番波折，終得楊素
成全，與夫君重逢回鄉。然而秦觀結句引用樂昌公主寫過的詩：「今
日何遷次？新官對舊官。笑啼俱不敢，方驗作人難。」化爲「舊歡新
愛誰是主，啼笑兩難分付」寫出亂世中女子生存需要依憑，面對著舊
愛新歡，左右爲難的情形；也點出歡場女子朝秦暮楚的心理狀態，或
許也是與樂昌公主同樣心情吧！

　　第三首詠唐代名妓崔徽，因情郎離去，她不得相從，因此積恨成
疾，託畫工爲她摹畫一像，轉交情郎，後發狂而卒。這位勇於追求所
愛，終爲情困，發狂而卒的可憐女子，是一個被情郎拋棄的典型，秦
觀雖在詞中偏向描寫她以往受使君寵愛的情形，但也更凸顯詞中未寫
出的，她因所託非人的淒慘下場，以樂顯哀，更令人唏噓。

　　第四首詠唐人薛調所寫的小說〈無雙傳〉的女主角，名喚無雙，
因夫君在亂中被處極刑，逃難在外，無雙被沒入掖庭，賜藥令其自盡。
夫君聞訊求能人之助，使無雙復活，後兩人逃歸襄江偕老。整闋詞回

顧無雙一生，寫夫婦分離時的「腸斷別離情苦」，最後用「笑指襄江歸去」的美好結局作結，似是也爲他們慶幸，並流露出願有情人都能像無雙這樣，雖歷經波折，終能成相守一生的深深期望。

　　第五首詠當代名妓灼灼，利用「妾願身爲梁上燕。朝朝暮暮長相見，莫遣恩遷情變」的代言口吻，把灼灼盼與情郎朝朝相守的心意寫出。只可惜後來情郎被朝廷召還，灼灼不得相從，只能時時遣人以軟綃聚粉淚爲寄。秦觀此詞寫出歌妓欲託喬木，卻一片芳心終成空的無奈，「萬古空傳遺怨」，也是秦觀爲她們而嘆，流露出對歌妓一生無依的無限同情。

　　第六首詠唐代歌妓關盼盼，是徐州尙書的愛妓，後尙書逝世，盼盼眷念舊愛，獨居燕子樓十餘年不嫁，白居易感於她的情事，爲她作詩，盼盼見詩怏怏旬日，不食而卒。白居易的〈燕子樓詩〉有句「滿窗明月滿簾霜，被冷燈殘拂臥床」、「燕子樓中霜月夜，秋來只爲一人長」，蘇軾〈永遇樂・彭城夜宿燕子樓夢盼盼因作此詞〉也有句：「燕子樓空，佳人何在？空鎖樓中燕。」兩人都寫出了盼盼的重情重義。秦觀所寫的角度與他二人相近，都著重盼盼的獨居思君之怨，並化用《樂府詩集・西洲曲》：「鴻飛滿西洲，望郎上青樓。樓高望不見，盡日闌杆頭。闌杆十二曲，垂手明如玉。」寫成「春風重到人不見，十二闌干倚遍」，更凸顯盼盼登樓思人，望穿秋水的淒楚。

　　第七首詠唐代元稹〈會眞記〉中的女主角崔鶯鶯。故事梗概如下：張生一天到蒲州普救寺遊玩，巧遇崔氏孀婦攜女也寄居此寺，值當地駐軍將領去世，軍士四出騷擾。崔氏因家財較多，頗見惶駭。張生因與蒲將有過交情，設法護衛，使崔家倖免於難。崔氏酬謝設宴，讓女兒鶯鶯拜見張生，張生從此迷上鶯鶯。張生私求鶯鶯的婢女紅娘，爲他獻策，可以用詩喻情。張生大喜，寫了〈春詞〉兩首，讓紅娘轉交鶯鶯。鶯鶯則寫了〈明月三五夜〉作答，詩曰：「待月西廂下，迎風戶半開；拂牆花影動，疑是玉人來。」張生猜出含義，於十五日晚上逾牆赴約到了鶯鶯所住的西廂房。不料鶯鶯「端服嚴容」將張生訓了

一通。張生絕望之餘，卻在幾天後的一個晚上被紅娘推醒，原來鶯鶯主動來了。此後張、崔二人經常「朝隱而出，暮隱而入」，直到張生到長安赴考，終於訣別。張生科舉未中，留在長安，曾寄信鶯鶯。鶯鶯回信淒婉，並捎來玉環、青絲等物——「玉取其堅潤不渝，環取其終始不絕」；但張生卻將信拿給朋友們看，還發了一番議論，認為女色是禍水，為自己拋棄鶯鶯造輿論，在座的朋友也都說張生「善於補過」。一年後，鶯鶯嫁了人，張生也別娶，空遺一段沒有結果的戀情。秦觀擷取兩人在西廂幽會的場景為內容，用「西廂待月知誰共？更覺玉人情重」把鶯鶯所寫的約會詩嵌入，再用「紅娘深夜行雲送，困嚲釵橫金鳳」寫出鶯鶯拋卻禮教，主動與張生幽會的熱情與媚態。此詞寫出女子追求愛情的積極，與傳統默默等待的女子大不相同。秦觀為何只取這一香艷的片段？想來這是傳統士子心中共同的幻想，期待美麗多情的女子主動來投懷送抱吧！

　　第八首詠若耶溪越女採蓮生活。李白〈採蓮曲〉有云：「若耶溪旁採蓮女，笑隔荷花共人語。日照新粧水底明，風飄香袖空中舉。岸上誰家遊冶郎，三三五五映垂楊。紫騮嘶入落花去，見此躑躅空斷腸。」秦觀此詞即以此為本，寫這些採蓮女子「笑折荷花呼女伴，盈盈日照新粧面」的活潑模樣，而最後這些女子離去，徒使岸邊冶遊的男子留下遺憾。

　　第九首詠唐人昭嗣的傳奇小說〈煙中怨〉。故事中的女主角楊氏生有絕色，為詩不過兩句：「珠簾半床月，青竹滿林風。」旁人問她何不終篇，她說「無奈情思纏繞，至兩句即思迷不繼。」後來有一男子謝生接續下兩句為：「何事今宵景，無人解與同？」楊氏遂與之結為夫婦。七年後楊氏瞑目而逝，次年謝生在江中竟又見之，楊氏才告知她本是謫居人間的水仙。秦觀此詞將原故事略加變化，將楊氏取名為「阿溪」，用「眷戀，西湖岸」點出仙女思凡，再用「阿溪本是飛瓊伴」點出她的仙子身份，就因「謝郎巧思詩裁剪」，故打動仙女的「芳懷幽怨」，顯現出女子愛才，而文士能以才求女的風流模式。大凡文人士大夫流

連歌樓楚館之際,也都樂於寫詞贈妓,盼能以此得美妓青眼,秦觀藉男子得仙女的故事,似乎也暗中流露出文士的這種歌妓情結。

第十首詠唐人陳玄祐的傳奇小說〈離魂記〉,故事中的女主角張倩娘,與王宙相愛,但張父卻將倩娘另許他家,王宙憤恨而訣別遠行。途中倩娘忽然追至,兩人就一起遁去。他們在外地共居五年,回家看父母,家人都驚訝不已。這時,從房中跑出倩娘,與回家的倩娘相抱,合成一體。原來當時倩娘怨忿成病,臥床數年不起,跟王宙外逃的只不過是她的魂魄。秦觀用「心素,與誰語?始信別離情最苦」寫出倩娘的思君之心,再用「精爽隨君歸去」一句寫出倩娘為愛竟至「靈魂出竅」的離奇行動。最後兩句寫倩娘魂魄與王宙返家省親「攜手重來處」,倩娘魂魄與肉體合而為一,「夢覺春風庭戶」,是一完美的大團圓結局。這個故事借用的雖是佛教靈魂不滅的觀念,讚美的卻是超越生死的愛情。何謂世間的至情至愛?何謂人倫的執禮相守?在秦觀簡潔的敘事裡,藉由幾處細微的轉折之處,不僅傳達出倩娘個人的情愛成就,也能從容面對人倫大義,其中更有著情義雙全的圓滿,透過復歸,倩娘終能尋回真實人生。

(二)情感形態

詞中寄予的情感,有愛慕美女(對采蓮),有同情女子的遭遇(對王昭君、樂昌公主、灼灼、盼盼),也有對佳人慕才子的欣羨(對崔徽、無雙、鶯鶯、煙中怨、離魂記)。從第三類佔了一半的情況來看,秦觀對才子佳人的模式仍有偏好,而且這些女子多半表現積極主動、熱情又專情,也滿足男性期望被崇拜的自尊心。秦觀下筆著重在於對感情的真摯固守,歌伎是詞人最常接觸的女子,甚至佔據了題詠詞中十分之三的角色——崔徽、灼灼、盼盼;她們共同的特色就是「執著」,這是秦觀詞在描寫「愛情」和「女子」的主題時,一個極為重要的部分。這除了反映秦觀在愛情方面追求永恆不變、從一而終的境界之外,也可反映他個人在待人處事上重視此一「執著」原則,對待師友

如此，對待國君更當如此。

　　題畫之詞，《淮海集》中僅有一闋，即〈南鄉子〉題崔徽半身像：

　　妙手寫徽眞，水翦雙眸點絳脣。疑是昔年窺宋玉，東鄰，
　　只露牆頭一半身。　　　往事已酸辛，誰記當年翠黛顰？盡
　　道有些堪恨處，無情，任是無情也動人。

前述已提及崔徽爲唐代歌伎，東坡詩集裡有〈章質夫寄惠崔徽眞〉，
可見東坡曾蒙章棨寄贈崔徽畫像，故爲此畫作詩。王文誥以爲此詩當
作於元豐初年，「以公在徐州，嘗爲章棨作〈思堂記〉故也。」〔註46〕
秦觀於元豐初年謁東坡，或許即在此時欣賞到這幅畫，故有詞作題
詠。然亦有反對此說者，〔註47〕以爲畫中美女不必落實唐代崔徽，因
爲早在南朝鮑照〈數名詩〉中即有「賓客仰徽容」之句，而「徽容」、
「徽眞」皆可指美好容貌而言，故徽眞一詞不必實指，乃言一明眸皓
齒、貌比「東鄰」的麗人即可。前述秦觀之〈調笑令〉詠崔徽，詞云
「翡翠，好容止，誰使庸奴輕點綴。裴郎一見心如醉，笑裡偷傳情意。」
乃多著墨於男女主角相見場景，最後以喜劇收場；然而此詞上片摹
態，「水翦雙眸點絳脣」，點出形貌最爲突出之處；下片改用虛筆，探
求人物的神情，「任是無情也動人」一句，使全詞跌宕生姿，情韻兼
備。以情寫人，這種虛中藏實的筆法，確比質實地直描更能獲得審美
效果；傳神重於傳貌，秦觀深得其妙。「任是無情也動人」句，即已
道盡世間兒女癡情心事，以如此婉轉的詞筆言情，更見出秦觀詞心的
幽微要眇。

第三節　純謫詞和其他類

〔註46〕見王文誥：《蘇文忠公詩編註集成》（台北：台灣學生書局，1967年）
　　　卷16，〈章質夫寄惠崔徽眞〉詩下註。
〔註47〕參蔡厚示：《唐宋詞鑑賞舉隅》：「我贊同陳祖美選注的《淮海詞》（浙
　　　江古籍出版社1987年11月版）於此詞評賞中所說：『這是一個明眸
　　　丹脣、貌媲「東鄰」的美人。』不必坐實爲唐代崔徽。」（北京：紫
　　　禁城出版社，1997年2月），頁152。

一、純粹抒發謫意

在貶謫時期所作，而內容並無牽涉戀情，明顯為秦觀抒發遷謫之意的，就歸入此類。由於此類詞中並無女性，故無「女性形象」可論；也由於其中口吻均是男子自抒情感，所以筆者直接討論此類詞中的情感表現是否有女性化的傾向。

表　八

編號	創作時間	年齡	人生階段	篇　名	敘事口吻
1	紹聖元年（1094）	46歲	坐黨籍，貶杭州，又貶處州	〈望海潮〉（梅英疏淡）	自抒
2	紹聖二年（1095）	47歲		〈千秋歲〉（水邊沙外）	自抒
3	紹聖三年（1096）	48歲	削秩，徙郴州	〈如夢令〉（遙夜沈沈如水）	自抒
4	紹聖四年（1097）	49歲	編管橫州	〈如夢令〉（池上春歸何處）	自抒
5	紹聖四年（1097）	49歲	編管橫州	〈如夢令〉（樓外殘陽紅滿）	自抒
6	紹聖四年（1097）	49歲	編管橫州	〈踏莎行〉（霧失樓臺）	自抒
7	紹聖四年（1097）	49歲	編管橫州	〈阮郎歸〉（湘天風雨破寒初）	自抒
8	元符元年（1098）	50歲		〈醉鄉春〉（喚起一聲人悄）	自抒
9	元符三年（1100）	52歲	前一年徙雷州，這年五月獲赦	〈江城子〉（南來飛燕北歸鴻）	自抒

秦觀在四十六歲被貶為杭州通判後的詞作，多寄以仕途遭貶的悲慨，或藉愛情詞委婉訴說，或直接抒情陳述，詞情大多哀痛欲絕。從四十六歲被貶後到五十二歲去世為止，這段期間可繫年、以直筆陳述身世之慨的詞作有上列九首。這些貶謫之作大多用沈重筆致反映出詞

人內心深沉的悲痛。如這首〈望海潮〉：

> 梅英疏淡，冰澌溶洩，東風暗換年華。金谷俊遊，銅駝巷陌，
> 新晴細履平沙。長記誤隨車。正絮翻蝶舞，芳思交加。柳下
> 桃蹊，亂分春色到人家。　　　西園夜飲鳴笳。有華燈礙月，
> 飛蓋妨花。蘭苑未空，行人漸老，老來是事堪嗟。煙暝酒旗
> 斜。但倚樓極目，時見棲鴉。無奈歸心，暗隨流水到天涯。

這首詞在宋本《淮海居士長短句》無題，汲古閣本《淮海詞》題為「洛陽懷古」。玩索詞意，乃是感舊而非懷古，此題顯然是後人所妄加。洛陽是北宋的西京，也是當時繁華的大都市之一。秦觀曾在此生活過一段時期，擁有美好的記憶。舊地重遊，人事有了很大的變遷，於是以「惜往日」的心情，寫下了這首詞。

上片起頭三句，寫初春景物。梅花漸漸地稀疏，結冰的水流已經溶解，在東風煦拂之中，春天不聲不響地來了。「東風暗換年華」是全篇主旨所在，表面上指眼前自然界的變化，但也暗示了多少年來人事的變化，暗示了詞人的今昔之感，直貫結句。而「冰澌融洩」一句，「澌」就是薄而碎裂的冰，冰澌在水裡慢慢溶化，然後隨著水流流逝，這就是「融洩」。短短四字匯有如此細膩的描摹，顯出秦觀在寫景的感受是多麼柔婉纖細。

從「金谷俊遊」以下，一直到下片「飛蓋妨花」為止，一共十一句，都是寫地舊遊，而以「長記」兩字領起。「誤隨車」在「長記」之中，前三句寫在金谷園中、銅駝路上的遊賞，都是歡娛之情，而且他還細緻地描寫走在銅駝街上每一條小巷子的情形——「新晴細履平沙」。「細履」一詞使人感到鞋子踏在平坦、剛被雨打濕的沙土路上，觸感鬆軟，而且這兩字的聲情念起來就有纖細的感覺。「絮翻蝶舞，芳思交加」，則引人想到晏殊的「春風不解禁楊花，濛濛亂撲行人面」，長長柳絮在人身旁翻飛，青年男女就被這樣活潑多情的「絮翻蝶舞」撩撥了春心。而且這穠麗的春光並非作者所能獨佔，而是被紛紛地送到了沿著「柳下桃蹊」住著的人家。這個「亂」字下得極好，它將春

色無所不在，亂烘烘地呈現著萬紫千紅的畫面出色地表現了出來。

　　換頭「西園」三句，從美妙的景物寫到愉快的飲宴。時間則由白天到了夜晚，以見當日的盡情歡樂。西園是建安時代曹丕兄弟和他們的朋友遊賞之地。曹植的〈公宴〉寫道：「清夜遊西園，飛蓋相追隨。明月澄清景，列宿正參差。」曹丕〈與吳質書〉云：「白日既匿，繼以朗月。同乘並載，以遊後園。輿輪徐動，參從無聲；清風夜起，悲笳微吟。」又云：「從者鳴笳以啟路；文學托乘于後車。」詞借用二曹詩文中意象，寫日間在外面遊玩之後，晚間又回到花園飲酒、聽樂。各種花燈都亮了，使得明月也失去了她的光輝；許多車子在園中飛馳，也不管車蓋擦損了路旁的花枝。寫來使人如見燈燭輝煌、車水馬龍的盛況。「礙」字和「妨」字，不但寫出月朗花繁，而且還寫出了燈多而交映、車眾而並馳的盛況。

　　把過去寫得愈熱鬧，就愈襯出現在的淒涼、寂寞。以上十句寫舊遊，「蘭苑」二句，承上啟下，暗中轉折，從繁盛到孤寂，逼出「重來是事堪嗟」，點明懷舊之意，與上片「東風暗換年華」遙相呼應。追憶昔遊，每事可念，而「重來」舊地，則「是事堪嗟」，感慨深至。當年西園夜飲，何等意氣，今天酒樓獨倚，何等消沈？煙暝旗斜，暮色蒼茫，既無飛蓋而來的俊侶，也無鳴笳夜飲的豪情，極目所至，已經看不到絮、蝶、桃、柳這樣一些春色，只是「時見棲鴉」而已。這時候，青春已逝，歡情衰歇，當然早已沒有交加的芳思，而老大無成，羈留異地，就很自然地想到故鄉，只剩下一點思歸的心無可奈何地暗中隨著流水去到天涯罷了。

　　這首詞以景襯情，強烈地表現出秦觀詞以樂寫哀、以熱襯冷、以動寫靜、以明麗表深沈的特點。「梅英疏淡，冰澌溶洩，東風暗換年華」，以一動一靜的兩個形象帶出一個擬人的自然、社會現象，敘來凝煉、自然。梅蕊飄香、冰雪漸消，景物何等美妙；新晴細履、春風如醉，人事又何等舒暢。這些都是反面渲染，最後由「行人漸老」逼出「是事堪嗟」，豈但老之可歎，老眼所見各物無一不堪嗟歎了。全

詞最中心的構思是環境與心情的矛盾，時序是「東風暗換年華」，心情是「無奈歸心，暗隨流水到天涯」，心不在焉，因何而故？就是身不由己、仕途失意而已。

再舉他四十七歲時所作的另一首代表作〈千秋歲〉：

> 水邊沙外，城郭春寒退。花影亂，鶯聲碎。飄零疏酒盞，離別寬衣帶。人不見，碧雲暮合空相對。　　憶昔西池會，鵷鷺同飛蓋。攜手處，今誰在？日邊清夢斷，鏡裏朱顏改。春去也，飛紅萬點愁如海。

秦觀作此詞時，因黨爭而出爲杭州刺史，又道貶監處州酒稅。他到達處州以後第二年的春天，當他游府治南園時，寫了這一首〈千秋歲〉詞。本來處州乃是今日浙江麗水縣之地，由秦觀這首詞開端書寫的「水邊沙外，城郭春寒退。花影亂，鶯聲碎」幾句來看，當地春天的景物原是極爲美好的。這種情形，如果是歐陽修或者蘇軾處之，則即使在貶謫之際，面對如此美景，也必然會有一種欣賞嬉玩的豪情逸興。然而以秦觀之柔婉善感之心性，乃於貶謫之後，竟完全被挫傷所擊倒，所以他接下去寫的就是「飄零疏酒盞，離別寬衣帶。人不見，碧雲暮合空相對」的一片惆悵哀傷。於是今日的美景當前，都成了昔日良辰不再的悲哀反襯。而他所追悼的昔日良辰，還不僅是一般的歡會而已，而是結合他當年與朋友們得志於朝時的用世理想。所以這首詞下半闋接下去寫的，就是「憶昔西池會，鵷鷺同飛蓋。攜手處，今誰在」。徐培均認爲秦觀所說的「西池會」，即指「元祐七年三月上巳，詔賜館閣花酒。以中澣日游金明池、瓊林苑，又會於國夫人園。會者二十有六人」一事，〔註48〕當時的盛況可見一斑。金明池在開封城西，故稱西池。至於「鵷鷺同飛蓋」，則指的是當時參加宴集的一同在朝中仕宦得志的友人。「鵷鷺」正指行列有序、如同鳳鳥與鷺鳥之飛翔有序的朝官們，而「飛蓋」則指的是朝官們所乘之車的傘蓋在奔馳中的

〔註48〕見秦觀著，徐培均校註：《淮海居士長短句》（上海：上海古籍出版社，1985 年 8 月），頁 65、46。

景象，同時也用了曹植〈公宴〉詩中的「清夜游西園，飛蓋相追隨」的形象，暗示了游宴之貴盛。經過這幾句對昔日良辰之追憶以後，下面接看「日邊清夢斷，鏡裏朱顏改」兩句，則是對理想之破滅、年華之不再的悲慨，曰「清夢斷」，即指理想之斷然無存，何況更繼之以「鏡裏朱顏改」，歲月無情，年華有限，此二句所寫便不僅是過去之理想已經斷滅，而且是連未來之希望也完全斷滅了，所以後面的「春去也」三字，乃恍如決斷之宣判，全無餘地可以回旋挽留。「春」，指的是人事方面的春，也就是好的光景。「飛紅萬點」可喻那一大批被斥逐的元祐黨人。整個政治集團一下子給對手打垮了，就像滿樹繁花霎時化作飛紅片片。他多麼痛心，又多麼傷感！這才是抱著滿腔政治抱負的秦觀感到無法自解的──愁如海。「愁如海」三字是秦觀對自己今日貶謫異地、理想斷滅、年華不返、希望無存的整體悲慨，因此以「海」為喻，極見其深重之無可度量。所以《艇齋詩話》乃謂當時布讀至此句，曾經產生過「秦七必不久於世，豈有『愁如海』而可存乎」的慨嘆。〔註49〕殊不知這卻正是一位敏銳善感的詞人，既曾以其銳感發為盛氣，更復以其銳感遭受挫傷之不幸的結果。秦觀在早年小詞中所表現的纖柔婉約、在策論中所表現的慷慨盛氣，和他在中年受到挫折以後所表現的哀感淒厲，從表面看來，風格雖然各有不同，然而就其心性之本質而言，卻原來正是有一貫之線索可以細加尋繹的──也就是因其個性深處的柔弱易感，使得他無法承受小人誣陷、連遭貶謫的人生挫折，才表現出這麼細膩、感傷，令人感到淒厲的風格。

　　再論此詞抒發的身世之感，如果只是秦觀一人的仕途失意，難免使人覺得這種淒厲有些過分；但如果進一步觀察，看出這是紹聖年間新舊兩黨因王安石變法所引起的政治風暴，就可見秦觀此詞反映的是整個失勢黨人的共同悲哀，因此此詞情緒不但不會過於淒厲，反而是理所當然。秦觀的朋友讀了以後，都深有同感，其中蘇軾、黃庭堅、

〔註49〕見曾季貍：《艇齋詩話》卷 1，收於丁福保輯：《歷代詩話續編》（台
　　　北：木鐸出版社，1983 年 9 月），頁 302。

孔平仲、李之儀四人都有次韻〈千秋歲〉的詞現存。蘇詞有「島邊天外，未老身先退」的話。黃庭堅在秦觀死後，追和〈千秋歲〉詞，更是淒婉，有「灑淚誰能會？醉臥藤陰蓋，人已去，詞空在……波濤萬頃珠沈海」的話。李之儀的和韻，也有「歎息誰能會，猶記逢傾蓋。情暫遣，心常在」等句。可以看出秦觀此詞傳出後，朋友們震動之大，感觸之深。

　　秦觀一被貶，就寫了這樣悲觀絕望的詞。不過〈千秋歲〉在一開始的時候，對美麗的風景還有一點欣賞的餘裕，等到他再次貶官，貶得更遠，他就更絕望了。這樣絕望的心情表現在下面這首〈踏莎行〉中：

　　　霧失樓臺，月迷津渡，桃源望斷無尋處。可堪孤館閉春寒，
　　杜鵑聲裏斜陽暮。　　　驛寄梅花，魚傳尺素，砌成此恨無
　　重數。郴江幸自繞郴山，爲誰流下瀟湘去？

秦觀此詞與蘇軾的跋、米芾的書法，合刻於湖南郴州蘇仙嶺的一塊碑石之上，世稱「三絕碑」。從蘇仙嶺俯瞰郴江，靜靜地環繞郴山，流入湘江。郴州以其荒涼、偏僻的地理背景，成爲流放的名城。〈踏莎行〉是秦觀因爲黨爭而於宋朝紹聖四年（1097）流放到郴州所作，飽含著「孤獨、落魄」的聯想意義，與詞牌下標題之「郴州旅舍」相呼應，所謂「旅舍」，即「旅人之舍」，不過是流放的委婉語，體現了「寂寞、怨恨」的主題意旨。

　　起頭「霧失樓臺」三句，其所寫之景物並非實有，因爲在此三句之下，秦觀原本還有「可堪孤館閉春寒，杜鵑聲裏斜陽暮」的描述。而這兩句所寫的獨自避居在客館春寒之中的人物，和耳中所聞的杜鵑的不如歸去的哀啼之音，與眼中所見的斜陽西下的暮色漸深之景，這才是現實中果然實有的情景。至於「霧失樓臺」三句，則不過是詩人內心中的深悲極苦，所化成的一片幻景的象喩。首句的「樓臺」，令人聯想到的是一種崇高遠大的形象，而加上了「霧失」二字，則是這種崇高遠大之境界，已經被茫茫的重霧所完全掩沒無存。次句的「津渡」，令人聯想到的是可以指引和濟渡的出路，而加以「月迷」二字，

則是此一可以指引和濟渡的出路，也已經在朦朧的月色中完全迷失而不可得見。第三句的「桃源」使人進入了一種含有豐富象徵意義的幻象中之境界。因當時秦觀正貶居在郴州，在湖南境內，而世傳桃花源在武陵，亦在湖南境內。正是這種巧合，引起了這一位銳感之詞人的豐富想像。而當我們對此三句詞所象徵的絕望悲苦之情有所了解以後，便可以明白秦觀在此三句象徵之語，和下二句之「孤館閉春寒」及「杜鵑聲裡斜陽暮」的寫實之語中間，所加入的「可堪」二字的作用了。「可堪」者，原為「豈可堪」，也就是「不堪」之意。正因為先有了前三句對絕望悲苦之心情的敘寫，「高樓」之希望既「失」，「津渡」之引濟亦「迷」，「桃源」在人世之根本「無尋」，然後對身外之「孤館」、「春寒」、「鵑」啼春去，「斜陽」日「暮」之情境，乃更覺其不可堪了。

至於下闋過片「驛寄梅花，魚傳尺素，砌成此恨無重數」三句，則是極寫遠謫之恨。秦觀在遷貶以來，並無家人伴隨，其冤謫飄零之苦，思鄉感舊之悲，一直是非常深重的，這兩句寫出懷舊之多情與遠書之難寄，所以才繼以「砌成此恨無重數」，極寫遠謫離別之悲，造成了無窮的深恨。而秦觀在此處所用的「砌」字，則又是把抽象的「恨」之情意，做了一種具象的「砌」之描述。「砌」多半是用磚石來堆築，曰「砌成此恨」，則其恨之積累、之深重、之堅固不可破除，從而可以想見矣。在如此深重堅實的苦恨中，逼出了後二句的「郴江幸自繞郴山，為誰留下瀟湘去」的無理問天之語。「郴江幸自繞郴山」一句，原文未言明詩人是作為第一人稱對郴江說話，或是站在第三人稱角度獨自進行的沈思冥想以窮天理，讀者可以從兩種不同的角度進行闡釋，並獲得多向空間的審美效應。在地理上的現實，郴江發源於郴山，它的下游的確是流到瀟湘水中去的。秦觀問：郴江從郴山發源，就應該永遠留在郴山，它為何要流到瀟湘的水中去呢？這是無理的提問。天地是自然如此的，而秦觀這番無理之語，令人想到《楚辭・天問》，屈原也對天地宇宙提出一系列問題。為什麼宇宙之間有這種現象？這是

深悲沈恨的人，才會對天地終始發出這樣的疑問。我們為何不能挽回那逝去的東流水？為何不能使美好的東西永遠留下來？秦觀借「瀟湘」之水抒發「逝者如斯」、萬般惆恨的感慨，又寄托了高潔脫俗的情操。文人雅士，潦倒至此，處污濁世界，「桃源」難尋，能不「恨」乎？

這首詞是秦觀晚年的代表作，有很多早期所沒有的變化。就情感部分，便有層層渲染的抒情。這首詞不但以虛幻景物作襯托，而且還加上「無尋處」的結局，反覆強調，重重渲染，更增加了詞的悲苦絕望之情。下片「砌成此恨無重數」也同樣如此，不但直接點恨，而且再加上「無重數」的誇張抒發，更令人感到深悲之無法承受。秦觀早期詞作中所表現的纖柔婉約之風格，雖然也有其獨具之特色，使人被其銳敏善感之「詞心」所感動，但那還只不過是由其天賦資質所形成的一種特色而已。葉嘉瑩評說此詞時，認為「是其以天賦銳敏善感之心性，結合了平生苦難之經歷，然後透過多年寫詞之藝術修養，而凝聚成的一種使詞境更為加深了的象喻層次的開拓」。〔註50〕「郴江幸自繞郴山，為誰流下瀟湘去！」不僅是秦觀對於一逐再逐的不幸痛苦的吶喊，也是對他一生才而遭嫉，忠而被謗的不公對待所產生的辛酸之激問。人們對這吶喊，對這激問當然不會無動於衷，像蘇軾在秦觀歿後，不僅哀嘆：「少游已矣，雖萬人何贖！」尚把這兩句寫在扇頭上，〔註51〕這不僅是「同是天涯淪落人」的同情之筆，也是一切正直、善良之士共同的懷念之情。

提及秦觀與蘇軾的相知相遇，秦觀還有一首〈江城子〉，抒發二人同樣被貶南荒的遭遇。詞云：

> 南來飛燕北歸鴻。偶相逢，慘愁容。綠鬢朱顏，重見兩衰翁。別後悠悠君莫問，無限事，不言中。　　小槽春酒滴珠紅。莫匆匆，滿金鍾。飲散落花流水、各西東。後會不知何處是？煙浪遠，暮雲重。

〔註50〕見葉嘉瑩：《靈谿詞說》（台北：正中書局，1993 年 8 月），頁 264。
〔註51〕事見〔清〕王士禎：《花草蒙拾》，收於唐圭璋編：《詞話叢編》（北京：中華書局，1996 年 6 月），冊 1，頁 679。

這首詞爲元符三年（1100）秦觀在雷州所作，是年正月，哲宗崩，徽宗即位，五月下赦令，遷臣多內徙。蘇軾移廉州，過雷州時與秦觀相會。此詞爲秦觀對二人屢遭遷徙，抒發流落南荒的感嘆，詞中「重見兩衰翁」正是指二人之重逢。蘇軾當時六十四歲，秦觀五十二歲，二人浮沉於北宋新舊黨爭中，同受黨爭之害，二人命運息息相關，詞中流露出被貶的深沉感慨。只可惜秦觀基底的個性並沒有蘇軾的豁達，無法在貶謫的烈火考驗中成爲重生的鳳凰，而只能一再被困難折磨，終至在放還路上一笑而亡。

二、懷　古

《淮海詞》中有三首題爲懷古。明代張綖所刻《淮海長短句》、毛晉所刻《淮海詞》、清代黃儀校本《淮海居士長短句》在〈望海潮〉（星分牛斗）、（秦峰蒼翠）、（梅英疏淡）三首調下分別題作廣陵懷古、越州懷古、洛陽懷古。唐圭璋《全宋詞》所據之宋乾道刻本《淮海居士長短句》下則無這些題字。試觀這三首詞作，前二首確實是藉歌詠名城舊日繁華、名士佚事，發自己胸中豪氣，興古今盛衰之感，表達對人生曠達豪放的態度。第三首題爲洛陽懷古之作（梅英疏淡），作於紹聖元年（1094）春，秦觀坐黨籍，被貶爲杭州通判。詞中追憶舊事，寫心中愁悶，並無懷古之意，故不放到懷古詞討論，而是放到「純粹抒發謫意」類去。又，因這兩首詞的主旨在抒發懷古情感，詞中女子形象只是點綴，敘事口吻亦全是男子自抒情感，故本類只討論「情感形態」的部分。

表　九

編號	創作時間	年齡	人生階段	篇　　　名	敘事口吻
1	元豐二年（1079）	31歲	落榜後，家居、四處遊歷	〈望海潮〉（秦峰蒼翠）	自抒
2	元豐三年（1080）	32歲	家居	〈望海潮〉（星分牛斗）	自抒

這兩首懷古詞作分別於元豐二年（1079），元豐三年（1080），時秦觀居於會稽，多登臨酬唱之作。劉熙載《藝概·詞概》言：「昔人詞，詠古詠物，隱然只是詠懷，蓋其中有我在也。」〔註52〕如這一首〈望海潮〉是追慕古代名士，藉以抒發胸中豪氣：

> 秦峰蒼翠，耶溪瀟灑，千岩萬壑爭流。駕瓦雄城，誰門畫戟，蓬萊燕閣三休。天際識歸舟。泛五湖煙月，西子同遊。茂草臺荒，苧蘿村冷起閑愁。　何人覽古凝眸？恨朱顏易失，翠被難留。梅市舊書，蘭亭古墨，依稀風韻生秋。狂客鑒湖頭。有百年臺沼，終日夷猶。最好金龜換酒，相與醉滄洲。

秦觀登覽蓬萊閣，看到若耶溪，只見溪水瀟灑奔流，想到這是西施以前浣紗之處，再想起范蠡助越滅吳後，「泛五湖煙月，西子同游」，吳王夫差所建的姑蘇臺在亡國之後，也只落得「茂草臺荒」，而不論成敗，西施的故鄉也只落得「苧蘿村冷」，種種荒冷之景，怎不使人「起閑愁」？「何人覽古凝眸」？問句背後的答案就是秦觀本人。他在這裡「恨朱顏易失，翠被難留」，感慨青春易逝，情人恩愛難留。「梅市舊書，蘭亭古墨，依稀風韻生秋」，追慕梅福、王羲之、賀知章等人軼事，寫盛衰之感。結拍「最好金龜換酒，相與醉滄洲」寫得豪情萬丈，頗有李白「呼兒將出喚美酒，與爾同銷萬古愁」的狂放氣概，與秦觀其他兒女情長的作品大不相似，或許正是因為這個時候他人生只是遭逢落榜，尚未遭逢後來黨爭傾軋、連番貶謫的苦難，所以面對古人古事，還瀟灑得起來吧！

再看下一首題為「揚州懷古」的〈望海潮〉：

> 星分牛斗，疆連淮海，揚州萬井提封。花發路香，鶯啼人起，珠簾十里東風。豪俊氣如虹。曳照春金紫，飛蓋相從。巷入垂楊，畫橋南北翠煙中。　追思故國繁雄。有迷樓挂斗，月觀橫空。紋錦製帆，明珠濺雨，寧論爵馬魚龍？往事逐孤鴻。但亂雲流水，縈帶離宮。最好揮毫萬字，一

〔註52〕收於唐圭璋編：《詞話叢編》（北京：中華書局，1996年6月），冊4，頁3704。

　　飲拚千鍾。

上片用「揚州萬井提封。花發路香，鶯啼人起，珠簾十里東風」，寫揚
州舊日繁華景象，不僅城市人口眾多，花開時大街上瀰漫著陣陣香氣，
還有黃鶯啁啾啼喚人起，在春風駘蕩的揚州路上，珠簾內的美女令人望
之生思。而男子呢？不僅「豪俊氣如虹」，達官顯貴也穿著華麗服飾，
乘著車輛相約春遊，畫橋處在一片垂楊形成的「翠煙」之中，真是美不
勝收。下片則追想隋煬帝在此修迷樓、月觀，「紋錦製帆，明珠濺雨，
寧論爵馬魚龍」極盡奢華之能事，而今呢？「往事逐孤鴻」，一切成空，
只見「亂雲流水，縈帶離宮」，用簡單幾筆寫今日寥落景象。時空景象
的頓然轉折使秦觀興起盛衰之感，最後以和前一首類似的雄放之語作
結。秦觀少年時本有豪俊之氣，這首詞正可視為他另一種性格的展現。

　　他的這類詞作流露出豪放不羈的一面，呈現出較為開闊雄偉的氣
勢，迥異於他諸多愛情詞柔婉淒屬的風格。詞中的女子只是歷史的過
客、帝王將相的陪襯，不是他歌詠的主要對象，所以在女性形象部分
較無討論的空間。基本上這部分的詞作是秦觀表面上男性個性的表
現，符合社會對男性的性格期待──豪放、瀟灑，若說能見出什麼本
質中的女性特色，那只能說「多愁善感」吧！

三、詠　物

　　秦觀詞中詠物詞僅有三闋，兩首為詠茶詞，均以〈滿庭芳〉為之，
另一首為詠瓊花，但詠瓊花這首較少被提及，因《全宋詞》懷疑非秦
觀所作。然而《淮海集》卷十中有〈次韻蔡子駿瓊花詩〉：「無雙亭上
傳觴處，最惜人歸月上時，相見異鄉心欲絕，可憐花與月應知。」可
證秦觀曾在揚州無雙亭前賞花，當亦有填詞詠瓊花之可能。詞中主角
不是女子，故也無女子形象可論，敘事口吻亦全為男子自抒，故此處
只論其中流露的情感形態。

表　十

編號	創　作時　間	年齡	人生階段	篇　　名	內容	敘　事口　吻
1	元豐二年（1079）	31歲	落榜後，家居、四處遊歷	〈滿庭芳〉（雅燕飛觴）	詠茶	自抒、旁觀視角
2	元豐二年（1079）	31歲	落榜後，家居、四處遊歷	〈醉蓬萊〉（見揚州獨有）	詠瓊花	自抒
3	元祐七年（1092）	44歲	詔賜館閣花酒	〈滿庭芳〉（北苑研膏）	詠茶	自抒

詠茶之作，我們可先看這首〈滿庭芳〉：

雅燕飛觴，清談揮麈，使君高會群賢。密雲雙鳳，初破縷
金團。窗外爐煙似動，開瓶試、一品香泉。輕淘起，香生
玉塵，雪濺紫甌圓。　　嬌鬟，宜美盼，雙擎翠袖，穩步
紅蓮。坐中客翻愁，酒醒歌闌。點上紗籠畫燭，花驄弄、
月影當軒。頻相顧，餘歡未盡，欲去且留連。

上片寫群賢畢至，高談闊論的情形，詞中提到密雲龍、雙鳳茶及黃金
縷三種茶葉，並將茶的形狀、煮茶的過程、茶的香味做了仔細的描寫。
這些茶在蘇軾的詞中也有提及，明朝毛晉輯錄的《宋六十名家詞・東
坡詞》中有一首〈行香子〉就記載了「分香餅」、「黃金縷」和「密雲
龍」三種名茶，全詞為：「綺席才終，歡意猶濃，酒闌時高興無窮。
共誇君賜，初拆臣封，看分香餅、黃金縷、密雲龍。　　鬥贏一水，
功敵千鍾，覺涼生兩腋清風。暫留紅袖，少卻紗籠，放笙歌散，庭館
靜，略從容。」這首詞對三種好茶葉的誇讚，可以說是極盡褒詞。其
標題下又有注腳說明：「密雲龍，茶名，極為甘馨。……時秦晁張黃
號蘇門四學士，東坡待之厚，每來必令侍妾朝雲取『密雲龍』，家人
以此知之。」由此注腳可知，蘇東坡珍藏密雲龍這種名牌好茶，只有
秦觀、晁補之、張耒、黃庭堅這四個大名士，也是蘇東坡最要好的朋
友每來訪時，蘇東坡才會叫侍妾朝雲泡密雲龍好茶招待。故秦觀這首
詞很可能就是學士們聚會品茶時所寫，而「使君」當然也就是指的蘇
東坡。秦觀贈朝雲之〈南歌子〉詞中，有云「只恐使君前世是襄王」
者，也以「使君」稱東坡。詞中對茶葉的形容似龍似鳳似玉，茶湯濺

出似雪，種種形容都靈妙美好，使茶彷彿也有美女的特質。而詞的下片寫美女奉茶，有「雙擎翠袖，穩步紅蓮」，品茗已是雅事，有美女相伴，更添韻味，使眾賓客在茶香之餘，更顯得依依不捨。此詞也顯露出當時飲茶文化的風俗型態。

另一首茶詞〈滿庭芳〉（北苑研膏）則如下：

> 北苑研膏，方圭圓璧。萬里名動京關。碎身粉骨，功合上淩煙。尊俎風流戰勝，降春睡，開拓愁邊。纖纖捧，香泉濺乳，金縷鷓鴣斑。　　相如方病酒，一觴一詠，賓有群賢。便扶起燈前，醉玉頹山。搜攬胸中萬卷，還傾動、三峽詞源。歸來晚，文君未寢，相對小粧殘。

據吳曾《能改齋漫錄》卷十七，這首可能爲黃庭堅所作，[註53]但秦觀有〈茶〉詩云：「上客集堂葵，圓月探奩盝。玉鼎注漫流，金碾響丈竹。侵尋發美瑳，猗狔生乳粟。」與詞上片詞意相近，恐爲秦觀次韻黃庭堅〈滿庭芳〉（北苑龍團）之作。[註54]此詞所詠之茶名爲北苑茶，又名研膏茶，是皇帝致祭南郊後分賜之物，秦觀供職祕書省期間，雖不一定獲享分賜之茶，但亦不妨發之吟詠。詞之上片用「纖纖捧，香泉濺乳」，寫出美人捧茶的情形，「乳泉」是煮茶的泉水，「金縷鷓鴣斑」是沏茶後碗面呈現之斑點，秦觀用女性化的詞語來形容，更添茶水的「香艷」。下片舉卓文君與司馬相如的典故，最後用「歸來晚，文君未寢，相對小粧殘」似是寫出女子獨守空閨，深夜未寢，等待丈夫回來，彷彿有怨婦之姿，倒是詠茶詞十分特殊的結尾。

「茶」不僅是一門高深的藝術，一種悠遠的文化，更是一份獨特的美學。如此豐富的飲食文化資產，在唐代已盛，而到宋代更到了窮極擴展的程度。不論是點茶、分茶、湯水的講究、茶盞的重視，都十分細

〔註53〕收於唐圭璋編：《詞話叢編》（北京：中華書局，1996 年 6 月），冊 1，頁 141。

〔註54〕見秦觀著，徐培均校註：《淮海居士長短句》（上海：上海古籍出版社，1985 年 8 月），頁 99〜100。

膩精緻，因此在我國古代和現代文學中，涉及茶的詩詞、歌賦和散文比
比皆是，可謂數量巨大、質量上乘。唐代為我國詩的極盛時期，此時適
逢陸羽《茶經》問世，飲茶之風更熾，茶與詩詞，兩相推波助瀾，詠茶
詩大批湧現，出現大批好詩名句。到了宋代，盛行鬥茶和茶宴，文人學
士烹泉煮茗，競相吟詠，出現了更多的茶詩茶詞，所以茶詩、茶詞大多
表現以茶會友，相互唱和，以及觸景生情、抒懷寄興的內容。秦觀詠茶
詞中紀錄的人物，除了活躍在宴席上飲茶活動中的風雅文士，最明顯的
便是點綴性地將大量具備歌伎身份的的美麗女子寫入詞裡，加深了作品
的柔媚色調，也提昇了詠物詞的承載內涵和審美情調。

另一首詠瓊花的〈醉蓬萊〉：

　　見揚州獨有，天下無雙，號為瓊樹。占斷天風，歲花開兩
　　次。九朵一苞，攢成環玉，心似珠璣綴。瓣瓣玲瓏，枝枝
　　潔淨，世上無花類。　　　冷露朝凝，香風遠送，信是瓊瑤
　　貴。料得天宮有，此地久難留住。翰苑才人，貴家公子，
　　都要看花去。莫吝金錢，好尋詩伴，日日花前醉。

詞中將花的產地、花開次數、花形和得眾人賞愛的情形作了描繪，用
「心似珠璣綴。瓣瓣玲瓏，枝枝潔淨」等美麗的形容詞形容此花，也
與詠茶的情形類似，可見秦觀認為美好、惹人愛惜的事物，都與女性
柔婉美麗的特質有共通性。只可惜秦觀看似無藉此詞寄託深意，而僅
是單純描寫事物形象，結尾「莫吝金錢，好尋詩伴，日日花前醉」可
說是享樂主義，「花前醉」可指真實之花，也可喻指如花的美女，透
露出男子潛意識的期望。

宋代的詠物詞不再單就物象本身著筆，畢竟詞體本來就是以「抒
情性」為主要重點，其中蘊含了許多情味，諸如男女私情、家國之悲、
朋侶離情等，是一種真心真意的映現，秦觀詠物詞數量不多，但是細
細品嚐，仍可領會其中情趣。王水照曾對宋代詠物詞內容，提出一個
有趣的現象：當然並非詠花卉草木、禽鳥魚蟲、日月風雨時用情語，
詠器物、詠茶的詞也經常要投入情語。秦觀詠物詞〈滿庭芳〉中亦有

「嬌鬟，宜美盼」、「頻相顧，餘懼未盡，欲去留連」。應該承認，情語的加入，使詠物詞的容量擴大了，審美層次加深了。〔註55〕

四、紀　夢

秦觀有三首紀夢之作，夢境中未必有女子，但情感形態與秦觀個性深層的柔婉則有呼應之處，故只論其情感形態。

表十一

編號	創作時間	年齡	人生階段	篇　名	敘事口吻
1	元豐三年（1080）	32 歲	家居	〈雨中花〉（指點處無征路）	自抒
2	紹聖二年（1095）	47 歲	貶在處州	〈好事近〉（春路雨添花）	自抒
3	紹聖三年（1096）	48 歲	削秩，徙郴州	〈臨江仙〉（千里瀟湘挼藍浦）	自抒

以〈雨中花〉為例：

> 指點虛無征路，醉乘斑虯，遠訪西極。正天風吹落，滿空寒白。玉女明星迎笑，何苦自淹塵域？正火輪飛上，霧捲煙開，洞觀金碧。　　重重觀閣，橫枕鼇峰，水面倒銜蒼石。隨處有奇香幽火，杳然難測。好是蟠桃熟後，阿環偷報消息。任青天碧海，一枝難遇，占取春色。

宋代釋惠洪《冷齋夜話》載：「少游元豐初夢中作長短句曰：『指點虛無征路……』既覺，使侍兒歌之，蓋〈雨中花〉也。」可見此為紀夢之作。夢中他「醉乘斑虯，遠訪西極」，來到虛無縹緲的仙境，「玉女明星」，皆是仙女，笑問他何苦停留紅塵。下片寫仙界景觀：「重重觀閣，橫枕鼇峰，水面倒銜蒼石。隨處有奇香幽火，杳然難測」，而且有仙女向他偷偷報信，說是仙桃已經成熟，可以食用。最後這三句「任

〔註55〕見王水照：《宋代文學通論》（高雄：復文圖書出版社，2000 年 6 月），頁 465。

青天碧海，一枝難遇，占取春色」所指爲何？由李商隱的〈嫦娥〉詩：
「嫦娥應悔偷靈藥，碧海青天夜夜心」之句來看，秦觀此處可能是用
「一枝占取春色的好花」來讚美夢中的仙女，無奈仙女人間難逢，任
憑夜夜思念，也只能夢裡相尋。秦觀作此詞時是落第後家居，夢中有
仙女也是實現一寂寞文士的內心幻想吧！

　　而下一首〈好事近〉詞調下題名爲「夢中作」，被視爲秦觀死於
藤州的讖語，很值得來探討：

　　　春路雨添花，花動一山春色。行到小溪深處，有黃鸝千百。

　　　　　飛雲當面化龍蛇，天矯轉空碧。醉臥古藤陰下，了不
　　　知南北。

這首詞作於紹聖二年（1095）春天，當時秦觀被貶監處州酒稅，心情
是相當沉痛苦悶的。詞中沒有美女，而是借許多大自然優美的景色，
期望獲得心靈上暫時的解脫，可見這個時候他只想徜徉在大自然的懷
抱之中，美女、情愛對他而言只是色相，已經沒有意義了。末句「醉
臥古藤陰下，了不知南北」表現出作者想藉酒麻醉自己的心境，或許
醉到不知南北，也就不必管紅塵是非。此詞常被視爲秦觀死於藤州的
讖語，胡仔引《冷齋夜話》云：「秦少游在處州，夢中作長短句曰：『山
路雨添花……。』後南遷，久之，北歸，逗留於藤州，遂終於瘴江之
上光華亭。時方醉起，以玉盂汲泉欲飲，笑視之而化。」〔註56〕周濟
《宋四家詞選》云：「概括一生，結語遂作藤州之讖。」〔註57〕黃庭
堅亦有詩云：「少游醉臥古藤下，誰與愁眉唱一杯。」〔註58〕這首詞
雖然寫盡一片美景，卻不見有賞景之樂，感情平靜得出奇，頗有「哀
莫大於心死」，呈現無哀無痛的無感境界，反而更顯其人生挫敗的磨

〔註56〕見〔宋〕胡仔：《漁隱叢話》（台北：台灣商務印書館，1986 年《景
　　　印文淵閣四庫全書》本），冊 1480，前集，卷 50 引《冷齋夜話》，頁
　　　327。
〔註57〕見〔清〕周濟：《宋四家詞選》，收於唐圭璋編：《詞話叢編》（北京：
　　　中華書局，1996 年 6 月），冊 2，頁 1653。
〔註58〕見黃庭堅：〈寄賀方回〉，《山谷集》（台北：台灣商務印書館，1985
　　　年《景印文淵閣四庫全書》本），冊 1113，卷 11，頁 86。

折之深，讀之令人淒惻。

而最後一首紀夢之作〈臨江仙〉，詞中採用了湘妃典故：

　　千里瀟湘接藍浦，蘭橈昔日曾經。月高風定露華清。微波
　　澄不動，冷浸一天星。　　　獨倚危檣情悄悄，遙聞妃瑟泠
　　泠。新聲含盡古今情。曲終人不見，江上數峰青。

此詞爲秦觀貶到郴州時所作，當他被貶郴州來到湖湘這片古老的土地
後，浩瀚的洞庭、縹渺的君山，青綠的斑竹，湘妃的點點遺跡，引發
了他無限情思。宋代釋惠洪《冷齋夜話》即記載秦觀南遷時，在廬山
一靈廟歇宿，相傳此廟能分風送往來之舟，秦觀於此「追繹昔嘗宿垂
雲老惜竹軒，見西湖月色如此，遂夢美人自言維摩詰散花天女也，以
維摩詰像來求贊。少游愛其畫，默念曰：『非道子不能作此。』天女
以詩戲少游曰：『不知水宿分風浦，何似秋眠惜竹軒？聞道詩詞妙天
下，廬山對面可無言？』少游夢中題其像。」〔註59〕徐培均認爲秦觀
〈臨江仙〉此詞「千里瀟湘接藍浦，蘭橈昔日曾經」，又云「遙聞妃
瑟泠泠」，即與釋惠洪所記之事意境相似。〔註60〕詞中「月高風定露
華清，微波澄不動，冷浸一天星」，意境幽冷，秦觀「獨倚危檣」，聽
此清脆激越之聲，認爲「新聲含盡古今情」，實際上是他自己的心中
被樂聲勾起百般思緒。所以最後「曲終人不見」時，什麼也沒有，只
剩「江上數峰青」，和他的孤寂身影默默相對。

〔註59〕見〔宋〕釋惠洪：《冷齋夜話》（台北：台灣商務印書館，1985年《景
　　　　印文淵閣四庫全書》本），冊863，卷2，頁248。

〔註60〕見秦觀著，徐培均校註：《淮海居士長短句》（上海：上海古籍出版
　　　　社，1985年8月），頁144～145。

第五章　秦觀詞女性敘寫的技巧觀察

　　《四庫全書總目‧淮海詞提要》評介秦詞「情韻兼勝」，〔註1〕
這已成為人們的共識。像李清照對北宋諸家極為挑剔，唯肯定秦觀的
「專主情致」。〔註2〕蔡伯世說：「子瞻辭勝乎情，耆卿情勝乎辭，辭
情相稱者，唯少游一人而已。」〔註3〕夏敬觀說秦詞：「清麗婉約，辭
情相稱」。〔註4〕這都強調了秦詞感情純摯、濃厚、飽滿，不惟文采、
意境堪稱上乘，且兩者配合無間。對此，楊海明在《唐宋詞史》中有
過精闢的闡釋。他認為，秦詞的「情勝」主要是在傳統的風格模式中
傾注了有關政治境遇與身世遭逢的新內容，這種在情感內蘊方面相當
程度的「突破」，又顯得比較隱晦而不易被人察覺；秦詞的「韻勝」
不但指小令風韻標致，更是指它能利用令詞的文雅與含蓄來彌補柳永
慢詞的俚俗與發露。在寫法上，仍以鋪敘展開詞情，而在關鍵處以景
語頓挫，然後使其在蘊藉的境界中「透將出來」。〔註5〕因此，本章即

〔註1〕　見〔清〕紀昀總纂：《四庫全書總目提要》（石家莊：河北人民出版
　　　　社，2000年），冊4，頁5451。
〔註2〕　見王學初：《李清照集校注》（台北：里仁書局，1982年5月），頁
　　　　195。
〔註3〕　見朱彝尊：《詞綜》（台北：世界書局，1980年5月），卷6。
〔註4〕　見夏敬觀：〈映庵手校淮海詞跋〉，轉引自徐培均校注：《淮海居士長
　　　　短句》（上海：上海古籍出版社，1985年8月），頁275。
〔註5〕　見楊海明：《唐宋詞史》（高雄：麗文文化公司，1996年12月），頁

從秦觀的「常用典故」、「常用意象」、「情景藝術」等三個寫作技巧的運用，來觀察秦觀「情韻兼勝」的女性敘寫之表現。

第一節　常用典故

　　康正果說：「一個故事，一句妙語，甚至一個用語，一旦成爲有關某一題材的文學典範，它就被後世的作者當作『故實』反覆傳播。」〔註6〕古代文學的文學性便突出地表現在這種程式化的寫作習慣上：寫作更多的是堆砌書本上的材料，而很少對豐富多彩的現實作眞切的觀察。因此，閱讀的反應總是被不斷引向其他各種相關的文字和書本知識。鑑賞力必須建築在博學的基礎上，不掌握一大堆詞藻和典故，幾乎無法進入任何一篇作品。

　　而曾指出北宋詞壇各名家優劣的才女李清照，在她的〈詞論〉中如是批評秦觀：「秦即專主情致，而少故實，譬如貧家美女，雖極妍麗豐逸，而終乏富貴態。」〔註7〕在李清照看來，「少故實」而「乏富貴態」，乃是秦觀詞的最大弊端，使得秦詞的情調看起來像「貧家美女」。難道秦觀詞的女性美在李清照這位女性的眼中，是這麼寒酸嗎？要弄清楚其中的眞實情況，應先了解「故實」的意義。

　　所謂「故實」，就是劉勰在《文心雕龍・事類》中所說的「事類」，也即今人所言之「典故」。劉勰在該篇中認爲，「事類」在內容上應要包括兩個方面，一指「人事」與「往行」，一謂「成辭」與「前言」，〔註8〕此即我們通常所說的「事典」和「語典」。劉勰在《文心雕龍》中專列〈事類〉篇，表明了他對典故的重視，而李清照於〈詞論〉中認爲秦觀詞「少故實」者，即指此類。因此可見李清照也是提倡在詞

　　391、394。
〔註6〕見康正果：《重審風月鑑──性與中國古典文學》（台北：麥田出版社，1996 年 1 月），頁 130～131。
〔註7〕見王學初《李清照集校注》（台北：里仁書局，1982 年 5 月），頁 195。
〔註8〕見〔梁〕劉勰著；羅立乾注譯：《新譯文心雕龍》（台北：三民書局，1996 年 2 月），頁 584～585。

作中運用典故的一位文學家。但是，李清照對於秦觀詞「少故實」的批評，卻並未中的，原因是秦觀詞中不僅運用了大量的「故實」，而且其典故之用，還具有清人謝章鋌在《賭棋山莊詞話》引彭金粟所說的「熟事能生，舊事能新」〔註9〕的藝術特點。下面我們就分別從「事典」和「語典」兩類來探討秦觀用典的情況，並特別觀照女性部分是否有其個人特色。

一、事　　典

　　小令重視美感情境的呈現，不注重用典，而慢詞由於篇幅的加長，較長的鋪敘爲典故的安排提供了空間。典故用得好，能夠以少勝多，豐厚作品的意蘊，用得不好，則徒呈淵博，使作品繁雜晦澀。《師友談記》載秦觀論用典云：「用事唯要處置……如事多者便須精擇其可用者用之，可以不用者棄之，不必惑於多愛留之，徒爲累耳。」〔註10〕所以李清照評秦詞「專主情致，而少故實，譬如貧家美女，非不妍麗，而終乏富貴態」之語，出言有據。然而秦觀並非腹笥儉嗇，像其作於三十歲時的〈望海潮〉（越州懷古），就於鋪陳中疊用了「五湖」、「台荒」、「苧蘿村」、「梅市」、「蘭亭」、「鑑湖狂客」、「金龜換酒」等事典，於此可爲一證。但秦詞中的小令一般不刻意用典，慢詞中上述的現象亦屬少數，此蓋與前述其對用典的態度有關。

　　據黃玫娟的研究，秦觀詞中使用的事典共有二十種，二十三例，〔註11〕筆者補充其遺漏的湘妃典故，則實有二十一種，二十四例，佔全部詞作的五分之一，其中有柔性的抒情典故，也觸及到諸多史實及神怪仙境的引用，而且重複使用的典故只有二種，〔註12〕可見秦觀學

〔註9〕見〔清〕謝章鋌：《賭棋山莊詞話》卷1，收於唐圭璋編：《詞話叢編》（北京：中華書局，1996年6月），冊4，頁3327。
〔註10〕見〔宋〕李廌：《師友談記》（台北：台灣商務印書館，1985年《景印文淵閣四庫全書》本），冊863，頁176。
〔註11〕見黃玫娟：《晏幾道與秦觀詞之比較研究》（彰化：國立彰化師範大學國文教育研究所碩士論文，1999年6月），頁217～221。
〔註12〕宋玉典故和《續齊諧記》的桃源典故。

識之淵博，於詞中典故求新求變，避免用濫。筆者列出其中與女性有關的事典如下：

1、西　施

　　泛五胡煙月，西子同遊。茂草臺荒，苧蘿村冷起閒愁。(〈望海潮·秦峰蒼翠〉)

按：《水經注·沔水注》：「范蠡滅吳，返至五湖而辭越，斯乃太湖之兼攝通稱也。」西子即西施，《越絕書》：「吳亡後，西施復歸范蠡，同泛五湖而去。」苧蘿村乃西施故里。

2、薛靈芸

　　早抱人嬌咽，雙淚紅垂。(〈望海潮·奴如飛絮〉)

按：王嘉《拾遺記》卷七載魏文帝選良家子以入宮，薛靈芸被選，「聞別父母，歔欷累日，淚下霑衣。至升車就路之時，以玉唾壺承淚，壺則紅色。既發常山，及至京師，壺中淚凝如血。」

3、玉女明星

　　玉女明星迎笑，何苦自淹塵域？(〈雨中花·指點虛無征路〉)

按：《太平廣記》卷五十九引《集仙錄》：「明星玉女者，居華山，服玉漿，白日昇天。」

4、桃　源

　　苦恨東流水，桃源路，欲回雙槳。(〈鼓笛慢·亂花叢裡曾攜手〉)

　　醉漾輕舟，信流引到花深處。塵緣相誤，無計花間住。　　煙水茫茫，千里斜陽暮。山無數，亂紅如雨，不記來時路。(〈點絳唇·醉漾輕舟〉)

按：梁·吳均《續齊諧記》：「漢永平中，剡縣有劉晨、阮肇，入天台山採藥，迷失道路。糧盡，望山頭有桃，取食。下山得澗水飲之，見一杯流出，中有胡麻飯屑。二人相謂曰：『此去人家不遠矣。』因過水，行二里，又度一山。出大溪，見二女絕色，喚劉阮姓名，曰：『郎何來晚也？』因過其家，舖設非人世所有。二人就女止宿，行夫婦之禮。住半年，天氣常如二三月時。聽猿鳥哀鳴，求

歸甚切。女曰：『罪根未滅，使君等如此。』遂從洞口去。自入山至歸，以歷七代子孫矣。欲還女家，尋山路不獲。」〈點絳唇〉整闋詞乃詠此一故事。

5、青　鸞

洞房咫尺，曾寄青鸞翼。（〈促拍滿路花・露顆添花色〉）

按：《山海經・大荒西經》：「西有王母之山，……有三青鳥，赤首黑目。」此秦觀借青鸞為傳遞情書之使者。

6、溫柔鄉

綺陌南頭，記歌名宛轉，鄉號溫柔。（〈長相思・鐵甕城高〉）

按：《飛燕外傳》：「是夜，后進合德，帝大悅，以輔屬體，無所不靡，謂為溫柔鄉。」

7、牛郎織女

纖雲弄巧，飛星傳恨，銀河迢迢暗度。（〈鵲橋仙・纖雲弄巧〉）

按：《白孔六帖・鵲部》引《淮南子》云：「烏鵲填河成橋，渡織女。」〔唐〕韓鄂《歲華紀麗》卷三〈七夕〉引〔漢〕應劭《風俗通》云：「織女七夕當渡河，使鵲為橋。」〔梁〕吳均《續齊諧記》：「桂陽成武丁有仙道：常在人間，忽謂其弟曰：『七月七日，織女當渡河，諸仙悉還宮，吾向已被召，不得暫停，與爾別矣。』弟問曰：『織女何事渡河？兄當何還？』答曰：『織女暫詣牽牛，一去後三千年當還。』明旦果失武丁所在。」

8、楚王游仙

楚臺魂斷曉雲飛，幽懽難再期。（〈醉桃源・碧天如水月如眉〉）

料得有心憐宋玉，只應無奈楚襄何。（〈浣溪沙・腳上鞋兒四寸羅〉）

按：宋玉〈高唐賦〉：「玉曰：『昔者先王嘗游高唐，怠而晝寢，夢見一婦人曰：「妾，巫山之女也。為高唐之客。聞君游高唐，願薦枕席。」王因幸之。去而辭曰：「妾在巫山之陽，高丘之阻，旦為朝雲，暮為行雨。朝朝暮暮，陽台之下。」』旦朝視之，如言。

故爲立廟，號曰「朝雲」。』」

9、向隅而泣

紅粧飲罷少踟躕，有人偷向隅。（〈阮郎歸·瀟湘門外水平鋪〉）

按：劉向《說苑·貴德》：「今有滿堂飲酒者，有一人獨索然向隅而泣，則一堂之人皆不樂矣。」

10、卓文君

相如方病酒，……歸來晚，文君未寢，相對小粧殘。（〈滿庭芳·北苑研膏〉）

按：《史記·司馬相如列傳》：「卓王孫有女文君，新寡，好音，故相如繆與令相重，而以琴心挑之。」司馬相如後與文君賣酒於市，又素有「消渴疾」（即今之糖尿病），後以此疾致死。

11、弄玉吹簫

輦路，江楓古，樓上吹簫人在否？（〈調笑令·輦路〉）

按：《後漢書·矯慎傳注》：「列僊傳曰：『簫史者，秦穆公時人，善吹簫，公女弄玉好之，以妻之，遂教弄玉作鳳鳴。居數十年，吹鳳凰聲，鳳來止其屋，爲作鳳台，夫婦止其上，一旦皆隨鳳凰飛去。』」

12、湘妃

千里瀟湘接藍浦……遙聞妃瑟泠泠。新聲含盡古今情。曲終人不見，江上數峰青。（〈臨江仙·千里瀟湘接藍浦〉）

注：《湘中記》曰：「舜之二妃，死爲湘水神，故曰湘妃。」唐人錢起〈省試湘靈鼓瑟〉詩云：「善鼓雲和瑟，常聞帝子靈。馮夷空自舞，楚客不堪聽。苦調淒金石，清音入杳冥。……曲終人不見，江上數峰青。」「湘靈鼓瑟」是由《楚辭·遠遊》：「使湘靈鼓瑟兮，令海若舞馮夷」句中摘出。

這十二則典故中，有七則與神仙事物有關，分別爲：玉女明星、桃源、青鸞、牛郎織女、楚王游仙、弄玉吹簫、湘妃等七則，透露出秦觀用典特殊的傾向。這可能與秦觀少時常與僧道來往，浸淫在佛道思想中有關。

　　秦觀的思想是較爲複雜的，早年就曾受到儒、道、釋三家不同程度的影響。他少年時所誦習的除「先王之餘論，周孔之遺言」的儒家經典外，大量的是老子等夢幻、神仙、鬼物之說。出仕前，他同僧道一直來往密切，這些僧道對秦觀頗有影響，特別是道家思想對他的影響尤深。事實上，秦觀的處世理想也一直是矛盾的。他早年懷抱「功譽可力致而天下無難事」的雄心，又嚮往浩歌劇飲、放浪形骸的浪漫生活。既要建功立業、稱名於世，又自稱「江海人」，表示「恥爲升斗謀」。儒家的積極入世和道家的消極避世兩種觀念，一直在他心中不斷拉鋸，伴隨了他淒苦的一生。每當在人生道路上遭受挫折陷入苦悶時，他就試圖用老莊思想來使自己得到解脫。然而秦觀對老莊哲學的嗜愛，偏於理性思辯的領域，流於一種內足其身的自我陶醉，而沒有像蘇軾那樣轉化爲外御其物，無往不適的生命活力。老莊的齊萬物、一死生的曠達精神，在秦觀那裡常常變弄爲對世事變幻、人生無常的哀嘆，例如使用西施典故時是「泛五湖煙月，西子同遊。茂草臺荒，苧蘿村冷起閒愁」（〈望海潮‧秦峰蒼翠〉）；用桃源典故時是「山無數，亂紅如雨，不記來時路。」（〈點絳脣‧醉漾輕舟〉）；用楚王游仙的典故時是「楚臺魂斷曉雲飛，幽懽難再期。」（〈醉桃源‧碧天如水月如眉〉）；用弄玉吹簫的典故時是「輦路，江楓古，樓上吹簫人在否？」（〈調笑令‧輦路〉）；用湘妃典故時是「遙聞妃瑟泠泠。新聲含盡古今情。曲終人不見，江上數峰青」（〈臨江仙‧千里瀟湘挼藍浦〉）；皆是感嘆物是人非、往日難再。

　　儒家思想促進他出仕爲官，嚮往功成名顯，而仕途屢受挫折，久處逆境時，佛道思想又成爲他主要的精神支柱。但佛道思想並未能給他精神上的解脫和慰藉，有時反而更令他感到人世迷茫，苦海無邊，以致於臨死前不久終於發出了「封侯已絕念，仙事亦難期」的絕望之嘆。這種思想的迷惘、內心的痛苦也必然要反映到他的作品中，因而最適宜表現內在思想情感的詞顯得纏綿感傷也就不足爲怪了。

　　這些女性相關的典故，除了有一半瀰漫著「仙氣」之外，還呈現

出怎麼樣的特色呢？像「玉女明星」和「桃源」的典故，仙女都覺得
人類太傻，要往紅塵尋苦。〈雨中花〉(指點虛無征路)是一首紀夢詞，
夢中秦觀遊歷仙境；言「玉女明星迎笑，何苦自淹塵域？」，就是仙
女笑問痴愚的詞人：何若在紅塵俗世淹留？長駐仙境不是很好嗎？而
〈點絳脣‧醉漾輕舟〉整首詠劉晨、阮肇兩個凡人誤入仙女所居的桃
源一處，雖然享盡仙福，最後還是思念紅塵中的家鄉，秦觀寫他們「塵
緣相誤，無計花間住」，不也是在感嘆痴愚的凡夫俗子有清福不享，
偏入世網塵牢嗎？所以這兩人後來「不記來時路」，落得無法回頭的
下場。而這些凡夫俗子，最終還是投射到秦觀自己身上。

　　而湘妃典故，是許多詩人也經常使用的，湘妃的愛情悲劇，使湘
妃淚、斑竹這些意象與男女的相思、愛情的忠貞緊密聯繫在一起。可
是後來湘妃的「酒杯」卻常被文人遷客們借來澆自己仕途失意之「塊
壘」，而較少涉及男女之情。如劉禹錫〈瀟湘神〉二首借二妃故事抒
被貶之憤；岑參〈秋夕聽羅山人彈三峽流水〉詩「楚客腸欲斷，湘妃
淚斑斑」則借湘妃淚寫遷客之愁；白居易〈江上送客〉「杜鵑聲似哭，
湘竹斑如血」則以斑竹寄離別之恨。湘妃意象內涵由男女之情向貶遷
之恨轉變的過程中，屈原起了關鍵性作用。屈原被流放沅湘曾多次歌
詠湘妃之事，僅《九歌》中即有〈湘君〉、〈湘夫人〉二篇，〈遠遊〉
也寫到「使湘靈鼓瑟兮，令海若舞馮夷」，湘靈即湘妃。屈原與湘妃
有著類似的悲劇性心路歷程，因為他們對君主都有堅貞忠誠的愛（屈
原的愛不僅限於忠君而且愛國）；其次，在被遺棄後都渴望將痴情知
君主，卻又無法傳遞，從而滿腔幽怨與悲哀。而屈原這種心態又是大
多數貶遷者所共有的，具有普遍性。所以，從屈原詠湘妃事起，在湘
妃與貶遷者之間已架起一座聯想的橋梁，湘妃的悲劇與遷客們的貶謫
命運便結下了不解之緣。

　　秦觀天性多情善感，對愛情中的離愁別恨有著敏感的體察能力。
當他被貶郴州來到湖湘這片古老的土地後，浩瀚的洞庭、縹渺的君
山、青青的斑竹、湘妃的點點遺跡，怎能不引發詩人的無限情思？秦

觀用這個典故，在其中也寄寓了自己的心情。他在〈臨江仙〉中說：

> 千里瀟湘接藍浦，蘭橈昔日曾經。月高風定露華清。微波
> 澄不動，冷浸一天星。　　獨倚危檣情悄悄，遙聞妃瑟泠
> 泠。新聲含盡古今情。曲終人不見，江上數峰青。

巧妙地化用了唐人錢起〈省試湘靈鼓瑟〉的詩句：「善鼓雲和瑟，常聞
帝子靈。馮夷空自舞，楚客不堪聽。苦調淒金石，清音入杳冥。……曲
終人不見，江上數峰青。」擴大了詞中內容的蘊含量，僅「獨倚」、「遙
聞」兩句便把「楚客不堪聽」的那種哀怨淒苦情緒完全流露出來。秦觀
將貶謫的憂憤苦悶融入瀟湘清秀的山水之中，清冷哀婉，迥異於他的艷
詞。秦觀其他和湘妃有關的詞句，還有〈一斛珠〉中「紛紛木葉風中落」
化自《九歌・湘夫人》的「嫋嫋兮秋風，洞庭波兮木葉下」之句。他在
〈望海潮〉、〈鵲橋仙〉、〈蝶戀花〉等詞中多次使用的「佳期」、「佳人」
等詞語也來自屈原《九歌・湘君》中「與佳期兮夕張」，「聞佳人兮召予」
〔註13〕等句，可見秦觀對湘妃故事的喜愛及與屈原之間的淵源。

　　唯一一個比較呈現積極意識的女性典故，是眾人熟知的〈鵲橋
仙〉。整闋詞說：

> 纖雲弄巧，飛星傳恨，銀漢迢迢暗度。金風玉露一相逢，
> 便勝卻、人間無數。　　柔情似水，佳期如夢，忍顧鵲橋
> 歸路。兩情若是久長時，又豈在朝朝暮暮！

在南朝《續齊諧記》中對「牛郎織女」故事的記載，故事背景是發生
在桂陽，而桂陽地處郴州，秦觀被貶到郴州時，很自然就會聯想到這
個浪漫淒美的愛情傳說，所以他作了這首膾炙人口的〈鵲橋仙〉。詞
中男女雙方雖然一年才能相會短短一日，但秦觀為他們的愛情下了一
個前人所未發的註腳：「兩情若是久長時，又豈在朝朝暮暮！」把難
以重聚的怨懟，轉化為對愛情的信心，只要兩心相繫，距離不會使濃
情變淡；反而如果朝朝暮暮相守，卻是同床異夢，豈不可悲？《蓼園

〔註13〕見〔漢〕王逸：《楚辭章句》（台北：台灣商務印書館，1985 年《景
　　　印文淵閣四庫全書》本），冊 1062，卷 2，頁 19。

詞選》評此詞：「按七夕歌，以雙星會少別多爲恨，少游此詞，謂『兩情若是久長』，不在『朝朝暮暮』，所謂化臭腐爲神奇。」〔註14〕正顯出秦觀用典的匠心獨運，和他進步的愛情思想。

而秦觀素善於「將身世之感打并入艷情」，這首屬於愛情題材的〈鵲橋仙〉也有此現象。《蓼園詞選》又說：「少游以坐黨被謫，思君臣際會之難，因託雙星以寫意；而慕君之念，婉惻纏綿，令人意遠矣。」〔註15〕此評強說君臣之意略顯牽強，但詞中暗含了秦觀個人「身世之感」卻是不可否認的。秦觀將湘妃、牛郎織女等傳說引入詩詞之中，寄寓了懷才不遇的怨憤，也爲他的詩詞增添了一種淒婉瑰麗之美。

二、語　典

所謂「語典」，指的是引用前人的現成語句入詞。兩宋詞人持別喜歡引用唐、五代及宋初著名詩人的詩句、詞句。蘇軾、周邦彥、辛棄疾、吳文英等不同流派的詞人都很善於襲用或變用唐詩入詞。用句用得活，確能引起聯想，因故知新，起到活用前人經過千錘百煉的藝術形象以表達自己胸中意旨的作用，使語言更爲精煉。劉慶雲在分析宋代詞人借鑒唐詩時曾言：

> 在崇尚風雅的宋代，以詩人句法入詞，隱括唐人詩句，借用前人詩意以至意境，更成爲一種時髦的風尚。詞人向唐詩學習的著重點，大約可以「高」、「雅」二字概之。〔註16〕

「高」主要是指格調的高雅，「雅」是指語言的雋雅。宋沈義父《樂府指迷》中言：「讀唐詩多，故語雅澹。」〔註17〕清王士禎《花

〔註14〕見〔清〕黃氏：《蓼園詞選》，收於唐圭璋編：《詞話叢編》（北京：中華書局，1996 年 6 月），冊 4，頁 3045。

〔註15〕見〔清〕黃氏：《蓼園詞選》，收於唐圭璋編：《詞話叢編》（北京：中華書局，1996 年 6 月），冊 4，頁 3045。

〔註16〕見劉慶雲編著、王偉勇審：《詞話十編》（台北：祺齡出版社，1995 年 1 月），頁 227。

〔註17〕收於唐圭璋編：《詞話叢編》（北京：中華書局，1996 年 6 月），冊 1，頁 278。

草蒙拾》中亦言：「詞中佳句多從詩出。」〔註 18〕清人查禮《銅鼓書堂詞話》也說：「詞不同乎詩而後佳，然詞不離乎詩方能雅。」〔註 19〕北宋詞常爲詞家所推崇，就因它渾涵、超妙，近於唐音。在語言上，因借鑒唐詩使得詞語高雅。

　　據黃玫娟的研究統計，秦觀使用經語共有五例，其中《詩經》4 例、《禮記》1 例；使用史語有 3 例，其中《史記》、《漢書》、《南史》各 1 例；使用子語有一例，《管子》和《韓非子》均見此例；使用集語有 57 例，其中出於白居易、杜牧、李商隱、柳永各 5 例，出於李賀有 4 例，出於杜甫、李煜各 3 例，出於曹植、李白、李益、羅隱、歐陽修、蘇軾者各 2 例，出於屈原、謝朓、江淹、王羲之、世說新語、隋煬帝、王勃、錢起、高蟾、杜荀鶴、溫庭筠、馮延巳、王雱、歐陽詹、王琪各 1 例。秦觀所借鑒的唐代詩人中，就時期論，以晚唐 7 人16 次最多，其次爲中唐 3 人 11 次次之，盛唐 3 人 6 次又次之。就詩人而言，亦以白居易、杜牧、李商隱 5 次爲冠，李賀、杜甫等人次之。〔註 20〕周濟《介存齋論詞雜著》引晉卿曰：「少游正以平易近人，故用力者終不能到。」〔註 21〕張德瀛《詞徵》卷一〈詞之六至〉亦云：「至麗而自然者，少游也。」〔註 22〕秦觀詞之所以「平易近人」、「至麗而自然」，與他善於融化前人詩句，將高雅的詩句融化爲自然平易的詞句不無關係。而他又善於以中晚唐詩句入詞，在媚艷的詞風中注入平易自然的口語，有別於《花間》、《尊前》的濃艷，繼承北宋前期

〔註 18〕收於唐圭璋編：《詞話叢編》（北京：中華書局，1996 年 6 月），冊 1，
　　　　頁 675。
〔註 19〕收於唐圭璋編：《詞話叢編》（北京：中華書局，1996 年 6 月），冊 2，
　　　　頁 1482。
〔註 20〕見黃玫娟：《晏幾道與秦觀詞之比較研究》（彰化：國立彰化師範大
　　　　學國文教育研究所碩士論文，1999 年 6 月），頁 196～205。
〔註 21〕收於唐圭璋編：《詞話叢編》（北京：中華書局，1996 年 6 月），冊 2，
　　　　頁 1631。
〔註 22〕收於唐圭璋編：《詞話叢編》（北京：中華書局，1996 年 6 月），冊 5，
　　　　頁 4080。

婉約詞高雅、文雅的詞風，使婉約詞達到另一高峰，黃玫娟認為「這與他繼承晏氏父子與歐陽修等人借用中唐詩人平易自然的用語不無關係」。〔註23〕

使用「語典」的方式，大體上有三種情況，即原句借用，改詞套用和句意化用。〔註24〕三種技巧秦觀皆有使用，而且往往用得高明巧妙，推陳出新，以下各舉幾例：

（一）原句借用

有的一字不改，有的稍改一二字。一般說一字不改的襲用成句是比較少的，因為一則前人的境界跟自己的想法未必全能切合，再則各種詞調句子長短不同，很難用得巧合。但秦觀就用得很好，如〈望海潮〉（秦峰蒼翠）「蓬萊燕閣三休，天際識歸舟」，就是襲用謝朓〈之宣城郡出新林浦向板橋〉詩：「天際識歸舟，雲中辨江樹。」又如〈水龍吟〉（小樓連遠橫空）「名韁利鎖，天還知道，和天也瘦」，「名韁利鎖」一句就襲用柳永〈夏雲峰〉：「向此免，名韁利鎖，虛費光陰。」而稍改一二字借用的就更多了，改字借用既能保存原句精神，又能適應詞句格律，較一字不改地襲用方便得多。例如〈滿庭芳〉（山抹微雲）的「斜陽外，寒鴉萬點，流水繞孤村」三句，明人王世貞《藝苑卮言》就稱讚「『寒鴉千萬點，流水遶孤村。』隋煬帝詩也，『寒鴉數點，流水遶孤村。』少游詞也。語雖蹈襲，然入詞猶是當家。」〔註25〕可見秦觀借用原句尚能青出於藍的高才。

（二）改詞套用

與借用稍有不同。它是套取或活用前人的成句而改變句法、變換

〔註23〕見黃玫娟：《晏幾道與秦觀詞之比較研究》（彰化：國立彰化師範大學國文教育研究所碩士論文，1999 年 6 月），頁 205。

〔註24〕詳見陳振寰：《讀詞常識》（台北：國文天地雜誌社，1990 年），頁135～136。

〔註25〕收於唐圭璋編：《詞話叢編》（北京：中華書局，1996 年 6 月），冊 1，頁 387。

字面，結果與原句差異明顯，乍看起來似乎是詞人的創作。例如秦觀〈千秋歲〉（水邊沙外）中「日邊清夢斷，鏡裏朱顏改」，分別套用李白〈行路難〉：「忽復乘舟夢日邊」和李煜〈虞美人〉中「只是朱顏改」。一次套用兩位名詩人的名句，功力不可謂不深。還有一種套用，不是套用字面，而是套用句法和意境，前後兩句一比較便知後者從前者套來。例如秦觀〈八六子〉（倚危亭）「正銷凝，黃鸝又啼數聲」，套用杜牧句「正消魂，梧桐又移翠陰」；這種套用，一般要用同一詞調和相近主題，否則很難貼切，秦觀卻能融合自然，實屬難得。秦觀也有兩種套用同時使用的，如秦觀〈八六子〉中：「夜月一簾幽夢，春風十里柔情」，是分別從李商隱〈銀河吹笙〉詩「重衾幽夢他年斷」和杜牧〈贈別〉詩「春風十里揚州路」中化出的，前句就是屬於套用句法和意境，後句就是屬於套用字面。

（三）句意化用

這種最為常見，即作者融會前人意境，用自己的言語重新組織起來，既有所本，又出新意。如〈江城子〉（西城楊柳弄春柔）「西城楊柳弄春柔。動離憂，淚難收」，即化用王雱〈眼兒媚〉：「楊柳絲絲弄輕柔，煙縷織成愁」；〈千秋歲〉（水邊沙外）中「花影亂，鶯聲碎」，化用杜荀鶴〈春宮怨〉詩：「風暖鳴聲碎，日高花影重。」同一首詞「離別寬衣帶」之句，則化用〈古詩十九首‧行行重行行〉：「相去日已遠，衣帶日已緩。」這些清麗而本色的語言，一經秦觀的運用和錘煉，也推動了詞體語言的典雅化。

再從這些語典的意思內容來看，經語和史語使用極少，大概是因為經史與詞體的本質並不相合，經部之語端正嚴肅，史部之語則多見於豪放詞中引用，以感懷古事為主，而秦觀詞的內容多半都是戀情類和身世類，以抒情性的集部之語較為適合，故集部之語使用佔了最多數。秦觀所使用的集部之語還有一個特色，就是多半都是屬於戀情類的，如「算天長地久，有時有盡；奈何綿綿，此恨難休」（〈風流子‧

東風吹碧草〉)、「花發路香，鶯啼人起，珠簾十里東風」(〈望海潮‧
星分牛斗〉)、「豆蔻梢頭舊恨，十年夢，屈指堪驚」(〈滿庭芳‧曉色
雲開〉)、「金風玉露一相逢，便勝卻、人間無數」(〈鵲橋仙‧纖雲弄
巧〉)、「無端銀燭殞秋風，靈犀得暗通」(〈阮郎歸‧宮腰裊裊翠鬟鬆〉)、
「妾願身爲梁上燕。朝朝暮暮長相見」(〈調笑令‧灼灼〉)……等等。
爲何戀情詞多用語典呢？大概是因爲戀情類若直抒己言，失之露骨，
而中國人一向以含蓄爲美，不如借用典故，更能表現典雅，也符合戀
情中曲折幽隱的男女之心。張炎《詞源》云：「秦少游體製淡雅，氣
骨不衰，清麗中不斷意脈，咀嚼無滓，久而知味。」〔註 26〕就顯現了
秦觀使用語典所得到的「淡雅」、「清麗」的效果。

　　稍晚於秦觀的周邦彥詞，素有善於鋪陳，語言典雅，化用唐人詩
句如同己出之特點，從上述中，已不難看出秦觀示範的成果，所以陳
廷焯《白雨齋詞話》卷一稱秦觀詞：「近開美成，導其先路；遠祖溫、
韋，取其神不襲其貌，詞至是乃一變焉。然變而不失其正，遂令議者
不病其變，而轉覺有不得不變者。」〔註 27〕指出了秦觀詞在繼承中求
變化，在變化中求創新，以創新影響詞壇的發展過程，乃中肯之言。

第二節　常用意象

　　在西方文論中，意象一詞主要有三種意義。廣義地說，它指詩或
其他文學作品中一切感覺物體和性質；狹義地說，它指視覺景物的描
寫。而其當今最常見的意義是指比喻語言，尤其是指明喻或暗喻的媒
體。根據袁行霈的追溯，早在西方現代批評家大談意象之前，中國古
代文論和詩論中就已使用了意象一詞。它有時指「意中之象」(劉勰、
司空圖)，有時是「意」與「象」的合稱，有時則接近今天所說的藝

〔註 26〕收於唐圭璋編：《詞話叢編》(北京：中華書局，1996 年 6 月)，冊 1，
　　　　頁 267。
〔註 27〕收於唐圭璋編：《詞話叢編》(北京：中華書局，1996 年 6 月)，冊 4，
　　　　頁 3784。

術形象。袁行霈根據意象這個詞在中國古代文論和詩論中的各種用法，將意象定義爲詩歌中的「融入了主觀情意的客觀物象，或者是借助客觀物象表現出來的主觀情意」。這個定義強調「意」對「象」的滲透，或者「象」對「意」的包蘊。按照這一看法，意象以物象爲基礎，但不純是物象。意象爲意境之基礎，但又比意境具體。意象可以來自自然界，也可以來自超自然界。有傳統的、公認的意象，也有當代的、個人的意象。〔註28〕

　　因此，意象是詩歌創作中表達情感的重要媒介，經由作家內在主觀情意與外在客觀物象的結合而產生，可以說是融入主觀情意的審美形象。劉勰在《文心雕龍‧明詩》說：「人稟七情，應物斯感。感物吟志，莫非自然。」〔註29〕各式各樣的自然景物、奇彩多變的百態人事，這些種種的物象都足以觸動人情，但由於每個人背景經歷、文化修養、審美理想、氣質才性、情緒心境的不同，會產生不同的欣賞角度。在欣賞角度中，物象先經作家審美經驗的淘洗與篩選，再經作家思想感情的融合與點染，使物我、主客、情景融化爲一體，構築爲詩歌的意象。懷著不同心境的作家，常挑選與情感色彩相一致的景物，使其內心世界得以物化和外化。而特定意象的使用，是體現作者生命特質，形成特定意境的重要環節。

　　研究中國古典詩歌，最值得注意的現象之一就是意象之間的組合方式。一首詩詞從字面看是詞語的聯綴，從藝術構思的角度看則是意象的組合，而中國古典詩詞意象組合的最大特點之一，就是不同意象的直接拼合。葉嘉瑩在詮釋意象時，善用西方的符號學理論，她舉俄國的符號學家洛特曼（J. M. Lotman）把符號學用於詩篇分析的理論，認爲詩人一旦使用了符號，而習之者眾，綿延久遠，這些符號就形成

〔註28〕參袁行霈：《中國詩歌藝術研究》（台北：五南圖書公司，1989 年 5 月），頁 57～72。

〔註29〕見〔梁〕劉勰著，范文瀾注：《文心雕龍》（台北：明倫出版社，1970 年 9 月），頁 65。

了一個帶有歷史性和民族性的文化背景的語碼（code）。〔註30〕當我們在分析詩人所使用的意象時，也不能忽略這意象背後是否帶有「語碼」的歷史意涵，如此才能解讀出作者背後更多的絃外之音。

　　與記事成分突出的作品相比，詞給人的美感較爲直接而強烈，時代與時代之間的情感溝通也較爲貼近。這主要是因爲情感的交流，較之時代的紀實、歷史的隔閡要小得許多，容易產生較爲一致的共鳴。清人譚獻認爲詞「其感人也尤捷，無有遠近幽深，風之使來。是故比興之義，升降之故，視詩較著」，〔註31〕無論是表現風雲氣象，還是幽深渺遠的詞境，詞常給人以較爲直接的藝術感染力。詞借比興而言情，表現人世遞轉的命運糾葛，與詩相比較顯得更爲明顯，原因即爲詞多內斂於人的心靈世界作集中表現，因而，清人沈祥龍在《論詞隨筆》中說：「詩有賦比興，詞則比興多於賦。」〔註32〕在詩中，賦、比、興兼用；在詞中，則「比興多於賦」，客觀而直接地寫物記事不在多數，外在場景的鋪寫，總是和人物心靈表現有密切聯繫。而比興即是使用物象，故在表層物象的背後，總是能體味出人物心態曲折幽眇的情韻之「意」。客觀的物體實則已失卻獨立存在的價值，而爲創作主體情感表現的中介形式。如劉勰言道：「詩人感物，聯類無窮。流連萬象之際，沈吟視聽之區。寫氣圖貌，既隨物以宛轉；屬采附聲，亦與心而徘徊。」〔註33〕人物情感借助於外象形式而投射、釋放出去；同樣，對客體的審美創造，也能構成完整、美感力極強的藝術境界，給人鮮明的審美感受。孫立認爲「物象形式作爲畫面的構成部分，本

〔註30〕見葉嘉瑩：〈從一個新論點看張惠言與王國維二家說詞的兩種方式〉，收錄於繆鉞、葉嘉瑩：《詞學古今談》（台北：萬卷樓圖書公司，1992年10月），頁431。
〔註31〕見〔清〕譚獻：〈復堂詞話序〉，收於唐圭璋編：《詞話叢編》（北京：中華書局，1996年6月），冊4，頁3987。
〔註32〕收於唐圭璋編：《詞話叢編》（北京：中華書局，1996年6月），冊5，頁4048。
〔註33〕見〔梁〕劉勰著，范文瀾注：《文心雕龍》（台北：明倫出版社，1970年9月），頁693。

身並不作過於詳盡的描述，只起到局部的點綴作用。物象的組合以及與情感的交融，往往結構成聲情並茂、形神俱備的詞境形式」。〔註34〕因此，由「詞心」所選擇的詞體物象，也展現獨特的藝術風貌，不僅反映出時人共同的審美趨向，也於詞中創造出精美的藝術境界。因而，分析與認識詞體物象的表現形態與其審美意味，這對了解秦觀的女性敘寫是很重要的。

　　孫立認為唐宋詞物象形式有著明顯的類型化傾向，即同類物象在詞中有較高的使用頻率，據他的統計，〔註35〕以下與物象相關的字種出現的次數較多：

風：12867 次

花：11432 次

雲：7590 次

水：5156 次

雨：4998 次

江：4263 次

煙：3834 次

梅：2953 次

柳：2861 次

雪：2718 次

草：2167 次〔註36〕

　　此類物象在許多作家作品中反覆出現，常常給人似曾相識的印象。這雖然使詞體外觀顯得相對單一，但如細細地體味，其實也並不影響某一作品的藝術表現能力。同類物象在不同作品中所處的位置、所起的作用並不完全等同。而且，物象與物象之間鋪陳排列的相異組

〔註34〕見孫立：《詞的審美特性》（台北：文津出版社，1995 年 2 月），頁181～182。

〔註35〕據南京師範大學《全宋詞》計算機檢索。

〔註36〕見孫立：《詞的審美特性》（台北：文津出版社，1995 年 2 月），頁180

合形式，也往往能極好地適應情感表現的需要。

　　而秦觀所常使用的物象，是否與唐宋詞常用物象相同呢？而這些物象又在秦觀筆下形成什麼樣的意象？這些意象是否能呈現秦觀的女性特質？以下茲分為自然和生活等二類來討論。

一、自然類

　　人的感情本質上就是一種力的表現形態，如悲哀的感情，在舞蹈中常用緩慢的曲線形的動作表現出來，即使那些不具意識的大自然事物，如一塊陡峭的岩石，一棵垂柳、落日的餘暉、飄零的落葉、一汪清泉……等等，它們與人的某一類主觀情緒和心理動態也往往存在一種暗相對應的內在聯繫。墮泥的飛花與歲月消逝的悵恨，朦朧的淡煙與心境黯淡的迷茫，綿延的芳草與愁緒的縈繞不絕，它們之間都有著相互呼應的形態、結構，一種心與物的對應。

　　秦觀經常在與自己內心相諧的客觀景物中尋求情感的呼應，這些物象在不同作品中所處的位置、所起的作用並不完全等同。而且，物象與物象之間鋪陳排列的相異組合形式，恰能適時地與他內在的情緒感受相對應，故每每得到他的偏愛而加以變化，通過豐富的想像重新改造、組合，熔鑄成他詞中具有表現性的意象。如：

時時，橫短笛。清風皓月相與忘形。(〈滿庭芳・紅蓼花繁〉)

斜陽外，寒鴉數點・流水繞孤村。(〈滿庭芳・山抹微雲〉)

碧水驚秋，黃雲凝暮，敗葉零亂空階。(〈滿庭芳・碧水驚秋〉)

月冷風高，此恨只天知。(〈江城子・棗花金釧約柔黃〉)

霧失樓臺，月迷津渡，桃源望斷無尋處。(〈踏莎行・霧失樓臺〉)

孤館悄無人，夢斷月堤歸路。(〈如夢令・池上春歸何處〉)

江月知人念遠，上樓來照黃昏。(〈木蘭花慢・過秦淮曠望〉)

自在飛花輕似夢，無邊絲雨細如愁。(〈浣溪沙・漠漠輕寒上小樓〉)

山無數，亂紅如雨，不記來時路。(〈點絳唇・醉漾輕舟〉)

那堪片片飛花弄晚，濛濛殘雨籠晴。(〈八六子・倚危亭〉)

　　無奈歸心，暗隨流水到天涯。(〈望海潮·梅英疏淡〉)

　　流水落花無問處，只有飛雲，冉冉來還去。(〈蝶戀花·曉日
窺軒雙燕語〉)

這些春花、秋月、敗葉、殘雨，也就是唐宋詞中常用的物象，但它們
在秦觀筆下不再是純粹的客觀景物，而是已融涵了主體的審美體驗，
即秦觀在審美觀照中所產生的對客體的體認和情感反映。在這種審美
體驗中，秦觀以一種孤寂、悲哀的心境感受生命之輕之重，或失落的
惆悵，或無定的淒迷，或嘆逝的悲涼，或別離的哀傷，外在與內在兩
相契合、兩相映發，景與情會，意與境渾，造成低徊迷離、輕柔幽微
的效果。凡此種種，翻開《淮海詞》俯拾即是。

　　以「月」的意象爲例，《淮海詞》中的「月」字出現四十九次，
約佔全部詞作的二分之一。繁星萬點，明月當空，總給人以一種靜穆、
蕭然之感。再加上那如水瀉的月光普照大地，更使人感到能夠將心事
遙托。而夜是寧靜、幽深的，有充裕的時間給人們靜思默想。中國古
代文人總喜歡獨自一人在沈寂的深夜登樓望遠，讓習習晚風撩起心中
思念的浪花，那無法窺見其邊涯的空間，能夠使人們的思緒無止盡地
伸展。故秦觀詞中所出現的夜景較少燈火通明、車馬喧鬧的場面，大
都是清涼、明淨、淡雅、幽深的，也因而伴著黑夜出現的明月，在人
們的心目中，使產生了一種又喜又憂的心理活動。有時月是可親可愛
的朋友：「清風皓月相與忘形」(〈滿庭芳·紅蓼花繁〉)、「江月知人念
遠，上樓來照黃昏」(〈木蘭花慢·過秦淮曠望〉)，和詞人一起忘我，
陪詞人思念故鄉。但有時月是淒涼蕭條的背景：「月迷津渡，桃源望
斷無尋處」(〈踏莎行·霧失樓臺〉)、「月冷風高，此恨只天知」(〈江
城子·棗花金釧約柔荑〉)，讓詞人迷失了方向，照予詞人淒冷的寒光，
「孤館悄無人，夢斷月堤歸路」(〈如夢令·池上春歸何處〉)，月光更
是無情地照出他孤寂一人，夢斷孤館的處境。故月光雖柔，有時使人
喜，有時卻又無情地使人憂愁。

　　在花草意象方面，秦觀常會搭配顏色和季節來表現，例如用

「紅」、「綠」來渲染早春、暮春的惆悵或秋天的寂寥，花草顏色雖是鮮豔，卻反襯出秦觀心境的孤寂冷清，如「紅蓼花繁，黃蘆葉亂。」（〈滿庭芳·紅蓼花繁〉）寫深秋、「見梅吐舊英，柳搖新綠，惱人春色，還上枝頭。」（〈風流子·東風吹碧草〉）寫初春、「褪花新綠漸團枝，撲人風絮飛。秋千未拆水平堤，落紅成地衣。」（〈阮郎歸·褪花新綠漸團枝〉）寫早春。與「花」有關的字彙出現的次數，據王保珍的統計，有四十八次，〔註37〕其中「落花」佔了二十句，比例將近一半。茲舉幾則如下：

<blockquote>
流水落花無問處。（〈蝶戀花·曉日窺軒雙燕語〉）

自在飛花輕似夢。（〈浣溪沙·漠漠輕寒上小樓〉）

回首落英無限。（〈如夢令·樓外殘陽紅滿〉）

滿目落花飛絮。（〈如夢令·池上春歸何處〉）

那堪片片飛花弄晚。（〈八六子·倚危亭〉）

花飛半掩門。（〈南歌子·香墨彎彎畫〉）

空滿院，落花飛絮。（〈夜遊宮·何事東君又去〉）

斜陽院落紅成陣。（〈水龍吟·小樓連遠橫空〉）

落紅鋪徑水平池。（〈畫堂春·落紅鋪徑水平池〉）

飛紅萬點愁如海。（〈千秋歲·水邊沙外〉）
</blockquote>

秦觀為何偏好「落花」意象？「花」在人們印象中，總屬於美好的事物，含苞時想像它開放的美麗，盛開時那燦爛的姿態又令人驚艷，有時她雖被風吹散，但卻滿天飛舞，飄得像雪一樣詩意，美得像夢一樣迷離，輕得像夢一樣沒有重量，令人忍不住讚嘆；但好花再美，終有凋萎的一天，當她在枝頭豐華漸退，原本豐腴的花瓣變得乾瘦，原本鮮艷的顏色變得槁黃，醜態真是令人不忍卒睹。「美人自古如名將，不許人間見白頭」，好花又何嘗不像美女？英雄遲暮，還有什麼比這

〔註37〕見王保珍：《淮海詞研究》（台北：學海出版社，1984 年 5 月），頁36～37。

更令人傷感！好花可以代表美人青春，也可以代表壯士理想，而「落花」就是青春的逝去、理想的破滅，故秦觀雖有時在「落花」意象中富予美感的讚嘆，但更多時候是寄予無限的同情，無限的憐惜，也是無限的自傷，傷自己與美人分離，傷自己被黨爭踩躪，傷自己在苦難中磨折了靈魂。

在一首詞中，有時常常是眾多的物象出現，一句一換，甚或一句中數種物象重疊排列，這就反映出秦觀那敏感而多情的心理活動。在動物意象方面，黃玫娟的研究便發現，秦觀常使用杜鵑、寒鴉、昏鴉、孤鴻這些意象，與淒冷孤寂的景致搭配，〔註38〕如：

> 倚樓極目，時見棲鴉。(〈望海潮‧梅英疏淡〉)
>
> 鴉啼金井寒。(〈菩薩蠻‧蟲聲泣露驚秋枕〉)
>
> 門外鴉啼楊柳。(〈如夢令‧門外鴉啼楊柳〉)
>
> 寒鴉萬點，流水繞孤村。(〈滿庭芳‧山抹微雲〉)
>
> 往事逐孤鴻。(〈望海潮‧星分牛斗〉)
>
> 南來飛燕北歸鴻。(〈江城子‧南來飛燕北歸鴻〉)
>
> 過盡飛鴻字字愁。(〈減字木蘭花‧天涯舊恨〉)

《淮海詞》裡加進了自然山水中的鴉、雁等動物，大概與秦觀輾轉於貶謫之所的經歷有關，這些常見的動物本身有何情感，人類無由得知，但秦觀加上「孤」、「歸」、「寒」等形容詞，便把自身的情感投射進去，使這些動物（尤其是孤鴻）變成自己淒涼心境的化身。

而講到秦觀的淒涼心境，不能不討論他的黃昏意象。《淮海詞》中的「斜陽」出現十二次、「暮」十一次，共二十三次，約佔全部詞作的四分之一。〔註39〕從這些統計數字來看，秦觀極喜愛用夕陽的意象寄寓自己的悲慨。黃昏、日落在西洋神話原型中代表悲劇和輓歌的

〔註38〕見黃玫娟：《晏幾道與秦觀詞之比較研究》（彰化：國立彰化師範大學國文教育研究所碩士論文，1999 年 6 月），頁 171。

〔註39〕統計數字見黃玫娟：《晏幾道與秦觀詞之比較研究》（彰化：國立彰化師範大學國文教育研究所碩士論文，1999 年 6 月），頁 168。

基型，在中國文學作品中，日落景色常引發文人的傷感，所呈現的情調是比月夜更爲幽咽淒苦的。如在《淮海詞》中，斷腸、斷魂、凝、銷魂這些詞句便常與斜陽、黃昏的暮色景致連結在一起，這大概與秦觀一再遭到貶謫有關。

　　蔡玲婉亦曾以專文討論過秦觀黃昏意象的豐富意涵。〔註 40〕蔡氏所謂「黃昏意象」，並非單指夕陽落日，而是以夕陽落日爲中心物象，並匯聚其他物象而組成的意象群。太陽東升西沈、循環往復的律動，顯現時光的遞移，萬物也在光影明晦的照籠中產生繽紛萬呈的色調，而一日光影的變化，又以黃昏爲最。黃昏不論是在時間上的日暮，或在空間上的夕照，都是作者最易感物興情的時刻。黃昏意象不僅是傳統文化的積澱，也是作家個人情感的映現。秦觀在戀情詞和貶謫詞中，不論代言或直抒，不論實寫或虛擬，黃昏意象都與其沈鬱之情互爲表裡。大體而言，秦觀戀情詞的黃昏意象，所營造出的情感指向爲黃昏閨怨、日暮送別；謫居詞則偏向於斜陽羈旅、日暮途遠。而秦觀愛情詞的黃昏意象，乃以「斜陽」爲中心的意象群較多；謫居詞中則以「落日」爲中心的意象群爲多。從語義角度上，二者意義相近；但從意象角度看，引起的美學感受不同。

　　秦觀的愛情詞以「夕陽」爲中心意象者，色彩妍麗，但是並未散發出愉悅的的審美感受，而是著重於夕陽璀璨奇美卻頃刻即逝的特質，這與韶華易逝、佳會難再是「異質同構」，〔註 41〕而惆悵悲苦也

〔註40〕見蔡玲婉：〈杜鵑聲裡斜陽暮──論秦觀詞的黃昏意象〉，《台南師範學院學報》第 35 期（2002 年）。頁 209～210

〔註41〕格式塔心理學派對於審美體驗提出「異質同構」之說，以此解釋自然與心靈溝通的現象。認爲世界上萬事萬物的表現都具有力的結構，物理世界（外在客觀的景物）和心理世界（人內在主觀的感情）的質料雖不同，但其力的結構可以相同，而產生對應、溝通，達到物我同一的境界。而這種「異質同構」的思想，在中國早已有之。如《論語·雍也》：「知者樂水，仁者樂山。知者動，仁者靜。」又如陸機〈文賦〉：「遵四時以嘆逝，瞻萬物而思紛。悲落葉於勁秋，喜柔條於芳春。心懍懍以懷霜，志眇眇而臨雲。」

寓寄於中。秦觀的閨怨詞是他愁情憂緒的象徵，詞中女子的形象和情思，感傷深沈，寄寓他的人生體驗。這一類詞雖然情感色調是無奈和感傷，但風格上仍較爲纖柔婉麗。例如：

> 落紅鋪徑水平池，弄晴小雨霏霏。杏園憔悴杜鵑啼，無奈春歸。　　柳外畫樓獨上，憑欄手撚花枝。放花無語對斜暉，此恨誰知？（〈畫堂春〉）

> 錦帳重重卷暮霞，屏風曲曲鬥紅牙。恨人何事苦離家。　　枕上夢魂飛不去，覺來紅日又西斜。滿庭芳草襯殘花。（〈浣溪沙〉）

> 幽夢匆匆破後，妝粉亂痕沾袖。遙想酒醒來，無奈玉銷花瘦。回首，回首，繞岸夕陽疏柳。（〈如夢令〉）

> 樓外殘陽紅滿，春入柳條將半。桃李不禁風，回首落英無限。腸斷，腸斷，人共楚天俱遠。（〈如夢令〉）

秦觀的戀情詞中的女性由這些意象烘染其綿邈的愁緒。在意象組合中，一方面是一抹暈紅的夕陽、一片綠樹、一地繽紛的落英，構成餘紅晚綠的色彩相互輝映，其有色澤的美感；一方面是黃雲斜暮、楊柳芳草、飛絮落花，形成青春易逝、離愁別緒、美人遲暮的象徵，啓動深沈的幽思。

　　而秦觀謫居詞的「落日」意象，隨著貶謫的日遠，色彩更爲蕭疏黯淡，情調也更爲悲厲，與初貶時的淒迷不同。〈風流子〉（東風吹碧草）爲南貶之初思念汴京之作，以黃昏爲背景寫登山臨水感時懷舊。結句以「斜日半山，暝煙兩岸，數聲橫笛，一葉扁舟」，寫天涯飄泊之感，畫面一片淒清，但天邊一角的斜日，仍稍有一絲暖意。〈滿庭芳〉（曉色雲開）作於揚州，以「疏煙淡日」的意象，畫面較前面爲淒清。他一再貶謫後，則著重於以「暮」字做爲黃昏意象的中心。如〈千秋歲〉（水邊沙外）「碧雲暮合空相對」、〈江城子〉（南來飛燕北歸鴻）「煙

把分屬物理世界與心理世界的落葉與悲涼、柔條與芳心、寒霜與畏懼、雲霞與亢奮，一一對應，是典型的異質同構。參見童慶炳：《中國古代心理詩學與美學》（臺北：萬卷樓圖書公司，1994 年），頁 168～175。

浪遠，暮雲重」。「斜陽」爲日斜之時，斜陽、斜日稍有暖意；「暮」則爲日入之時，餘光收斂，是一片昏暝的冷色調，所托引的是沈重的人生遲暮之悲。王國維《人間詞話》云：「少游詞境最淒婉，至『可堪孤館閉春寒，杜鵑聲裡斜陽暮』，則變爲淒厲矣！」〔註42〕從黃昏意象的使用，正可見出其黯淡悲抑的生命情調，心境和詞風從柔婉到淒婉、淒厲的變化軌跡。〔註43〕

二、生活類

　　詞較爲注重抒發個體的生活感受，因而詞中物象形態也洋溢著濃郁的生活氣息。物象種類大多爲生活中慣常所見的具體事物，正如繆鉞先生所提示的：「言居室，則『藻井』、『畫堂』、『綺窗』、『雕欄』；言器物，則『銀缸』、『金鴨』、『鳳屏』、『玉鐘』；言衣物，則『彩袖』、『羅衣』、『瑤簪』、『翠鈿』。」〔註44〕生活類物象，往往令人感到較爲親切，很易激發起人們的審美想像活動，產生相應的情感共鳴。人們常常或是睹物生情，或情寓於物，客觀物體常能因人情之變化而染著上不同的色調。

　　而居室類，秦觀詞中較常見「欄杆」，這是詞中主人公時常登上或倚望之處。如：

　　　　春風重到人不見，十二闌干倚遍。(〈調笑令‧盼盼〉)

　　　　獨倚玉欄無語點檀唇。(〈南歌子‧香墨彎彎畫〉)

　　　　樓上黃昏杏花寒，斜月小欄杆。(〈眼兒媚‧樓上黃花杏花寒〉)

　　　　碧雲寥廓，倚欄悵望情離索。(〈一斛珠‧碧雲寥廓〉)

　　　　小欄外、東風軟，透繡幃、花蜜香稠。(〈夢揚州‧曉雲收〉)

〔註42〕見王國維：《人間詞話》，收於唐圭璋編：《詞話叢編》（北京：中華書局，1996年6月），冊5，頁4245。

〔註43〕上述戀情詞與謫居詞的黃昏意象，詳參蔡玲婉：〈杜鵑聲裡斜陽暮——論秦觀詞的黃昏意象〉，《台南師範學院學報》第35期（2002年），頁220～221。

〔註44〕見繆鉞：《詩詞散論》（上海：上海古籍出版社，1982年出版），頁56。

憑欄久，金波漸轉，白露點蒼苔。（〈滿庭芳・碧水驚秋〉）

柳外畫樓獨上，憑欄手撚花枝。（〈畫堂春・落紅鋪徑水平池〉）

夜來酒醒清無夢，愁倚欄杆。（〈醜奴兒・夜來酒醒清無夢〉）

常記那回，小曲欄杆西畔，鬢雲鬆，羅襪剗。（〈河傳・恨眉醉眼〉）

倚欄無緒更兜鞋。（〈浣溪沙・香靨凝羞一笑開〉）

憑欄久，疏煙淡日，寂寞下蕪城。（〈滿庭芳・曉色雲開〉）

詞中倚欄的主角多半是女子，欄杆對她們來說看似一種「保護」，以防掉落失足，但換個角度看，其實也是一種「限制」，限制她們的行動，而只能憑靠欄杆望向遠處——那思慕之人所在的遠處。秦觀好用欄杆意象，在女子部分，是一種刻板印象，因為現實中的女性不見得真有時間能倚欄杆遐思，可能要忙著整理家務，但詞人筆下的女子好像都百無聊賴地成日倚欄發愁、閑思，可見這只是秦觀以及當時男性詞人對女性的審美期待，認為女子就是要這般倚欄的慵懶，情愁而苦的柔弱模樣才是美的。而欄杆意象在男子部分，則可能以「限制」意味較強烈，因為被困在樓中，無法遠展抱負，徒然倚欄看著春逝或日落，年華漸老，一事無成，更是發愁了。

　　而秦觀在這些人為的生活類物象上，並不像溫庭筠那樣好堆砌華麗物象，而多半只是點綴，生活類物象在他的詞中是呈現「疏放型」的意象結構的。〔註45〕如〈滿庭芳〉（曉色雲開）詞中，只有「珠鈿翠蓋」中的「珠鈿」是女性物象。而閨房物象，他也能處理得非常細膩，令人展開豐富的聯想，如〈浣溪沙〉（漠漠輕寒上小樓）中的「寶簾閑掛小銀鉤」，令人聯想到李璟〈浣溪沙〉中的「手捲真珠上玉鉤」，晏幾道〈臨江仙〉中的「夢後樓臺高鎖，酒醒簾幕低垂」等句。「小

〔註45〕孫立在歸納物象結構時，提出「密集型」和「疏放型」兩種，他說：「詞體結構偏重審美感知的藝術創造，物象出現的頻率就較高。而情感表現突出，主體意識活動較為強烈時，物象在詞體中就呈疏放的結構形態。密集型物象，整體畫面感較強。」見孫立：《詞的審美特性》（台北：文津出版社，1995年2月），頁188～190。

銀鉤」，既可理解爲帳鉤，又可聯想爲一勾新月，於此又可想到「玲瓏望秋月」，「無言獨上西樓，月如鉤」等等句子，從而把詞裏的閨思離緒既簡約輕靈又豐美含蓄地表現出來了。

　　而女性衣袖，出現頻率不多，有時是沾染淚水的地方，如「淚珠盈襟袖」（〈滿園花·一向沈吟久〉）、「襟袖上、空惹啼痕」（〈滿庭芳·山抹微雲〉）；有時代表旖旎溫馨，如「雙擎翠袖」（〈滿庭芳·雅燕飛觴〉）、「紅袖時籠金鴨暖」（〈木蘭花·秋容老盡芙蓉院〉）。以〈江城子〉爲例：

> 西城楊柳弄春柔。動離憂，淚難收。猶記多情、曾爲繫歸
> 舟。碧野朱橋當日事，人不見，水空流。　　韶華不爲少
> 年留。恨悠悠，幾時休？飛絮落花時候，一登樓。便做春
> 江都是淚，流不盡，許多愁。

此詞物象類型，從表層來看似乎較多，有「楊柳」、「朱橋」、「碧野」、「歸舟」、「飛絮」、「落花」、「春江」等，其中屬於生活類者有「朱橋」和「歸舟」，它們代表著往日同歡的地點。然而由於詞作上、下片人物情感的流露皆極爲激切，外象遮上了濃鬱的主觀色調，所以物象的構景能力並不強，很容易見出人物心態的發展軌跡。

　　詩人常與酒相伴，藉酒來獲取靈感、與友同歡、或是麻醉自己，秦觀詞中自然也少不了酒的意象。據黃玫娟的統計，秦觀有五十首詞中提到酒或與酒有關的醉、尊、樽、觴、醪等，約佔了全部詞作的一半。〔註46〕秦觀表現在詞作中的酒大多是出現在離別之宴，這大概是與他輾轉於仕宦之所有關。秦觀是現實世界中的傷心人，欲借酒消愁，但即使「酒鄉廣大人間小」（〈醉鄉春·喚起一聲人悄〉），引盃孤酌之際，內心仍是黯然銷魂，「酒醒時候」仍「斷人腸」（〈虞美人·碧桃天上栽和露〉）。如：

> 最好金龜換酒。（〈望海潮·秦峰蒼翠〉）
>
> 殢酒爲花。（〈夢揚州·晚雲收〉）

〔註46〕見黃玫娟：《晏幾道與秦觀詞之比較研究》（彰化：國立彰化師範大學國文教育研究所碩士論文，1999 年 6 月），頁 170。

枕上酒微醒。(〈滿庭芳‧紅蓼花繁〉)

謾道愁須殢酒。(〈滿庭芳‧碧水驚秋〉)

西樓促坐酒杯深。(〈木蘭花‧秋容老盡芙蓉院〉)

飄零疏酒盞。(〈千秋歲‧水邊沙外〉)

因為賞花遣愁都需要酒，因此不惜金錢，只為換酒。酒是詩人尋歡作樂的良伴，也是逃避現實的良方，沈迷酒中不願面對現實，也呈現秦觀無力突破現實困境的軟弱性格。此外，秦觀也用「醉」、「酒」二字來形容人或景物，如：「柳腰如醉暖香挨」(〈浣溪沙‧香靨凝羞一笑開〉)、「恨眉醉眼」(〈河傳‧恨眉醉眼〉)、「雙頰酒紅滋」(〈一叢花‧年時今夜見師師〉)、「春色著人如酒」(〈如夢令‧門外鴉啼楊柳〉)、「春思如中酒」(〈促拍滿路花‧露顆添花色〉)。利用酒來比喻美人和春天，則使得詞中充滿香艷之氣，因此這些比喻和擬人化的寫法是秦觀情射於物的反應。

　　而日有所思，夜有所夢，據王保珍的統計，秦觀的「夢」意象有二十七處，〔註47〕以下列舉幾則：

相看有似夢初回。(〈南歌子‧愁鬢香雲墜〉)

夜月一簾幽夢。(〈八六子‧倚危亭〉)

好夢隨春遠。(〈鼓笛慢‧亂花叢裡曾攜手〉)

佳期如夢中。(〈阮郎歸‧宮腰裊裊翠鬟鬆〉)

日邊清夢斷。(〈千秋歲‧水邊沙外〉)

夢破鼠窺燈。(〈如夢令‧遙夜沈沈如水〉)

鄉夢斷，旅魂孤。(〈阮郎歸‧湘天風雨破寒初〉)

夜來酒醒清無夢。(〈醜奴兒‧夜來酒醒清無夢〉)

夢回宿酒未全醒。(〈南歌子‧玉漏迢迢盡〉)

夢的意象，在秦觀詞中也是代表美好的事物，有時能在夢中夢見情

〔註47〕見王保珍：《淮海詞研究》(台北：學海出版社，1984 年 5 月)，頁
　　　39～40。

人；若真能與情人相會，更無法相信是真，只覺恍如夢中。所以夢若是「醒」了，便代表美好的事物離他遠去，如「日邊清夢斷」，因「日邊」有「伊摯將應湯命，夢乘船過日月之傍」〔註48〕的故實，暗寓對仕臣之理想，所以「清夢斷」，便是指此一理想已經斷滅無存。而不只是仕途之夢破滅，且因後來連遭貶謫，連返鄉都只能在夢裡實現，或是在酒意中夢回故園了。「好夢隨春遠」、「夢破」、「夢斷」都是極為凄涼的感嘆，呈現連夢也無法做的絕望悲慘。而秦觀一直沈湎於夢中，不願面對現實，豈不是因為性格深處的柔弱？

詞很注重人物心態的具體寫照，情感色彩濃烈，所以相對而言，詞之「移情」作用較為明顯。詞人不是將審美觀點傾心於外觀景物的自在情趣上，而是將自然景物作為「移情」對象；外在物象本身的審美意義並不十分重要，關鍵是要能適應情感的抒發。這樣，詞人要眇深微的心靈脈動，自我觀照的生活情趣，自然就將審美視界轉到星轉斗移、花謝葉落等客觀物象微妙變化的發現、感觸方面。王保珍在總結秦觀好用的重複字詞時，認為有春、花、月、夢、愁、恨、空、暗、幽、偷、悄、煙、雲、斜陽、斷腸、黃昏、銷凝、無奈等字詞，從這些詞與字上，透示出淮海詞中某些情味與氣息。連貫起來，可以表示：

> 淮海詞如十里柔情之春風，如初日芙蓉花之嬌艷，如夜月之清麗凄迷，如幽夢之欲抑出咽。縷縷閒愁，濃濃春愁，字字愁，無限愁，愁如海。生命有恨，而恨憾無窮。空自惆悵，宇宙人生，絕對真實又無限渺茫，有似一重煙水，又一重雲山。離情幽恨，斜陽流水，紅滿淚痕中。〔註49〕

總結上述，這一徑繽紛的落紅，一脈斜照的夕陽，一江迷遠的煙水，一城昏籠的暮色，皆從秦觀紛亂、黯淡、渺茫、低哀的心境中營造出來，是心物對應中的交感和交融，是秦觀在聚精會神的觀照中，「我」

〔註48〕見〔梁〕沈約：《宋書・符瑞志》（台北：台灣商務印書館，1984 年《景印文淵閣四庫全書》本，冊257），卷27，頁481。

〔註49〕見王保珍：《淮海詞研究》（台北：學海出版社，1984 年 5 月），頁47～48。

的情趣與「物」的情趣的往復回流，由此組成了秦觀詞的意象群，營造出一個淡雅柔媚的女性的時空世界。從西窗、庭院、小樓到煙花朦朧、斜月夕陽的傷景弔情，從春風旖旎到月冷星稀的追憶似水年華，游走於魂夢與清醒之間，文人筆下的女性悠悠情愁呼之欲出。

第三節　情景藝術

從第三章的論述，我們已經知道秦觀是「婉約正宗」，而「婉約」就是最好的女性特質代表詞，故秦觀的「詞境」是富於女性特質的，此處可同理得證。然而，秦觀的詞境是如何構成，才形成婉約的風格呢？此處要討論這藝術技巧的問題。

一、秦詞的情景結構

意境的形成有許多細節，從「煉字」、「煉句」到「煉意」，再把「意」融入「象」，使「象」中有作者寄託的「意」，之後便產生「意境」。秦觀煉字的成就，從〈滿庭芳〉（山抹微雲）中的前兩句「山抹微雲、天粘衰草」，運用「粘」和「抹」字這兩個新穎的動詞把自然景色生動地呈現，還有〈望海潮〉（梅英疏淡）中「亂分春色到人家」的「亂」、「分」把春天那種草長鶯飛、百花爭妍的景象很深刻地描繪出來，就可以知道他在「煉字」上是很下工夫的。而「煉句」一項，則可以從第一節談「常用典故」的地方，看到秦觀如何巧妙化用典故，使熟語變生、點鐵成金，知道他鎔鑄典雅詞句的成就。而「煉意」一項，則在第二節「常用意象」的地方，可以看到他在聚精會神的觀照中，「我」的情趣與「物」的情趣的往復回流，由此組成了秦觀詞的意象群，營造出一個淡雅柔媚的女性時空世界。

袁行霈指出，在中國古典詩歌中，創造意境有三種方式：一曰情隨境生，二曰移情入境，三曰體貼物情，物我情融。第一種方式是由物及心，第二種是由心及物，第三種是心物相交。他進而指出，意境是個性化的：「詩人獨特的觀察事物的角度，獨特的情趣和性格，構成意境

的個性」——構成一個打上創造者個性標記的「想像世界」。〔註50〕因此他在清理了意境概念的流變，並且做了令人信服的分析之後，爲意境提出了一個明確的定義：「意境是指詩人的主觀情意與客觀物象互相交融而形成的、足以使讀者沉浸其中的想像世界。」〔註51〕因爲「境」是「心」與「物」相交的產物，故本節在這裡要探討秦觀的「情景藝術」，看秦觀是如何把自己細膩敏感的「詞心」與「景物」相交，融匯出令人沉醉的詞境。

　　詞的情感表現，是讓感官與景物產生觸動，通過場景、氣氛的情態化渲染，而使物象契合心態變化，避免心靈與感知層的表現出現背離。因而，詞外象性表現所產生的審美效果，並不重在以形、聲、色調動作者和讀者的想像活動，而是將景物作爲「載體」，給情感的抒發提供較爲充分的空間。宋代文人常常喜愛登高遠望，遙視遼闊無垠的山川草木，毫無阻隔地遊心於這渺遠深廣的境地；或是閑居亭閣，苦思冥想，捕捉細微官能的感受，沉醉於內在的自我感化。因而，「詞人對於自然景物的觀察與發現也尤爲深邃、細膩。一草、一木、一山、一水，諸種色彩、形態、運動、變化的客體屬性，在詞中往往也以直觀性的呈現，作用於人們的審美感知」。〔註52〕

　　我們乍看秦觀之詞，表面「如花含苞，故不甚見其力量」，〔註53〕然而其中卻蘊含源源不絕的生命力，其力量正是在緩慢的綻放中逐漸顯露出來，這個生命的本質，簡言之就是「情」，且秦觀言情的面向非常純粹，幾乎都圍繞著哀愁痛苦的感情而敘寫。他的表達方式，並非直接敘寫情感本身，而是多避實就虛，融人事於景物之中，既不像

〔註50〕詳參袁行霈：《中國詩歌藝術研究》（台北：五南圖書公司，1989 年 5 月），頁 30～38。

〔註51〕見袁行霈：《中國詩歌藝術研究》（台北：五南圖書公司，1989 年 5 月），頁 51。

〔註52〕見孫立：《詞的審美特性》（台北：文津出版社，1995 年 2 月），頁 26。

〔註53〕周濟：《介存齋論詞雜著》，收於唐圭璋編：《詞話叢編》（北京：中華書局，1996 年 6 月），冊 2，頁 1632。

柳永長調那樣鋪展宣洩，亦不取馮、晏小令那樣空泛、廣漠。該抒情處，他往往化爲景物；該寫景處，又融入情思，避免了「質實」而顯得空靈，遺韻響於文字之外。此種特殊的寫景技巧在歷代詞評中亦多有論述，如「善於狀景物」〔註54〕、「寫景極淒婉動人」〔註55〕、「秦寫山川之景……俱臻絕頂，有不可以言語形容者」，〔註56〕這些引文都點出了秦觀寫景手法的精湛。

　　陳慷玲在〈秦觀詞的情景閱讀〉〔註57〕一文中，利用德國接受美學家沃爾夫岡‧伊瑟爾（Wolfgang Isar）所提出的「游移視點」，〔註58〕來剖析秦觀詞中的情景藝術，發現其中普遍存在著一種規律的層次感：由遠至近或由近至遠的逐層遞進，並且是以「韻」作爲鏡頭遠近遞換的單位，故同一韻中的景可能是並列於同層的景深中。這種方式其實不是秦觀獨創，在宋詞中是很普遍的情況，以柳永詞爲例，他分散了景的焦點，發展出了「上片寫景、下片抒情」的寫法。但是其他詞人的作品，景語出現的密度皆不如秦詞來得高，秦觀專注於這一點加以發揮，變成了個人特色。綜觀其小令與長調，因爲文字容量多寡

〔註54〕見〔宋〕楊湜：《古今詞話》，收於唐圭璋編：《詞話叢編》（北京：中華書局，1996 年 6 月），冊 1，頁 33

〔註55〕見〔清〕賀裳：《皺水軒詞筌》，收於唐圭璋編：《詞話叢編》（北京：中華書局，1996 年 6 月），冊 1，頁 696。

〔註56〕見〔清〕陳廷焯：《詞壇叢話》，收於唐圭璋編：《詞話叢編》（北京：中華書局，1996 年 6 月），冊 4，頁 3271。

〔註57〕見陳慷玲：〈秦觀詞的情景閱讀〉，收錄於黎活仁等主編：《柳永、蘇軾、秦觀與宋代文化》（台北：大安出版社，2001 年 10 月），頁 260～287。

〔註58〕據陳慷玲引伊瑟爾之言解釋，「游移視點」最主要的精神在於：「本文各部分不可能在任何一個短暫的瞬刻被同時感知。這一特點，使它有別於那種一般可以直接觀察得到、或者至少設想得出其整體的既定客體。與之不同，本文這一「客體」只能通過對不同序次的段落依次逐一閱讀的方式來進行想像，……我們在文學中卻只能身處其中入乎其內去閱讀文學本文的，……文學閱讀中存在著一個必不可少的理解的游移視點在其內部不斷運動。」見陳慷玲：〈秦觀詞的情景閱讀〉，收錄於黎活仁等主編：《柳永、蘇軾、秦觀與宋代文化》（台北：大安出版社，2001 年 10 月），頁 263～264。

的差距，這種特徵在長調中尤爲明顯。

在「游移視點」順序閱讀的觀念引導下，陳慷玲分析出秦觀詞由外而內的兩層「格式塔」。〔註59〕其一是最初步的視覺性的「景」，呈現由遠至近、由近至遠的鏡頭層遞，而控制遠近變化的關鍵就是「人物」。最常見的模式爲：人物視角以前的景物敍寫是遠至近，通過人物視角的人物又由近而遠。其二則分析景語的文字，發現它泛溢出濃厚的抽象情感，景只是做爲情的載體。焦點從景移至情，情的淺深變化和詞體下片的結構密不可分，愈到下片的末端則情懷愈深濃，而結韻爲上下片情懷的匯合點。在兩層格式塔的運作之後，作品的生命仰賴結韻延續。放在整闋的結構來看，首韻經營某種氛圍，中段則是較具體的鋪敍，至結韻則進一步的將之前的情調延伸出結構之外，形成一種特殊的婉轉情調。〔註60〕陳慷玲的研究成果堪稱厥偉，把秦觀的情景結構分析得具體深入。

而秦觀是如何將首尾的意象統一，形成渾然一體的意境呢？觀察秦觀多首詞作，可發現秦觀大部分的結尾幾乎都會回到起始的時間或空間，兩個景之間是互相銜接的，且不管首尾的時間再怎麼變化，其所處空間多是不變的，中間部分的時空利用回憶、想像等手法大幅度的跳接。例如其〈八六子〉詞：

> 倚危亭，恨如芳草，萋萋剗盡還生。念柳外青驄別後，水邊紅袂分時，愴然暗驚。　　無端天與娉婷。夜月一簾幽夢，春風十里柔情。怎奈向、歡娛漸隨流水，素弦聲斷，翠綃香減；那堪片片飛花弄晚，濛濛殘雨籠晴。正銷凝，黃鸝又啼數聲。

詞起首由情直入，以綿延天際、滋生不絕的「芳草」狀寫詞之「恨」

〔註59〕陳慷玲解釋，「格式塔」（Gestalt）原本爲心理學術語，或稱爲「完形」。伊瑟爾將它用於閱讀時的心理過程，他將其定義爲「本文符號的『自動相互聯繫』」，這是文本與讀者間相互作用的產物。

〔註60〕見陳慷玲：〈秦觀詞的情景閱讀〉，收錄於黎活仁等主編：《柳永、蘇軾、秦觀與宋代文化》（台北：大安出版社，2001 年 10 月），頁 286～287。

情，此即將詞境氣氛推到高潮，似乎有點難以後繼。但詞人巧妙地轉換筆觸，「念柳外」三句，思路宕開，句意變化，構化出昔時河邊柳下、依依相別的場景。時間、空間的延續，使詞作內在的縱橫向關係得以充分地擴展。「愴然暗驚」，語氣急促、頓挫，由「恨」而「驚」，詞人銳敏、細微的心態變化躍然紙上，意境也更為深遠。下片「無端」三句，時間更進一步向前延伸，思緒追溯到離別之前。曾記得與美貌女子，月夜幽歡；春意融融，柔情不斷。「怎奈向」，語調陡然一轉，思路又引到現實。歡娛如流水，素琴仍在，然琴聲已絕；翠巾在身，而香氣已斷，舊物惟足傷懷。此處外在物象直接觸動審美感官，而心境則添「愁」幾分。歇拍詞人視界移到亭外。暮靄朦朧，片片落花飛揚；天似放晴，卻細雨飄灑。淒迷的景色已足令人茫然出神，但幾聲黃鸝啼叫，又把秦觀從憶舊感傷中拉回現實，觸發起黯然心懷，再也難以平靜。此詞思考空間騰挪跳躍，外象景觀繁富多樣，詞人心緒起伏跌宕。各種表現成分於詞作中匯融成多層結構形式，使情感的表現既有面的擴展，同時又有點的深入。由於首尾之間穿雜了錯落多變的時空因素，使得「由近至遠、由遠至近」的景的轉換不致於變成一種單調而僵化的公式。

那麼，秦觀的這些情景又能呈現出怎樣的「意境」呢？《毛詩正義》說：「春，女悲；秋，士悲。」美人傷春的情調一般趨於溫婉綺麗，而寒士悲愁則傾向於淒嚴蕭颯。以下就藉由春景和秋景的觀察，來看秦觀構築出什麼樣的意境。

二、秦詞的春情春景

春天，百花齊放，萬紫千紅，大自然的勃勃生機常常都會激發起人們無窮無盡的喜悅和舒暢。因此，千百年來，中外的詩人和文學家們，總是特別喜愛借助春天的美麗景致，歌唱出自己的種種歡欣與暢快的情懷來。與歷代的詩人和文學家們一樣，秦觀也特別喜愛將自己的詞筆探進奼紫嫣紅的春天裡去，在其《淮海居士長短句》中，「春」

一詞出現的頻率是相當高的,據王保珍統計,秦觀詞中直接出現「春」字的地方就有四十二處之多,而其他雖然沒有直接出現「春」字,但卻明顯在寫著春天的景致的地方,尚有七處, 〔註61〕合計春景佔了其詞作的半數以上。

　　鄉居之時,他陶醉家鄉「揚州萬里提封,花發路香,鶯啼人起,珠簾十里東風」(〈望海潮·星分牛斗〉)的美好春光。在京都則盡情讚美名園內外的迷人春色:「瓊苑金池,青門紫陌,似雪楊花滿路。雲日淡,天低畫永,過三點兩點細雨。」(〈金明池·瓊苑金池〉)輕揚的柳絮,出牆的花枝,飛舞的鶯燕,顯示出汴京的大道上,名園內外春意盎然,生氣勃勃的情景寄寓了詞人對京都風光的無限眷戀之情。

　　秦觀在遭貶前,筆下的「春」充滿希望:「曉色雲開,春隨人意,驟雨才過還晴。古臺芳榭,飛燕蹴紅英。舞困榆錢自落,秋千外,綠水橋平。東風裏,朱門映柳,低按小秦箏。」(〈滿庭芳·曉色雲開〉),這裡不但「春隨人意」,而且萬事萬物都是受人支配,打上了詩人主觀感情的烙印,人希望天晴就天晴,在歡樂的詩人心目中,燕子在踏著飛花自由自在的玩耍,榆錢掉落是因為跳舞跳累了。還有「秋千外」、「東風裡」的配景配音等等,無一不與人這一主宰者的充沛的精神狀態諧和。

　　然而,《淮海詞》中所寫到的春天的內涵,有些卻與人們平常的感受迥然不同。如〈浣溪沙〉:

　　　漠漠輕寒上小樓,曉陰無賴似窮秋。淡煙流水畫屏幽。
　　　自在飛花輕似夢,無邊絲雨細如愁。寶簾閒掛小銀鉤。

這首詞中所寫到的,本來是一個春雨霏霏、花瓣飄舞的春晨之景。然而,它們在秦觀的筆下,卻無端地帶上了「窮秋」一般的憂鬱和感傷的情調:輕寒漠漠、曉陰沉沉、飛花似夢、絲雨如愁。當詞中主人公獨立小樓,舉目四顧之際,眼前竟無一事物不撩起其不可名狀的寂

_____

〔註61〕見王保珍:《淮海詞研究》(台北:學海出版社,1984 年 5 月),頁34～36。

寞；無一景致不觸動其綿綿不絕的憂傷，漠漠輕寒、曉陰似秋、淡煙流水、幽曲畫屏、閑掛銀鉤、似夢飛花、如絲細雨等，組成一幅質地輕柔的圖畫，惜春傷離的意蘊自然而然地滲透其間，給人深遠的遐想，收到了「咀嚼無滓，久而知味」〔註62〕的藝術效果。

那麼，在一個風和日麗、楊柳輕拂的春日，秦觀是否就能夠因此而變換一種心境，唱出一曲輕鬆愉悅的迎春樂章來呢？且看〈江城子〉：

> 西城楊柳弄春柔。動離憂，淚難收。猶記多情，曾爲繫歸舟。碧野朱橋當日事，人不見，水空流。　　韶華不爲少年留。恨悠悠，幾時休？飛絮落花時候、一登樓。便做春江都是淚，流不盡，許多愁。

這是秦觀筆下的又一個春日，它已經沒有了前一闋詞中所寫到的輕寒、曉陰等陰鬱的事物，相反它還有著春天裡最讓人心旌搖動的美麗景致──「西城楊柳」正在晴日暖風中輕快地舞弄著它們那纖巧柔軟的腰肢，彷彿正在殷勤地向人們訴說著春天裡的一切快樂和生機。按理說，眼前這些動人的景致，是應該能熱切地激起詞人的濃濃春情和柔柔春意的了，然而，事實並非如此。因爲秦觀作此詞時，正因黨爭而被貶杭州，經歷了太多的挫折和磨難，因此「西城楊柳弄春柔」的春日美景，首先觸動的卻是的秦觀本來就難以抑制的「離憂」，使他隨即陷入了「碧野朱橋」情事難再的深深痛苦和受傷之中。緊接著，詞的下闋，多情而敏感的詞人又從眼前這種「物是人非」的春日景致，進一步聯想到「韶華易逝，恨恨悠悠」這一人類命運中始終都無法掙脫的悲劇。這樣也就難怪詞到末尾，秦觀會情不自禁地吟唱出「便做春江都是淚，流不盡，許多愁」的感傷之句來。此後，在被貶處州時，雖然大自然還處在一片「水邊沙外，城郭春寒退，花影亂，鶯聲碎」的融融春景之中，但面對這一切，傷感的秦觀發出的卻是「春去也，飛紅萬點愁如海」的深深嘆息（〈千秋歲‧水邊沙外〉）；在繼之被貶

〔註62〕見〔宋〕張炎：《詞源》，收於唐圭璋編：《詞話叢編》（北京：中華書局，1996年6月），冊1，頁267。

郴州後，雖然同樣又是遇到了大自然的美麗景色，然而，秦觀心中所深深體驗到的，卻只能是更進一步令他黯然神傷的「可堪孤館閉春寒」（〈踏莎行‧霧失樓臺〉）了。

王國維在《人間詞話》中，把真景物、真感情看作「有境界」的先決條件。他說：「故能寫真景物、真感情者，謂之有境界。」〔註63〕秦觀筆下的「春」，景真，情真，處處滲透了作者的自我意識，故能深深打動人心。如「自在飛花輕似夢，無邊絲雨細如愁」（〈浣溪沙‧漠漠輕寒上小樓〉），體物入微，用春天具體的物象把抽象的情思深刻細膩地表現出來，而看似極為平淡，然而就在這平淡中顯現出一個幽微凄清的感覺中的世界。試想，如果不是一個心中有「夢」與「愁」的感情脆弱的詞人，又怎能寫出「似夢」、「如愁」的句子來。故王國維又舉秦觀的「寶簾閑掛小銀鉤」和「霧失樓臺，月迷津渡」兩個詞例，說明境界的大小無關優劣，〔註64〕「寶簾閑掛小銀鉤」雖只是閨閣中物，卻見出秦觀的幽思；「霧失樓臺，月迷津渡」雖寫遼闊的遠景，卻一樣顯出秦觀心中的迷茫。

秦觀還善於把今昔喜怒哀樂的不同景色、不同心情並置於一詞中，形成悲喜反襯，哀樂對照，今昔對比的多稜鏡畫面，以鮮明的意象傳導內心幽微深祕的感情。如〈醉鄉春〉上闋：「喚起一聲人悄，衾冷夢寒窗曉。瘴雨過，海棠開，春色又添多少。」此詞「寄慨身世，閑雅有情思，酒邊花下，一往而深」，〔註65〕是他編管橫州時的自度曲。詞中把「衾冷夢寒」的感覺與視覺上「海棠開」作對照，用熱烈的春景反襯凄冷苦寒的心情。許多感慨，都從「春色又添多少」的設問流露出來，因而海棠越燦爛，春色愈美，愈反襯出濃郁的傷感。秦

〔註63〕收於唐圭璋編：《詞話叢編》（北京：中華書局，1996年6月），冊5，頁4240。

〔註64〕見王國維：《人間詞話》，收於唐圭璋編：《詞話叢編》（北京：中華書局，1996年6月），冊5，頁4240。

〔註65〕見〔清〕馮煦：《蒿庵論詞》，收於唐圭璋編：《詞話叢編》（北京：中華書局，1996年6月），冊4，頁3586。

觀以樂景寫悲情，用淺語寫深曲，意深味長，耐人咀嚼。像這類寓痴情篤意、柔情蜜意於眼前春景的例子在《淮海詞》中尚有許多，如「江南遠，人何處，鷓鴣啼破春愁」（〈夢揚州‧曉雲收〉）、「輕寒細雨情何限！不道春難管。爲君沉醉又何妨，只恨酒醒時候斷人腸」（〈虞美人‧碧桃天上栽和露〉）、「花下重門，柳邊深巷，不堪回首。念多情但有，當時皓月，向人依舊」（〈水龍吟‧小樓連遠橫空〉）這些都是眼前春景，胸中痴情，信手拈來，無不情深意篤，眞摯感人。

　　秦觀因一生屢遭貶謫，命運多舛，處境孤危，故其傷春詞又常常流露出懷才不遇、世不我知的孤獨意識，和進退維谷、動輒得咎的濃重憂愁，詞境亦由「凄婉」「變而凄厲」。〔註66〕其寫景佳句如「桃李不禁風，回首落英無限」、「滿目落花飛絮」（〈如夢令‧樓外殘陽紅滿〉）、「褪花新綠漸團枝，撲人風絮飛」、「落紅成地衣」（〈阮郎歸‧褪花新綠漸團枝〉）等等，無一不是詞人失望悲哀、酸楚心境的物化外露。隨著貶地的荒遠，歲月的推移，秦觀的愁苦憂患越積越重。他看見春花春草、春風春鳥、春雨春江、落紅飛絮等各種物象，都自然地觸動愁懷，憂愁不已。他把深重的愁苦滲透到各種物象之中，和借以表意的形象渾然一體，沒有絲毫痕跡，意境深邃幽遠。尤其令人玩味不已的是，他的不少詞同樣寫春愁，但表現手法靈活多樣，變化無窮，如〈浣溪沙‧漠漠輕寒上小樓〉說：「自在飛花輕似夢，無邊細雨細如愁。」〈江城子‧西城楊柳弄春柔〉則說：「飛絮落花時候一登樓，便做春江都是淚，流不盡，許多愁。」而〈千秋歲‧水邊沙外〉則說：「春去也，飛紅萬點愁如海。」或以雨寫愁，或以江寫愁，或以海寫愁，使那傷春之愁，似連綿細雨，普降無邊；如江河之水，流無盡頭；若汪洋大海，無邊無際。可見他愁之深、愁之廣，愁之長。讀了這些詞，使我們深深感到，秦觀確是「古之傷心人也」。〔註67〕

〔註66〕見王國維：《人間詞話》，收於唐圭璋編：《詞話叢編》（北京：中華書局，1996 年 6 月），冊 5，頁 4245。

〔註67〕見〔清〕馮煦：《蒿庵論詞》，收於唐圭璋編：《詞話叢編》（北京：

三、秦詞的秋情秋景

以秋之物色興發情思，在《詩經》、屈賦中已見端倪，如《詩經》之《秦風‧蒹葭》、《小雅‧四月》，屈原〈涉江〉、〈抽思〉等篇章；而宋玉〈九辯〉則開啓了中國文學史上更爲自覺的悲秋詠嘆。當然，這有個發展過程，如唐代悲秋主題就視野開開，樣式多彩，側重在感悟宇宙人生之大道；晚唐、北宋時代，悲秋意緒則更趨於淒涼哀切，向自我復歸。南宋之時，悲秋往往與家國社稷之憂糾結在一起。雖則具體內涵不一，但卻成爲中國文人借此抒發諸多感慨的一種特定的表現方式。歷代文人偏好「悲秋」，而非「喜秋」，大抵是因爲在四季之中，秋由夏之蔥翠繁盛演變爲蕭索凋敗，大自然的變幻給人以警示，驀然喚起文人自身的反省與寂寞；還有，上述中國文學傳統中（特別是抒情文學）悲秋主題的慣性傳遞，也都會形成文人在創作時的集體潛意識。因此，多情的秦觀亦逢秋而悲，在詩詞作品中形諸歌詠。

據崔海正的統計，秦觀的秋意詞有十六首之多，〔註 68〕雖然數量上不及春意詞，但正如上述所引《毛詩正義》所述：「春，女悲；秋，士悲。」秦觀的秋意詞在某種程度上體現出與春意詞不同的意境，因此亦值得在此一談。

秦觀秋意詞的情感形態非常多樣，如〈長相思〉（鐵甕城高），其重心在於名城紀游，〈望海潮〉（秦峰蒼翠）意在登高懷古，〈滿庭芳〉（碧水驚秋）在抒念親思歸之懷，〈醜奴兒〉（夜來酒醒清如夢）在寫月夜無端離愁，〈如夢令〉（遙夜沈沈如水）在寫羈旅勞頓情狀，〈調笑令〉（採蓮）則盡展江南風情，〈菩薩蠻〉（蟲聲泣露驚秋枕）乃因愁多恨長，不能成眠。十餘首秋意詞能夠伸向較多的層面，其空間範圍更爲拓展，這不能不使人另眼相看。

此外，長川碧水，高天空曠，蕭瑟的季節，遼闊的景物，有時並

中華書局，1996 年 6 月），冊 4，頁 3587。
〔註 68〕見崔海正：〈論秦觀秋意詞〉，《東岳論叢》第 22 卷第 4 期（2001 年 7 月），頁 122。

不會讓秦觀完全沈溺於悲怨濃愁，如〈木蘭花〉（秋容老盡芙蓉院），詞中女子雖感秋天在庭院中呈現敗草衰花的寥落景象，但她玉手彈箏，紅袖時籠，醉臉留春，全詞情調並不全然悲觀，然有清秀婉媚之詞境；再如〈長相思〉（鐵甕城高），雖「感深荊賦」，有疲憊之態、不遇之情，又想及昔日游賞之樂，對未來並不絕望，且呼喚「不應同是悲秋」，詞境甚爲開闊，故徐渭說此詞「調高爽，不纖麗，詞家正聲」；〔註69〕又如〈滿庭芳〉（紅蓼花繁），在「霽天空闊，雲淡楚江清」之餘，又「時時，橫短笛，清風皓月，相與忘形」。面對世俗擾攘，他駕一葉扁舟於鳧渚鶴汀之中，敢於「任人笑生涯，泛梗飄萍」，顯得瀟灑脫塵，悠然自得。這類詞，不僅悲秋色調大爲弱化，重要的是，由於場景不像春意詞往往局限於閨閣、庭院，由於情感指向的彈性伸張，使秋意詞的意境有了更大的擴展。

在秋意詞的情景藝術上，秦觀尚有幾點可道之處。

首先，構思、用語上一反舊習老套，不蹈前人窠臼，超常營造，自出手眼。著名的〈鵲橋仙〉（纖雲弄巧）即其一例。七夕牛女相會的傳說由來久矣，前此文學作品中雖已被反覆歌詠，但或寫民間乞巧之事，或多以牛女會少別多爲恨。而秦觀此詞妙筆獨運，將夜空奇景與似水柔情疊印交加，在充分渲染其氛圍之後，結拍忽破常格，獨謂情長不在朝暮，在構思組織上大有石破天驚的成就。又如〈桃源憶故人〉（玉樓深鎖薄情種），寫其憶念伊人之情。他和衣而睡，夢又不成，夜景撩人，輾轉反側。短幅中有波瀾，癡情溢於言外。

其次，濃縮故事，增強趣味性，使情、景、事人物和諧統一於詞境之中。詞，本來就具有濃厚的抒情性質；詞中之景，不管採用何種方式，皆爲烘襯情感而設；敘事原非詞體所長，但情乃人之情，人與事難分。在詞裡，事件一般作爲抒情之媒介，柳永、蘇軾之後，詞中

〔註69〕見徐渭在段之錦刻本《淮海長短句》卷上上欄之上對此詞的眉批，收於周義敢、周雷編：《秦觀資料彙編》（北京：中華書局，2001年5月），頁188。

的敘事因素逐漸加重，甚至多雜以小說筆法。有些詞人採用詞前小序等方式敘述事件之始末，以維護詞體較爲純粹的抒情性；而人物，儘管不能像敘事文學那樣詳加刻繪，但或明或暗，無法缺席。秦詞雖以善於抒寫情致見長，但其詞亦不免在一定程度上受此影響。此可舉一首令詞〈虞美人〉略加說明：

> 行行信馬橫塘畔，煙水秋平岸。綠荷多少夕陽中，知爲阿誰凝恨背西風？　紅妝艇子來何處，蕩槳偷相顧。鴛鴦驚起不無愁，柳外一雙飛去卻回頭。

秋塘、綠荷、夕陽、西風等爲特定之景，「凝恨」、「不無愁」等自是情語，「行行信馬」之人與「紅妝」少女乃詞中人物。在綠湛湛的秋意中，秦觀爲讀者演示了一段一見鍾情、最後無疾而終的戀情故事，那「偷相顧」的細節與雙飛鴛鴦的比襯眞讓人會心一笑！短短五十餘字的小詞，能將情景組織得如此精巧，如此情趣盎然，呈現出抹上一筆憂愁色彩的戀情之境。

　　劉熙載《藝概‧詞概》言：「詞或前景後情，後前情後景，或情景齊到，相間相融，各有其妙。」又說：「一轉一深，一深一妙，此騷人三昧，倚聲家得之，便自超出常境。」〔註70〕讀秦觀詞，令人感覺他婉約輕盈的筆調常常處在游刃有餘、舉重若輕的狀態中，他寫情思或只點到爲止，或乾脆虛化爲景物，也許正如他自己所云，有的情思是「縱蠻箋萬疊，難寫微茫」（〈沁園春‧宿靄迷空〉），於是在詞中出現了許多這樣的詞語：「欲無還有」、「濛濛」、「醉鞭」、「此恨誰知」、「了不知南北」，呈現出淒迷幽眇的詞境，色調輕淡，抒情自然，符合詞體「要眇宜修」的特質。用〈浣溪沙〉（漠漠輕寒上小樓）的名句「自在飛花輕似夢，無邊絲雨細如愁」來概括其情景藝術呈現的詞境，當是最具代表性了。

〔註70〕劉熙載兩則均收於唐圭璋編：《詞話叢編》（北京：中華書局，1996年6月），冊4，頁3699。

第六章　結　論

　　在女性敍寫的歷史傳統上，我們可看到中國詩歌有關女性的敍寫，在女性形象方面，《詩經》中所敍寫的女性，大多是在現實中具有明確倫理身份的女性，其敍寫方式大多以寫實口吻出之。《楚辭》中所敍寫的女性，則大多爲非現實的女性，其敍寫方式乃大多以喻託口吻出之。南朝樂府的吳歌及西曲中所敍寫之女性，大多爲戀愛中之女性，其敍寫方式大多是以樸實的民間女子自言之口吻出之。至於宮體詩中所敍寫的女性，則大多爲男子目光中所見的女性，其敍寫方式大多是以刻畫形貌的詠物口吻出之。到了唐人的宮怨和閨怨詩中所敍寫的女性，則大多亦爲在現實中具有明確倫理身份的女性，其敍寫方式大多是以男性詩人爲女子代言口吻出之。而詞中所寫的女性，乃是一種合乎寫實與非寫實之間的美色與愛情的化身，而「美」與「愛」恰好又是最富於普遍象喻的兩種品質，因此詞中所寫的女性形象，遂比現實的女性更富含使人可以產生非現實之想的一種潛藏的象喻性。另外，從數量而言，前代詩人的女性敍寫詩篇數量畢竟不多，有些人只是偶一爲之；而詞中則幾已形成爲一種共同的藝術嗜好與創作潮流。從質量而言，詩人之作主要是用作「比興」、「寄託」，並非眞有興致在代女性描摹其心態、訴說其心聲。而詞的情況除開那類確有所「寄託」的作品外，則都是在「專心致志」地刻劃婦人的心態、模

擬婦人的口吻，因而它的「女性」特徵就更加明顯，藝術境界也更臻
豐滿細膩。其次，也是更爲重要的，詞中大量出現「男子而作閨音」
的現象，又昭示了古代文學在審美心理方面的的重要轉變──「以艷
爲美」和「以柔爲美」的審美傾向，並影響了後來的戲曲和小說。因
此，詞在女性敘寫上的確是有超越前代的成就。

　　在秦觀女性敘寫的內在成因上，我們首先從他年少時的雄心壯
志，到應舉時屢仕不中的挫折，已隱約觀察到其性格中較脆弱易感的
一面；繼之其入京爲官，卻時遭小人構陷；後又因黨爭牽連，開始其
「一謫杭州，再謫處州，三徙郴州，四徙橫州，五徙雷州」的遷謫生
涯，往南一路貶去，越貶越遠。政治上的失意，親人的分離，轉徙流
寓的艱辛，這些沈重的打擊，使秦觀陷入深深的哀愁與悲痛，變成一
個憂鬱消沉的文弱之士，也因此他創造了「將身世之感打并入艷情」
的寫作方式。說是他爲避諱而故意爲之也好，或是潛意識的「阿尼瑪」
（anima）無心流露也好，總之這樣的寫法，使他的「艷情詞」（即戀
情詞）擺脫了《花間》、《尊前》的胭脂習氣，也對當時流行的柳永俗
詞起了雅化和深化的作用。而諸詞評家說他的心是「詞心」，「得之於
內，不可以傳」，筆者也用榮格（Carl G. Jung）的「阿尼瑪」證明了
他比其他人具有更豐富的陰性特質，使得他的心合乎「要眇宜修」、「善
言感傷」的「詞心」，這是天賦本質，而不是後天的學養所致。故元
好問評秦觀詩作爲「女郎詩」，其實不算譏評，而是元好問從詩詞本
色、秦觀整體詩風、再對照韓愈〈山石〉詩所做出的一完整概括的評
論。而且從正面的角度來看，蘇軾可「以詩入詞」，秦觀又何以不能
「以詞寫詩」？秦觀「以詞寫詩」，至少有以下兩個意義：第一，增
添了宋詩的色彩和豐富的情感世界；第二，爲宋人的絕句另開一境。
固然秦觀詩的婉美間有柔弱之失，但其情韻高雅，而這正是他詩作之
婉美悠長與缺憾並存的兩面。

　　在秦觀女性敘寫的主題上，筆者利用可繫年者，配合秦觀生平一
起來看，分爲三類：一爲「戀情類」，其中再分「純粹歌詠戀情」和

「將身世之感打并入艷情」兩類；二為「純詠女性類」，再分出「贈妓」及「詠人」兩類；三為「純謫詞和其他類」，把秦觀純粹抒發遷謫之意的詞與懷古、詠物、紀夢、閒適等作品較少的類別歸入。最後發現，秦觀在「女性形象」上，並不像五代艷詞那樣極力描摹女性體態，多數是採用「遺貌取神」的手法，呈現一種深摯、自然、和婉、純情的女性之美，而其少數的俚詞，女性形象則熱情活潑，聲口直接，可能是受到勾欄藝人的影響，也可說是秦觀樂於貼近民間百姓的喜好。在「情感形態」上，秦觀的題材並沒有太大突破，仍是以相思怨別為主，即使是「未仕不遇」和「遷謫之愁」的潛在意識，也是以相思怨別的戀情詞表現。在「敘事口吻」上，秦觀為女子代言、男子自抒情感、第三人稱的旁觀視角都有使用，尤其越到後期，敘事口吻越來越難以辨認是男是女，但也增添了詞中足以感發象喻的能量，造成雙重意蘊。而其少數的懷古、詠物、紀夢、閒適之作，在題材和人物形象上雖不是以美女和愛情為主，詞中流露的情感卻或多或少對女性有所牽涉，故也可窺其女性敘寫的另一側面。秦觀的成就不在於內容與題材上有多少突破，而在於對前代詞學遺產的剔除、吸收、融化與提高，使詞更加文人化，既不囿於狹隘的言志載道，又不涉「詞語塵下」（李清照〈詞論〉）的俚俗或浮艷之風，不僅小令蘊藉空靈，長調也境朗意遠，所以被視為婉約詞人之魁楚，使他獲得很高的地位。

　　在秦觀女性敘寫的技巧上，筆者從「常用典故」、「常用意象」、「情景藝術」等三個面向來觀察，發現其事典的運用佔全部詞作的五分之一，其中有柔性的抒情典故，也觸及到諸多史實及神怪仙境的引用，而且重複使用的典故只有二種，可見秦觀學識之淵博，於詞中典故求新求變，避免用濫。這些事典中，與女性有關的典故有十二則，其中有七則與神仙事物有關，這可能與秦觀少時常與僧道來往，浸淫在佛道思想中有關。在語典方面，他善於以中晚唐詩句入詞，在媚艷的詞風中注入平易自然的口語，有別於《花間》、《尊前》的濃艷，繼承北宋前期婉約詞高雅、文雅的詞風，使婉約詞達到另一高峰。在常用意

象上，他使用的多是輕、細、微、軟的意象，營造出一個淡雅柔媚的女性時空世界。在情景藝術上，利用「游移視點」的理論，發現秦觀詞其中普遍存在著一種規律的層次感：由遠至近或由近至遠的逐層遞進，並且是以「韻」作爲鏡頭遠近遞換的單位，故同一韻中的景可能是並列於同層的景深中。這種方式其實不是秦觀獨創，在宋詞中是很普遍的情況，但是其他詞人的作品，景語出現的密度皆不如秦詞來得高，秦觀則專注於這一點加以發揮，變成了個人特色。而其詞中過半數的春情春景，則渲染了濃厚的傷春氣息，營造出輕柔、迷離的詞境；而秋意詞因爲場景不像春意詞往往局限於閨閣、庭院，使得意境有了更大的擴展，如〈鵲橋仙〉便脫離傳統的悲秋意識，構思、用語上一脫舊習老套，展現其獨到的愛情觀。用〈浣溪沙〉（漠漠輕寒上小樓）的名句「自在飛花輕似夢，無邊絲雨細如愁」來概括其情景藝術呈現的詞境，當是最具代表性了。

　　「詞」這種韻文體式，從開始就結合了女性化的柔婉精微之特美，足以喚起人心中某一種幽約深婉之情意。而秦觀的詞，就是最能表現詞這種特質的作品。不過，這種特質卻又以其幽微深婉之故，所以極難掌握與說明。依西方的接受美學來說，一個作品完成之後，只是一個藝術的成品，是一個沒有生命的東西，它只有在得到審美的人閱讀了之後，才完成它自己的美學價值，成爲美學的客體。對讀者來說，每個人的背景、思想、所受的教育都是不同的，所以對同一篇作品往往也是仁者見仁，智者見智。在現今各種詮釋理論甚囂塵上的此際，本文仍執著於主體意識的探求，或不免與時流相左，然而，視文學爲人類對生存情境自我覺知的歷程，並以參與個別生命在特定時空下的生存經驗，以興發種種對於一己生命的感知與反省，一直是筆者試圖想要追尋的。因此，秦觀的離亂經歷與身分認同是本文關切的焦點。然而任何詮釋都難以逃脫時代的色彩，故本文亦立基於多元文化的女性觀點，試圖爲秦觀詞作一現代的嶄新詮釋。

　　最後，關於研究展望的部分，「女性敍寫」和以女性作家爲主體

的「女性書寫」都是近年來被熱烈研究的題材，而宋詞本身就是富於
女性特質的文體，自是很好的研究對象，然而除了秦觀等婉約派的詞
家之外，豪放派的詞人其女性敘寫又是如何，很值得一窺究竟；素日
在文章中文以載道的歐陽修、王安石之輩，也作了不少清麗婉約的小
詞，和其陽剛正經的士大夫面貌迥然不同，其詞中的女性敘寫也很值
得討論，這些未闢的荒土就有待後人再去開拓了。

參考書目

一、專　書

（一）秦觀詞集及研究

1. 《淮海居士長短句》，饒宗頤編校，香港：龍門書店，1965 年。

2. 《淮海居士長短句附校記一卷》，朱祖謀校，彊村叢書本，臺北：廣文書局，1970 年。

3. 《淮海居士長短句箋釋》，包根弟，臺北：私立輔仁大學中國文學研究所碩士論文，臺北嘉新水泥公司文化基金會，1972 年 10 月。

4. 《淮海詞箋注》，楊世明，成都：四川人民出版社，1984 年 9 月。

5. 《淮海詞箋注》，工輝曾箋注，北京：中國書店，1985 年 6 月。

6. 《淮海居士長短句》，徐培均校註，上海：上海古籍出版社，1985 年 8 月。

7. 《淮海居士長短句》，龍沐勛點校，收入《蘇門四學士詞》，北京：中華書局，1957 年 8 月，臺北：世界書局，1982 年 4 月。

8. 《淮海詞》，陳祖美選注，杭州：浙江古籍出版社，1987 年 11 月。

9. 《秦觀詞集》，張璋、黃畬校訂，鄭州：中州古籍出版社，1988 年 8 月。

10. 《淮海詩注附詞校注》，徐文助，臺北：國立臺灣師範大學國文研究所碩士論文，1967 年。

11. 《淮海集》，〔宋〕秦觀撰，臺北：臺灣商務印書館，1979 年。

12. 《淮海集箋注》，徐培均，上海：上海古籍出版社，1994 年。

13. 《秦觀集編年校注》，周義敢等編注，北京：人民文學出版社，2001年7月。

14. 《秦觀傳記資料》，朱傳譽主編，臺北：學海出版社，1984年。

15. 《秦少游家譜學術資料選輯校注》，秦子卿編選，揚州，廣陵古籍刻印社，1991年。

16. 《秦觀資料彙編》，周義敢、周雷，北京：中華書局，2001年5月。

17. 《淮海詞研究》，王初蓉，臺北：國立政治大學中國文學研究所碩士論文，1967年。

18. 《秦少游研究》，王保珍，臺北：學海出版社，1981年。

19. 《淮海詞研究》，王保珍，臺北：學海出版社，1984年5月。

20. 《秦少游詞研究》，楊秀慧，高雄：國立中山大學中國文學研究所碩士論文，1999年6月。

21. 《秦觀詞的回流與拓展》，張珮娟，臺北：國立臺灣師範大學國文研究所碩士論文，2002年6月。

22. 《秦觀詩研究》，呂玟靜，臺北：國立臺灣大學中國文學研究所碩士論文，1992年1月。

23. 《蘇東坡與秦少游》，何金蘭，臺北：國立臺灣大學中國文學研究所碩士論文，1971年。

24. 《晏幾道與秦觀詞之比較研究》，黃玫娟，彰化，國立彰化師範大學國文教育研究所碩士論文，1999年6月。

25. 《蘇門四學士詞研究》，李居取，臺北：國立臺灣師範大學國文研究所碩士論文，1973年。

26. 《蘇門四學士詞比較研究》，許雅娟，鄭州：國立彰化師範大學國文教育研究所碩士論文，2001年。

（二）詞叢刻、選集

1. 《全唐五代詞》，張璋、黃畬編，臺北：文史哲出版社，1986年10月。

2. 《花間集》，〔宋〕趙崇祚編，蕭繼宗評點校註，臺北：臺灣學生書局，1981年10月。

3. 《全宋詞》，唐圭璋編，臺北：世界書局，1976年10月。

4. 《花庵詞選》，〔宋〕黃昇編，景印文淵閣四庫全書本，臺北：臺灣商務印書館，1986年3月。

5. 《詞綜》，〔清〕朱彝尊撰，臺北：世界書局，1980年5月。

6. 《唐宋詞鑑賞辭典》，唐圭璋、鍾振振合著，上海：上海辭書出版社，1988 年。

7. 《詞選・張惠言論詞》，〔清〕張惠言，詞話叢編本，北京：中華書局，1996 年 6 月。

8. 《唐宋詞鑑賞舉隅》，蔡厚示撰，北京：紫禁城出版社，1997 年 2 月。

（三）詞話、詞論

1. 《詞話叢編》，唐圭璋編，北京：中華書局，1996 年 6 月。

2. 《詞話叢編索引》，李復波編，北京：中華書局，1991 年 9 月。

3. 《古今詞話》，〔宋〕楊湜撰，詞話叢編本，北京：中華書局，1996 年 6 月。

4. 《碧雞漫志》，〔宋〕王灼撰，詞話叢編本，北京：中華書局，1996 年 6 月。

5. 《能改齋詞話》，〔宋〕吳曾撰，詞話叢編本，北京：中華書局，1996 年 6 月。

6. 《苕溪漁隱詞話》，〔宋〕胡仔撰，詞話叢編本，北京：中華書局，1996 年 6 月。

7. 《魏慶之詞話》，〔宋〕魏慶之撰，詞話叢編本，北京：中華書局，1996 年 6 月。

8. 《詞源》，〔宋〕張炎撰，詞話叢編本，北京：中華書局，1996 年 6 月。

9. 《樂府指迷》，〔宋〕沈義父撰，詞話叢編本，北京：中華書局，1996 年 6 月。

10. 《藝苑卮言》，〔明〕王世貞撰，詞話叢編本，北京：中華書局，1996 年 6 月。

11. 《詞品》，〔明〕楊慎撰，詞話叢編本，北京：中華書局，1996 年 6 月。

12. 《鄒水軒詞筌》，〔清〕賀裳撰，詞話叢編本，北京：中華書局，1996 年 6 月。

13. 《花草蒙拾》，〔清〕王士禎撰，詞話叢編本，北京：中華書局，1996 年 6 月。

14. 《古今詞話》，〔清〕沈雄撰，詞話叢編本，北京：中華書局，1996 年 6 月。

15. 《歷代詞話》，〔清〕王奕清等撰，詞話叢編本，北京：中華書局，

1996 年 6 月。

16. 《介存齋論詞雜著》，〔清〕周濟撰，詞話叢編本，北京：中華書局，1996 年 6 月。

17. 《宋四家詞選目錄序論》，〔清〕周濟撰，詞話叢編本，北京：中華書局，1996 年 6 月。

18. 《雙硯齋詞話》，〔清〕鄧廷楨撰，詞話叢編本，北京：中華書局，1996 年 6 月。

19. 《左庵詞話》，〔清〕李佳撰，詞話叢編本，北京：中華書局，1996 年 6 月。

20. 《賭棋山莊詞話》，〔清〕謝章鋌撰，詞話叢編本，北京：中華書局，1996 年 6 月。

21. 《詞學集成》，〔清〕江順詒撰，詞話叢編本，北京：中華書局，1996 年 6 月。

22. 《蒿庵論詞》，〔清〕馮煦撰，詞話叢編本，北京：中華書局，1996 年 6 月。

23. 《詞概》，〔清〕劉熙載撰，詞話叢編本，北京：中華書局，1996 年 6 月。

24. 《白雨齋詞話》，〔清〕陳廷焯撰，詞話叢編本，北京：中華書局，1996 年 6 月。

25. 《復堂詞話》，〔清〕譚獻撰，詞話叢編本，北京：中華書局，1996 年 6 月。

26. 《歲寒居詞話》，〔清〕胡薇元撰，詞話叢編本，北京：中華書局，1996 年 6 月。

27. 《論詞隨筆》，〔清〕沈祥龍撰，詞話叢編本，北京：中華書局，1996 年 6 月。

28. 《詞壇叢話》，〔清〕陳廷焯撰，詞話叢編本，北京：中華書局，1996 年 6 月。

29. 《西圃詞說》，〔清〕田同之撰，詞話叢編本，北京：中華書局，1996 年 6 月。

30. 《詞徵》，〔清〕張德瀛撰，詞話叢編本，北京：中華書局，1996 年 6 月。

31. 《人間詞話》，王國維撰，詞話叢編本，北京：中華書局，1996 年 6 月。

32. 《人間詞話新注》，王國維撰，滕咸惠校注，北京：中華書局，1996 年 6 月。

33. 《蕙風詞話》，況周頤撰，詞話叢編本，北京：中華書局，1996 年 6月。

34. 《讀詞常識》，陳振寰撰，臺北：國文天地出版社，1978 年 9 月。

35. 《迦陵論詞叢稿》，葉嘉瑩撰，臺北：明文書局，1981 年 9 月。

36. 《詞論》，劉永濟撰，臺北：龍田出版社，1982 年 1 月。

37. 《詩詞散論》，繆鉞撰，上海：上海古籍出版社，1982 年。

38. 《唐宋詞的風格學》，楊海明撰，臺北：木鐸出版社，1987 年 6 月。

39. 《詞學論叢》，唐圭璋撰，臺北：宏業書局，1988 年 9 月。

40. 《唐宋詞名家賞析》，葉嘉瑩撰，臺北：大安出版社，1988 年 12 月。

41. 《靈谿詞說》，繆鉞、葉嘉瑩撰，臺北：國文天地雜誌社，1989 年12 月。

42. 《中國詞學的現代觀》，葉嘉瑩撰，臺北：大安出版社，1988 年 12月。

43. 《詞學古今談》，繆鉞、葉嘉瑩撰，臺北：萬卷樓圖書公司，1992 年10 月。

44. 《唐宋詞十七講》，葉嘉瑩撰，臺北：桂冠圖書公司，1994 年 3 月。

45. 《歷代詞論新編》，龔兆吉編著，臺北：祺齡出版社，1994 年 12 月。

46. 《詞話十論》，劉慶雲編著，臺北：祺齡出版社，1995 年 1 月。

47. 《詞的審美特性》，孫立撰，臺北：文津出版社，1995 年 2 月。

48. 《唐宋詞主題探索》，楊海明撰，高雄：麗文文化公司，1995 年 10月。

49. 《唐宋詞與唐宋歌妓制度》，李劍亮撰，杭州：杭州大學出版社，1999年。

50. 《唐宋詞社會文化學研究》，沈松勤撰，杭州：浙江大學出版社，2000年 1 月。

（四）詞史、詞律及其他

1. 《詞曲史》，王易撰，北京：東方出版社，1996 年 3 月。

2. 《唐宋詞史》，楊海明撰，高雄：麗文文化公司，1996 年 2 月。

3. 《十大詞人》，吳熊和主編，世界文物出版社，1992 年 7 月。

4. 《晚唐迄北宋詞體演進與詞人風格》，孫康宜撰，李奭學譯，臺北：聯經出版事業公司，1994 年 6 月。

5. 《唐宋詞流變》，木齋撰，北京：京華出版社，1997 年 11 月。

6. 《唐宋詞人年譜》,夏承燾撰,上海:上海古籍出版社,1979 年 5月。

7. 《北宋十大詞家研究》,黃文吉撰,臺北:文史哲出版社,1996 年 3月。

8. 《唐宋詞百科大辭典》,王洪主編,北京:學苑出版社,1990 年 9月。

9. 《宋詞大辭典》,張高寬等主編,瀋陽:遼寧人民出版社,1990 年 6月。

10. 《詞學研究書目(1912～1992 年)》,黃文吉主編,臺北:文津出版社,1993 年 4 月。

11. 《詞學論著總目》,林玫儀主編,臺北:中研院文哲所,1995 年。

12. 《中國詞學大辭典》,馬興榮等編,杭州:浙江教育出版社,1996 年 10 月。

(五)詩文集、詩文評

1. 《楚辭章句》,〔漢〕王逸撰,景印文淵閣四庫全書本,臺北:臺灣商務印書館,1985 年。

2. 《玉臺新詠》,〔梁〕徐陵編,〔清〕吳兆宜注,臺北:世界出版社,2001 年 8 月。

3. 《文心雕龍》,〔梁〕劉勰撰,范文瀾注,臺北:明倫出版社,1970 年 9 月。

4. 《文選》,〔梁〕蕭統編,〔唐〕李善注,臺北:文津出版社,1987 年 7 月。

5. 《山谷集》,〔宋〕黃庭堅撰,景印文淵閣四庫全書本,臺北:臺灣商務印書館 1985 年。

6. 《蘇軾詩集》,〔宋〕蘇軾撰,〔清〕王文誥輯注,孔凡禮點校,北京:中華書局,1982 年。

7. 《蘇軾文集》,〔宋〕蘇軾撰,收入〔清〕孔凡禮點校,北京:中華書局,1996 年 2 月。

8. 《經進東坡文集事略》,〔宋〕蘇軾撰,郎曄注,臺北:世界書局,1992 年 3 月。

9. 《臨川先生文集》,〔宋〕王安石撰,景印文淵閣四庫全書本,臺北:臺灣商務印書館,1984 年。

10. 《遺山集》,〔金〕元好問撰,景印文淵閣四庫全書本,臺北:臺灣商務印書館,1985 年。

11. 《瀛奎律髓》，〔元〕方回撰，景印文淵閣四庫全書本，臺北：臺灣商務印書館，1984 年。

12. 《漢魏六朝三百名家集》，〔明〕張溥撰，臺北：文津出版社，1979 年 8 月。

13. 《全唐詩》，〔清〕聖祖御定，臺北：文史哲出版社，1978 年 12 月。

14. 《蘇文忠公詩編註集成》，王文誥撰，臺北：臺灣學生書局，1967 年。

15. 《李清照集校注》，王學初撰，臺北：里仁書局，1982 年 5 月。

16. 《楚辭補注‧山帶閣註楚辭合訂本》，洪興祖、蔣驥撰，臺北：大安出版社，1991 年 8 月。

17. 《滄浪詩話校釋》，〔宋〕嚴羽撰，郭紹虞校釋，臺北：里仁書局，1987 年 4 月。

18. 《後山詩話》，〔宋〕陳師道撰，收入歷代詩話，〔清〕何文煥輯，臺北：漢京文化事業有限公司，1983 年 1 月。

19. 《西清詩話》，〔宋〕蔡絛撰，收入宋詩話全編本，南京：江蘇古籍出版社，1998 年。

20. 《王直方詩話》，〔宋〕王直方撰，收入宋詩話全編，吳文治主編，南京：江蘇古籍出版社，1998 年 12 月。

21. 《敖陶孫詩話》，〔宋〕敖陶孫撰，收入宋詩話全編，吳文治主編，南京：江蘇古籍出版社，1998 年 12 月。

22. 《歸田詩話》，〔明〕瞿佑撰，收入詩話叢刊，臺北：弘道文化事業公司，1971 年 3 月。

23. 《一瓢詩話》，〔清〕薛雪撰，收入清詩話，王夫之等撰，上海：上海古籍出版社，1982 年 2 月。

24. 《艇齋詩話》，〔清〕曾季貍撰，收入歷代詩話續編，丁福保輯，臺北：木鐸出版社，1983 年 9 月。

25. 《歷代詩話》，〔清〕何文煥輯，臺北：漢京文化事業公司，1983 年 1 月。

26. 《古典文學論探索》，王夢鷗撰，臺北：正中書局，1984 年。

27. 《（校訂本）中國文學發展史》，劉大杰撰，臺北：華正書局，1986 年 6 月。

28. 《文學批評的視野》，龔鵬程撰，臺北：大安出版社，1990 年。

29. 《中國詩學之精神》，胡曉明撰，南昌，江西人民出版社，1991 年 5 月。

30. 《兩宋文學史》，程千帆、吳新雷撰，高雄：麗文文化公司，1993 年

10 月。

31. 《中國古代心理詩學與美學》，童慶炳撰，臺北：萬卷樓圖書公司，1994 年。

32. 《宋代文學通論》，王水照撰，高雄：復文圖書出版社，2000 年 6 月。

33. 《中國詩歌藝術研究》，袁行霈撰，臺北：五南圖書公司，1994 年 11 月。

34. 《漢魏六朝文學新論》，梅家玲撰，臺北：里仁書局，1997 年 4 月。

35. 《由山水到宮體──南朝的唯美詩風》，王力堅撰，臺北：臺灣商務印書館，1997 年 12 月。

36. 《中國敘事學》，楊義撰，嘉義：南華管理學院，1998 年 6 月。

37. 《敘事學導論》，羅鋼撰，昆明：雲南人民出版社，1999 年 7 月。

38. 《唐詩風貌及其文化底蘊》，余恕誠撰，臺北：文津出版社，1999 年 8 月。

39. 《隋唐五代文學思想史》，羅宗強撰，北京：中華書局，1999 年 8 月。

40. 《楚辭與美學》，蕭兵撰，臺北：文津出版社，2000 年 1 月。

41. 《文化轉型與古代文論的嬗變》，楊玉華撰，成都：巴蜀書社，2000 年 7 月。

42. 《榮格心理學》，Frieda Fordham 撰，陳大中譯，臺北：結構群出版社，1980 年 3 月。

43. 《分析心理學──集體無意識》，榮格撰，鴻鈞譯，臺北：結構群出版社，1980 年 9 月。

44. 《文學理論》，〔美〕韋勒克、沃倫撰，北京：三聯書店，1984 年。

45. 《符號學原理》，羅蘭‧巴特撰，李幼蒸譯，北京：三聯書局，1988 年。

46. 《存在與時間》，海德格撰，王鹿節、陳嘉映譯，臺北：桂冠圖書公司，1990 年。

47. 《閱讀活動──審美反應理論》，Wolfgang Isar 撰，金元浦、周寧譯，北京：中國社會科學出版社，1991 年。

48. 《當代敘事學》，華萊士‧馬丁撰，伍曉明譯，北京：北京大學出版社，1991 年。

49. 《巴赫金全集‧審美活動中的作者與主人公》，巴赫金撰，曉河等譯，錢中文主編，石家莊，河北教育出版社，1998 年。

50. 《人及其象徵》，卡爾‧榮格主編，龔卓軍譯，臺北：立緒文化出版社 1999 年 5 月。

51. 《榮格心靈地圖》，Murray Stein 撰，朱侃如譯，臺北：立緒文化出版社，1999 年 8 月。

52. 《心理類型》，卡爾·榮格撰，吳康、丁傳林、趙善華譯，臺北：桂冠圖書公司，1999 年 10 月。

53. 《導讀榮格》，Robert H. Hopcke 撰，蔣韜譯，臺北：立緒文化出版社，2000 年 2 月。

（六）經部、史部、子部

1. 《周禮今註今釋》，林尹註譯，臺北：臺灣商務印書館，1987 年 9 月。

2. 《周禮》，收入十三經注疏，〔清〕阮元校勘，臺北：藝文印書館，1989 年。

3. 《禮記》，收入十三經注疏，〔清〕阮元校勘，臺北：藝文印書館，1989 年。

4. 《論語》，收入十三經注疏，〔清〕阮元校勘，臺北：藝文印書館，1989 年。

5. 《詩經》，收入十三經注疏，〔清〕阮元校勘，臺北：藝文印書館，1989 年。

6. 《詩經簡釋》，黃忠慎撰，臺北：駱駝出版社，1995 年 1 月。

7. 《史記》，〔漢〕司馬遷撰，臺北：藝文印書館，1973 年。

8. 《宋書》，〔梁〕沈約撰，景印文淵閣四庫全書本，臺北：臺灣商務印書館，1984 年。

9. 《新校本隋書》，〔唐〕魏徵撰，臺北：鼎文書局，1996 年。

10. 《新唐書》，〔宋〕歐陽修撰，景印文淵閣四庫全書本，臺北：臺灣商務印書館，1984 年。

11. 《宋史》，〔元〕脫脫等撰，景印文淵閣四庫全書本，臺北：臺灣商務印書館，1986 年。

12. 《宋人傳記資料索引》，昌彼得等編，臺北：鼎文書局，1975 年 3 月。

13. 《四庫全書總目提要》，〔清〕紀昀總纂，石家莊，河北人民出版社，2000 年。

14. 《金樓子》，〔梁〕蕭繹撰，景印文淵閣四庫全書本，臺北：臺灣商務印書館，1983 年。

15. 《墨莊漫錄》，〔宋〕張邦基撰，景印文淵閣四庫全書本，臺北：臺灣商務印書館，1984 年。

16. 《東京夢華錄》，〔宋〕孟元老撰，景印文淵閣四庫全書本，臺北：

臺灣商務印書館，1984 年。

17. 《朱子語類》，〔宋〕黎靖德編，景印文淵閣四庫全書本，臺北：臺灣商務印書館，1985 年。

18. 《師友談記》，〔宋〕李廌撰，景印文淵閣四庫全書本，臺北：臺灣商務印書館，1985 年。

19. 《賓退錄》，〔宋〕趙與時撰，景印文淵閣四庫全書本，臺北：臺灣商務印。

20. 《清波雜志》，〔宋〕周煇撰，景印文淵閣四庫全書本，臺北：臺灣商務印書館，1985 年。

21. 《卻掃編》，〔宋〕徐度撰，景印文淵閣四庫全書本，臺北：臺灣商務印書館，1985 年。

22. 《侯鯖錄》，〔宋〕趙令畤撰，景印文淵閣四庫全書本，臺北：臺灣商務印書館，1986 年。

23. 《冷齋夜話》，〔宋〕釋惠洪撰，景印文淵閣四庫全書本，臺北：臺灣商務印書館 1986 年。

24. 《避暑錄話》，〔宋〕葉夢得撰，景印文淵閣四庫全書本，臺北：臺灣商務印書館，1986 年。

25. 《漁隱叢話》，〔宋〕胡仔撰，景印文淵閣四庫全書本，臺北：臺灣商務印書館，1986 年。

26. 《苕溪漁隱叢話》，〔宋〕胡仔撰，臺北：長安出版社，1978 年 12 月。

（七）女性與性別相關論著

1. 《花間集的女性形象研究》，賴珮茹撰，台中：私立東海大學中國文學研究所碩士論文，1997 年。

2. 《花間集女性敘寫研究》，王怡芬撰，台南：國立成功大學中國文學研究所碩士論文，1999 年。

3. 《宋代女詞人及其詞作之研究》，任日鎬撰，臺北：國立政治大學中國文學研究所碩士論文，1982 年。

4. 《柳永詞情色書寫之研究》，連美惠撰，臺北：私立淡江大學中國文學研究所碩士論文，1998 年。

5. 《風騷與艷情——中國古典詩詞的女性研究》，康正果撰，臺北：雲龍出版社，1991 年 2 月。

6. 《重審風月鑑——性與中國古典文學》，康正果撰，臺北：麥田出版社，1996 年 1 月。

7. 《女性主義與中國文學》，鍾慧玲主編，臺北：里仁書局，1997 年 4

月。

8. 《古典文學與性別研究》，洪淑苓等撰，臺北：里仁書局，1997 年 9 月。

9. 《解語花：傳統男性文學中的女性形象》，王曉驪、劉靖淵撰，石家莊，河北人民出版社，2001 年 8 月。

10. 《抒情傳統的省思與探索·三面「夏娃」——漢魏六朝詩中女性美的塑像》，張淑香撰，臺北：大安出版社，1992 年 3 月。

11. 《六朝詩歌中的「女性書寫」》，張紫君撰，臺北：私立輔仁大學中國文學研究所碩士論文，1999 年。

12. 《性別與家園——漢晉辭賦的楚騷論述》，鄭毓瑜撰，臺北：里仁書局，2000 年 8 月。

13. 《唐代女詩人研究》，張慧娟撰，臺北：私立文化大學中國文學研究所碩士論文，1978 年。

14. 《唐代夫婦贈懷詩與悼亡詩之研究》，杜麗香撰，臺北：國立臺灣師範大學中國文學研究所碩士論文，1981 年。

15. 《全唐詩婦女詩歌之內容分析》，嚴紀華撰，臺北：國立政治大學中國文學研究所碩士論文，1981 年。

16. 《唐人以漢代婦女為主題詩歌之研究》，黃美玉撰，臺北：國立政治大學中國文學研究所碩士論文，1988 年。

17. 《唐代閨怨詩研究》，許翠雲撰，臺北：國立臺灣師範大學國文研究所碩士論文 1989 年。

18. 《唐詩中夫婦情誼之研究》，吳秋慧撰，政治大學中國文學研究所碩士論文，1990 年。

19. 《唐代閨闈詩歌研究》，王雅資撰，台中：國立中興大學中國文學研究所碩士論文 1990 年。

20. 《唐詩中的女性形象研究》，李孟君撰，臺北：私立輔仁大學中國文學研究所碩士論文，1992 年。

21. 《唐詩中的兩性意象研究》，李鎮如撰，桃園，國立中央大學中國文學研究所碩士論文，1998 年。

22. 《李商隱詩與《花間集》詞關係之研究——以「女性敘述者」為主的考察》，李宜學，高雄：國立中山大學中國文學研究所碩士論文，2000 年 6 月。

23. 《李商隱詩歌「女性敘寫」之研究》，吳品蓍撰，臺北：國立臺灣師範大學中國文學研究所碩士論文，2002 年 6 月。

24. 《清代女詩人研究》，鍾慧玲撰，臺北：國立政治大學中國文學研究

所碩士論文，1981 年。

25. 《午夢堂集女性作品研究》，李栩鈺撰，新竹，國立清華大學中國文學研究所碩士論文，1994 年。

26. 《唐詩中的女冠》，林雪鈴撰，臺北：國立中正大學中國文學研究所碩士論文，2001 年。

27. 《六十種曲婦女形象研究》，許瑞玲撰，臺北：國立臺灣師範大學國文研究所碩士論文，1990 年。

28. 《關馬白王四家作品中女性角色研究》，高仁淑撰，臺北：私立文化大學中國文學研究所碩士論文，1993 年。

29. 《元雜劇中女性意識之研究——婚戀關係》，陳莉莉撰，臺北：私立文化大學藝術研究所碩士論文，1996 年。

30. 《唐代小說中他界女性形象之虛構意義研究》，陳玉萍撰，台南，國立成功大學中國文學研究所碩士論文，1999 年。

31. 《三言兩拍中的女性研究》，林麗美撰，桃園，國立中央大學中國文學研究所碩士論文，1995 年。

32. 《晚明清初擬話本之娼妓形象研究》，吳佳眞撰，臺北：私立淡江大學中國文學研究所碩士論文，2000 年。

33. 《晚清中長篇小說中女性人物塑造之研究》，陳秀容撰，台中：私立逢甲大學中國文學研究所碩士論文，1999 年。

34. 《浮出歷史地表：中國現代女性文學研究》，孟悅、戴錦華撰，臺北：時報出版公司，1993 年 9 月。

35. 《性別／文本政治：女性主義文學理論》，托里·莫以撰，陳潔詩譯，臺北：駱駝出版社，1995 年 6 月。

36. 《戀人絮語——一本解構主義的文本》，羅蘭·巴特撰，汪耀進、武佩榮譯，臺北：桂冠圖書公司，2001 年 1 月。

二、期刊論文

（一）秦觀生平及其詞概述

1. 《秦少游先生年譜》，王初蓉，中華學苑第 2 期，1968 年 7 月。

2. 《秦淮海先生年譜》，顧毓秀，中國文哲研究通訊，1997 年 12 月。

3. 《讒言如浪深，遷客似沙沈——秦觀悲劇的一生及其對他的評價》，馬良信，郴州師範高等專科學校學報，第 21 卷第 1 期，2000 年 2 月。

4. 《秦觀詞的情與韻》，萬雲駿，華東師範大學學報（哲社版），1987

年 5 月。

5. 《秦觀淮海詞論辨》，陳祖美，中國古代近代文學研究，1988 年 3 月。

6. 《論秦觀詞》，葉嘉瑩，收入靈谿詞說，臺北：國文天地雜誌社，1989 年 12 月。

7. 《秦觀詞散論》，王同書，江蘇教育學院學報，（社會科學版），1995 年第 1 期。

8. 《情韻兼勝的婉約詞人——秦觀》，黃文吉，收入北宋十大詞家研究，台北，文史哲出版社，1996 年 3 月。

9. 《秦觀詞的情韻之美與文化意蘊》，戴建國，安慶師院社會科學學報 第 17 卷第 2 期，1998 年 5 月。

10. 《秦觀詞作探微》，彭銘華、萬宏民，安徽廣播電視大學學報，1999 年第 1 期。

（二）秦詞內容思想

1. 《飛花萬點愁如海——秦觀詞寫愁舉隅》，于廣元撰，文史知識，1982 年 5 期。

2. 《試論秦觀歌妓詞的思想意義》，趙義山，中國古代近代文學研究，1983 年 10 月。

3. 《秦觀淮海詞的思想及藝術成就初探》，朱淡文，揚州師院學報（哲社版），1984 年第 3 期。

4. 《感傷美與淮海詞風》，朱蘇權，廣東民族學院學報（社會科學版），1996 年第 1 期。

5. 《善言感傷，一，淺談淮海詞贏得盛譽的重要原因》，朱蘇權，廣州師院學報（社會科學版）第 19 卷第 10 期，1998 年。

6. 《試論秦觀之寫心詞》，蔣蕊，六安師專學報（綜合版），第 14 卷第 1 期，1998 年 2 月。

7. 《秦觀愛情詞初探》，王生斌、魏國勤，西北成人教育學報，1999 年第 3 期。

8. 《試論秦觀詞的感傷基調》，沈金梅，連雲港教育學院學報，2000 年第 1 期（總第 49 期）。

9. 《愛情與哀愁交織的感傷世界—秦觀愛情詞的一個特點》，杜尚華，湛江師範學院學報（哲學社會科學版）第 21 卷第 2 期，2000 年 6 月。

10. 《有情芍藥含春淚，無力薔薇臥晚枝——試論秦觀詩詞中的春景春

情》，馬良信，中國文學研究，2001 年第 1 期。

11. 《秦觀的貶謫詩詞與湖湘古文化底蘊》，巨傳友，萍鄉高等專科學校學報，2001 年第 1 期。

12. 《論秦觀的政治態度和湖湘貶謫詩詞》，羅敏中，中國文學研究，2001 年第 2 期。

13. 《論秦觀秋意詞》，崔海正撰，東岳論叢，第 22 卷第 4 期，2001 年 7 月。

14. 《從淮海詞看——秦觀的心境與情史》，王鑪容，歷史月刊，第 167 期，2001 年 12 月。

（三）秦詞藝術風格

1. 《《淮海詞》情韻兼勝的藝術特色》，宋柏年撰，南開學報哲社版，1990 年 5 期。

2. 《少游詞「稍加以坡」淺議》，朱蘇權撰，廣東民族學院學報（社會科學版）1994 年第 3 期。

3. 《試論秦觀的賦作賦論及其與詞的關係》，徐培均撰，中國韻文學刊，1997 年第 2 期。

4. 《秦觀詞對人物情感層次的處理方式》，劉聖關撰，社科縱橫，1999 年第 4 期。

5. 《天光雲影搖蕩綠波——析秦觀詞語工而入律特色》，任翌、孫虹撰，江南學院學報第 15 卷第 3 期，2000 年 9 月。

6. 《秦觀詞情韻兼勝的藝術特色》，黃雅莉撰，鵝湖月刊，第 26 卷第 8 期，2001 年 2 月。

7. 《杜鵑聲裡斜陽暮——論秦觀詞的黃昏意象》，蔡玲婉撰，台南師範學院學報 35 期，2002 年 6 月。

8. 《秦少游的「復雅歸宗」》，朱德才撰，文史哲，1987 年第 1 期。

9. 《秦觀對婉約詞創作的貢獻》，馬文彥撰，甘肅教育學院學報（社會科學版），第 17 卷，專輯，2001 年。

10. 《秦觀變革詞風的轉捩點》，任翌、鄭靜芳撰，古典文學知識，第 96 期，2001 年 3 月。

11. 《「醉臥古藤陰下，了不知南北」——論秦觀詞的悲愴情調》，黃淑貞撰，中國語文，第 526 期，2001 年 4 月。

12. 《秦觀詞的情景閱讀》，陳慷玲撰，收入柳永、蘇軾、秦觀與宋代文化，黎活仁等主編，臺北：大安出版社，2001 年 10 月。

（四）秦詞評價

1. 《北宋詞之「本色」與淮海詞》，楊燕撰，山東大學學報（哲社版），1989 年 3 月。

2. 《北宋詞的發展與秦觀詞的藝術》，田維瑞、王建設撰，武漢水利電力大學學報（社會科學版）第 20 卷第 2 期，2000 年 3 月。

3. 《從北宋詞的發展流程看秦觀詞的藝術特色》，田維瑞撰，煙台師範學院學報，第 20 卷第 2 期，2000 年 3 月。

4. 《從蘇軾、秦觀詞看詞與詩的分合趨向——兼論蘇詞革新和傳統的關係》，王水照撰，復旦學報（社科版），1988 年第 1 期。

5. 《試論蘇軾與秦觀用情的不同方式》，楊勝寬撰，社會科學研究，1998 年 6 月。

6. 《蘇軾、秦觀的詞與宋人的尊體意識》，王珏撰，河南大學學報（社科版），1999 年 1 月。

（五）秦詞單篇分論

1. 《秦觀滿庭芳詞考辨》，徐培均撰，學術月刊，1982 年 2 月。

2. 《論杜牧與秦觀八六子詞》，繆鉞撰，收入靈谿詞說，臺北：國文天地雜誌社，1989 年 12 月。

3. 《古藤陰下遷客夢——秦觀詞好事近・夢中作賞析》，鍾尚鈞撰，語文月刊，1993 年 7 月。

4. 《撲朔迷離，意在言外——秦觀鵲橋仙詞旨探微》，慶振軒撰，社科縱橫，1994 年第 6 期。

5. 《從結構主義與符號學觀點看秦觀踏莎行的英譯》，唐梅秀撰，長沙電力學院學報，第 17 卷第 2 期，2002 年 5 月。

（六）女性與性別相關論述

1. 《論詞學中之困惑與《花間》詞之女性敘寫及其影響》，葉嘉瑩撰，收入詞學古今談，繆鉞、葉嘉瑩合撰，臺北：萬卷樓圖書公司，1992 年 10 月。

2. 《從花間詞的女性特質看辛棄疾的豪放詞，葉嘉瑩授講，姚白芳整理，收入第一屆詞學國際研討會論文集，臺北：中央研究院中國文哲研究所籌備處，1994 年 11 月。

3. 《宋代歌妓繁盛對詞體之影響》，黃文吉撰，收入第一屆宋代文學研討會論文成功大學中文系所主編，高雄：麗文文化公司，1995 年 5 月。

4. 《論李商隱詩、溫庭筠詞中「閨怨」作品的意義及其與「香草美人」傳統的關係》，呂正惠撰，收入中國文學理論與批評論文集，臺北：新文豐出版公司，1995 年 10 月。

5. 《試以詞體中的婉約風格與擬女性話語觀看宋代女性詞家》，陳康芬撰，收入女性的主體性：宋代的詩歌與小說，黎活仁等主編，臺北：大安出版社，2001 年 10 月。

6. 《宋代才女詞人女性書寫的非「陰性」特》質，趙孝萱撰，收入女性的主體性：宋代的詩歌與小說，黎活仁等主編，臺北：大安出版社，2001 年 10 月。

7. 《陰陽學說與婦女地位》，鮑家麟撰，《中國婦女史論集·續集》，臺北：稻鄉出版社，1991 年。

8. 《古代文人詩歌中的女性現象——比興與政治價值取向》，童風暢撰，青海社會科學，1994 年第 2 期。

9. 《榮榮三珠樹：論六朝詩賦文本兩性化的表現》，曾珍珍撰，收入女性主義與中國文學，鍾慧玲主編，臺北：里仁書局，1997 年 4 月。

10. 《由話語建構權論宮體詩的寫作意圖與社會成因》，鄭毓瑜撰，收入洪淑苓等撰，古典文學與性別研究，臺北：里仁書局，1997 年 9 月。

11. 《摭談曹植筆下的女性形象》，彭學文撰，中華文化月刊，250，期，2001 年 1 月。

12. 《漢魏詩中的棄婦之怨》，王國瓔撰，吳燕娜編撰，魏綸助編，中國婦女與文學第二集，臺北：稻香出版社，2001 年 6 月。

13. 《由語言的魔鏡窺探女詩人作品研究：兼談古今、中西、性別的困惑》，周世箴，收入鍾慧玲主編：女性主義與中國文學，臺北：里仁書局，1997 年 4 月。

14. 《性別的困惑——從傳統讀者閱讀情詩的偏見說起》，孫康宜撰，近代婦女史研究第 6 期，1998 年 8 月。

15. 《外境追尋到內心契入—由唐至宋詩中桃花源主題的轉變》，陳恬儀撰，收入宋詞的時空觀，黎活仁等主編，臺北：大安出版社，2001 年 10 月。

16. 《「雙性同體」之夢：「紅樓夢」與「荒野之狼」中「雙性同體」的象徵運用》，廖咸浩撰，中外文學，15 卷 4 期，1986 年 9 月。

17. 《芳草美人和女扮男裝——性別的文化轉移》，譚學純撰，修辭學習，第 4 期，1994 年。

18. 《看誰在看誰：從拉岡之觀視理論省視女性主義電影批評》，黃宗慧撰，中外文學，25 卷 4 期，1996 年 9 月。

19. 《性別的美學／政治：當代臺灣女性主義文學研究》，張小虹著，收入鍾慧玲主編：女性主義與中國文學，臺北：里仁書局，1997 年 4 月。

20. 《閱讀安卓珍尼，梅家玲撰，收入性別論述與臺灣小說》，梅家玲編，臺北：麥田出版，2000 年 10 月。

21. 《雙性人格的體認》，Caroiyn G. Heilbrun，撰，李欣穎譯，中外文學，14 卷 10 期，1983 年 3 月。

（七）其 他

1. 《元遺山《論詩絕句》第二十四首——秦觀女郎詩析論》，鍾屏蘭撰，屏東師院學院學報第 9 期，1996 年。

2. 《關於秦觀絕句的評價》，孫琴安撰，江南學院學報，第 16 卷第 1 期，2001 年 3 月。

3. 《秦觀詩初探》，王偉康撰，江蘇廣播電視大學學報，第 13 卷第 2 期，2002 年 4 月。

4. 《宋代士大夫歌詞的文化意蘊》，張惠民撰，海南師院學報，1993 年 3 期。

5. 《周邦彥三題》，羅烈撰，收於兩小山齋雜著，北京：中國和平出版社，1994 年。

6. 《從一個新論點看張惠言與王國維二家說詞的兩種方式》，葉嘉瑩撰，收入詞學古今談，繆鉞、葉嘉瑩撰，臺北：萬卷樓圖書公司，1992 年 10 月。

7. 《中西文學理論綜合初探》，劉若愚撰，收入現象學與文學批評，鄭樹森編，臺北東大圖書公司，1984 年。

8. 《躲閃與放肆——傳統艷情文學的心態特徵》，陳向春、丁戈撰，社會科學輯刊，1994 年 3 期。

9. 《從美學風格典範之變易論元和詩歌的文學史意義》，何寄澎撰，衣若芬、劉苑如主編，世變與創化——漢唐、唐宋轉換之期之文藝現象，臺北：中央研究院中國文哲研究所籌備處，2000 年 2 月。

10. 《小說敘述視角淺探》，王健紅撰，貴州大學學報，社會科學版，18 卷 2 期，2000 年 3 月。